西安外国语大学资助立项教材

中西经典与散文名著选读

主　编　王小伦
副主编　张琳琳　薛　雯

西安交通大学出版社
XI'AN JIAOTONG UNIVERSITY PRESS
国家一级出版社
全国百佳图书出版单位

图书在版编目(CIP)数据

中西经典与散文名著选读/王小伦主编. —西安：
西安交通大学出版社,2022.8
ISBN 978-7-5693-2661-1

Ⅰ.①中… Ⅱ.①王… Ⅲ.①散文集-世界 Ⅳ.
①I16

中国版本图书馆CIP数据核字(2022)第113884号

书　　名	中西经典与散文名著选读 ZHONGXI JINGDIAN YU SANWEN MINGZHU XUANDU
主　　编	王小伦
责任编辑	张　娟
责任校对	侯君英
出版发行	西安交通大学出版社 (西安市兴庆南路1号　邮政编码 710048)
网　　址	http://www.xjtupress.com
电　　话	(029)82668357　82667874(市场营销中心) (029)82668315(总编办)
传　　真	(029)82668280
印　　刷	西安五星印刷有限公司
开　　本	720 mm×1000 mm　1/16　印张 16.75　字数 279千字
版次印次	2022年8月第1版　2022年8月第1次印刷
书　　号	ISBN 978-7-5693-2661-1
定　　价	49.00元

如发现印装质量问题,请与本社市场营销中心联系调换。
订购热线:(029)82665248　82667874
投稿热线:(029)82668525

版权所有　侵权必究

《中西经典与散文名著选读》编委会

主　编　王小伦
副主编　张琳琳　薛　雯
主要参编人员　孔令乐　崔婷婷　李佳妮
　　　　　　　马浩婷　杨　晨　周烨堃

版权与参考资料说明

1. 本书所选中国名著版权均已公开，所参考的版本随文列出。

2. 西方名著中两部著作的选编权已征得作者本人同意：

(1) 柯林·坎贝尔：《整体论：关于营养学的反思》[T. Colin Campbell, *Whole*：*Rethinking the Science of Nutrition*（Dallas, TX：BenBella Books, 2013）]

(2) 威尔·塔特尔：《世界和平饮食：为精神健康与社会和谐而食》[Will Tuttle, *World Peace Diet*：*Eating for Spiritual Health and Social Harmony*（New York：Lantern Books, 2005）]

3. 西方名著的选文出自二十余部著作，其中四部著作选文的译文选自国内正式出版的译本：

(1) 霍布斯：《利维坦》，黎思复、黎廷弼译，商务印书馆，2017。

(2) 柏拉图：《柏拉图对话录》，水建馥译，商务印书馆，2013。

(3) 蒙田：《蒙田随笔》，马振聘译，中华书局，2018。

(4) 达尔文：《物种起源》，谢蕴贞译，中华书局，2018。

商务印书馆、中华书局均授权使用所选译文。

其他西方名著选文为本书编者翻译，所依据的原文版权均已公开，未标明出处者皆出自"古登堡网上电子图书"（http://www.gutenberg.org/ebooks）。

对以上作者、译者及出版社，在此深表谢意。

所有选段均以出处原文为底本，并参考其他版本对确有讹误处进行合理校改。

序

我们生活在一个有趣的时代,一个充满变革与机遇的时代。除了政治经济等领域的变化,文明的定义、价值取向也在发生转变。初心与根本决定格局与未来,传承优秀传统文化对民族复兴至关重要。人文教育需要肩负"培根铸魂""启智润心""坚定文化自信"的大任。传承优秀传统文化需要学习、了解传统是什么,需要以博大的胸怀、开阔的视野进行比较、抉择。这一切都离不开阅读经典与名著。

经典与名著,无论中西,都是一种文化现象。

几百万年前,人类开始出现在地球上,文化慢慢随之出现。《周易》里面说,"观乎天文,以察时变;观乎人文,以化成天下",这应该是"文化"概念的初始形态。各种辞典对文化的定义都比较复杂或抽象。其实,从某种程度上来说,文化的定义可以简化为两个字:从发生的角度看是"人为"的;从价值的角度看是"为人"的。这两个角度基本可以让我们理解文化的内涵和外延。恩格斯把能否制造工具作为人告别动物而成为人的标志,但更多的人则倾向于把文化属性作为人之所以为人的本质所在。

人类一出现就是群居的,群居便会出现人与人之间的关系的问题。早期的群居组织一般被称作原始群,这是一种接近自然的群体状态,是人类最早的社会组织模式。群体之间以及群体内部不同人之间的关系既体现了人类最早的社会性诉求,也考验了人类应对社会化存在的最初智慧。经历漫长的演化过程才出现了经过人为安排的组织形态。最早出现的社会组织形态被称作氏族公社,这种公社又经历了从母系向父系的过渡。随着组织形态的变革,群体规模以及群体之间的关系也发生了变化,从氏族到部落,从部落到部落联盟,从部落联盟到国家,人类的社会化生存模式出现革命性变革。国家的出现,则标志着人类在处理人与人之间的关系方面,也就是在改进人的群体性生存模式方面,也进入文明时代,人类的社会性存在进入空前复杂的系统之中,为这个已经延续了数十亿年的地球馈赠了一种别样的生命存在秩序。

东西方文化在国家刚刚形成时便走上了不同的发展道路。西方经过希腊罗马时代之后进入中世纪,文艺复兴以后发生了启蒙运动和资产阶级革命,政治体制、国家治理、人群关系等发生了重大变革。中国经过夏商周三代的发展,特别是商周之际、春秋战国时代的激烈变革,秦汉时期确立了一种中央集权的体制。从原始群到氏族公社,再到统一国家的出现,中国历史的发展饱含着这个东方大国的经验与智慧。

人的生物性需求与社会性需求是人类生存和发展的基础。前者发展为科学技术,支撑起人类的物质文明;后者发展为各种形式的政策法规和管理手段,支撑起人类的制度文明。但是完整的人生绝不只是维持生物性的物质存在,也绝不会止步于维持群体性的社会生活。人是一种有认识能力和精神世界的动物,这种精神世界不会孤立于生命之外,而是建构生命品质的主要元素之一。于是在物质和制度迈向文明的同时,人们也在不断拓展和深化内心的思索,当这种思索达到一定深度的时候,精神文明就开始出现了。

由人的生物性、社会性和精神性需求所激发的物质文明、制度文明和精神文明在实践中必然以不同的方式呈现出来。尤其是随着语言文字的不断发展,人类开始有能力将文明进步的成果记录下来,人类最早的经典便产生了。当然,现存最早的文字还不是完整的文献,只有口耳相传的思想和精神经过漫长的历史,逐渐形成文字记录,完整的经典才开始出现。按德国哲学家雅思贝尔斯的说法,人类文明在公元前8世纪到公元前3世纪时,进入了一个智慧大爆发的时代。人类思维能力特别是解释世界与认识自我的能力实现了重大突破,对宇宙本源的探讨,对人类本身的理解,对终极存在的叩问为后世思想的发展确立了基本原则和发展方向,雅思贝尔斯把这一时期叫作人类文明的轴心时代。其中春秋战国时期的中国、列国时代的印度以及城邦时代的希腊,都是这一时期的代表。也正是从这一时期开始,人类历史上涌现出第一批令人叹为观止的思想家。中国的诸子百家、印度正统的六派哲学以及九十六种学说,还有希腊哲学家,像璀璨的群星照亮了人类思想史的长夜。

轴心时代的思想家及其作品至今闪烁着智慧的光芒,依然是当今人类所要倚重的重要文明成就。中国思想史言必称诸子百家;西方哲学言必称希腊;印度列国时代的成就依然是印度当今哲学思想和宗教信仰的基础。不过,轴心时代的人类文化具有明显的地域个性,这种个性具有单向发展的特点,从而使得不同文明之间的交往成为必要。

轴心时代之后,丝绸之路开辟了。人类不同文明之间开始有了密切的往来,并在往来中交流互鉴,彼此影响。公元前后,印度佛教开始向中国传播,儒释道三教并立格局逐渐形成。三教之间的关系亦经历了漫长的发展演变。

佛教进入中国后不久,希伯来的基督教文化也开始传入罗马帝国,希腊罗马文化由此得到大范围拓展。基督教给欧洲带来巨大的精神震撼,从此欧洲进入"双希文明"彼此呼应的时代,随后步入中世纪。文艺复兴和宗教改革之后,尤其是启蒙运动和资产阶级革命之后,西方历史进入新的阶段。

中西文化的交流很早就开始了。近代以来,伴随西方的全球扩张战略,中西冲突不断加剧,但中西方在冲突的同时亦在寻求理解,当然,这是一个艰难而漫长的过程。

中西文化关系方面面临诸多挑战。建立一种公正合理、惠益彼此的文化关系,既需要开放的心态,又需要文化自信。这是对西方人和中国人智慧和勇气的考验。

中西文化的精华沉淀在各种不同类型的经典与名著之中。作为一种文化现象,经典与名著都是岁月锤炼而成的精神财富,是不同民族不同智慧的历史珍存,是哲人们心路历程的物化载体。阅读经典与名著是不同文化相互理解的基础。在人类思想的天空,经典像太阳一样散发着光芒,照耀并引领一代又一代人走出黑暗。漫长的中西方历史上产生了大量可称之为经典与名著的作品,本书选取了几十种中西方经典名著,按照一定的分类标准进行编排和解读,英文经典名著多数为编者自己翻译,凝结了编者的很多心血。这些经典和名著类型不一,各有特色,内涵丰富,今天依然广为流传,魅力十足,值得年轻人心怀敬意,认真研读,深入领会。

我与本书主编王小伦教授都是二十世纪八十年代初毕业于西北大学,当年可能经常在校园相遇,却并不相识。几十年后,偶然结识,发现他虽然任教于英语专业,却十分喜欢中国传统文化,我们有不少共同的兴趣。由于我们所在的新校园仅隔一条马路,我多次应邀到他的课堂上交流研究心得。就我所知,他的课程具有开放的视野,对拓宽学生知识面、启发学生思考十分有益。恰逢他主编的《中西经典与散文名著选读》即将出版,很荣幸有机会在这里谈一点对中西方历史与文化的看法。虽然仅仅是一些感想,不成系统,但希望能为读者提供一些理解这些经典与名著的背景知识。

最后我想说一点,这些经典与名著既可以作为知识,增进我们对中西文化的了解,也可以作为研究对象,进行学术创新,但我们更应该超越知识和学术的局限,通过思考形成自己的理解,在对历史的反思和现实的观察中拓展视野,淬炼思想。如果能在此基础上开启智慧,体悟生命的意义,提升生命的品质,则是中西经典与名著的终极意义所在。知识,学术,思想,智慧,从外到内,层层递进。谁愿意走进经典与名著,谁就能获得意想不到的馈赠。

李利安

2022 年 7 月 26 日于西北大学长安校区公寓

前 言

　　教育的目的是培养具有高尚理想、家国情怀、科学精神、良好道德修养的人才。讲仁爱、守诚信、崇正义、尚和合、求大同是中国传统文化的重要特点。越来越多的人认识到，重视人文教育是实现中华民族伟大复兴必不可少的基础。

　　阅读经典是人文教育的基础，真正想获得教育的人没有谁会反对学习经典。但对于到底什么是经典、怎样阅读经典，人们似乎并没有明确的认识。其中一个重要原因是随着现代观念的普及，人们对传统文化的了解越来越少，对古代经典越来越陌生。加上新式名著层出不穷，相关研究浩如烟海，人人都说经典重要，但真正读经典的人却越来越少。在这种情况下，了解古今中外经典的基本特点，进行系统而有计划的阅读就显得尤为必要。

　　要了解什么是经典，先要明白文章的分类。中国古代文体的分类有一个长期演变的过程，从魏晋时期的"无韵者笔也，有韵者文也"，到《文心雕龙》将"经""史传""诸子"纳入文学，骈、散兼顾，到唐以后"古文"与"骈文"分离，文体分类不断完善，各种分类体系中以经、史、子、集的分类方式影响最大[1]。现代汉语"散文"的定义与英文 prose 基本吻合，指的是"不讲究韵律的文章（区别于韵文）"，或者"除诗歌、戏剧、小说外的文学作品，包括杂文、随笔、报告文学等"[2]。本书所说"经典"主要指哲学经典，"散文"主要指历史、自然、社会文化等方面的文章，"名著"指中西方历史上不同时期有代表性和影响力的作品。

　　中国传统文化走的是"经、史"之路，经典在传统文化中占有崇高的地位。历史上文化思潮、学术思想的演变都是围绕经典展开的。经典的训释、考证、传诵有完整的体系。中国传统文化中"经"的范围十分明确。狭义的"经"主要指儒家典籍，包括形成于先秦时期的"五经"及后来的"七经""九经""四书五经""十三经"。广义的"经"则包括各个时期不同学派的典籍，如道家经典《老子》也称《道德经》，《庄子》又称《南华经》。佛教"经、律、论"中的"经"为梵语 Sūtra 之译意，指佛陀所说之法。

---

[1] 褚斌杰：《中国古代文体概论》，北京大学出版社，1998。
[2] 《现代汉语词典》（第 7 版），商务印书馆，2005，第 1125 页。

文字的神圣地位主要是由其内涵决定的,因此对经典的尊重主要由于其所包含的义理。"经也者,恒久之至道,不刊之鸿教也",经典探讨永恒的真理,具有永恒的价值。《庄子·天道》曰:"世之所贵道者,书也。书不过语,语有贵也。语之所贵者,意也,意有所随。意之所随者,不可以言传也。"言之无文,行而不远。阮元《文言词》有云:"是必寡其词,协其音,以文其言,使人易于记诵,无能增改;且无方言俗语杂于其间,始能达意,始能行远。"佛教也认为,语言文字的作用是彰显义理。

西方文明历史悠久,文化典籍丰富,但因为没有统一的语言文字,不同时期社会变化剧烈,没有形成公认的、固定的经典系统。正如当代美国学者布鲁姆在《西方正典》中所说:"西方经典的内涵还具有高度的复杂性和矛盾性,而绝不是一种统一体或稳定的结构。没有一个权威可以告诉我们西方经典是什么。"①

一般来说,西方经典可分为两大部分,一部分是中世纪宗教经典,包括《圣经》及阐释《圣经》的经院哲学论著,后者综合了古希腊哲学、犹太教神学与基督的说教等。另一部分是人文主义经典,包括部分古希腊、古罗马经典以及近现代经典。与中国经典相比,西方人文主义经典偏重"子、集",以用近代以来欧洲新兴国家的民族语言创作的通俗文学为主,其中又以英语文学影响最大。② 英语文学成为西方人文教育的标准课程,莎士比亚几乎取得了神圣的地位,因此布鲁姆说:"没有莎士比亚就没有经典。"③

西方人文主义经典的特点是反传统。尤其是近代以来,西方主流思想宣扬个人主义,提倡言论自由、思想解放,反对道德约束。布鲁姆说:"西方最伟大的作家们颠覆一切价值观,无论是我们的还是他们的""个体的自我是理解审美价值的唯一方法和全部标准"④。新式文学名著的筛选主要来自市场竞争,作品的解读依靠各种新式文学理论。由于缺乏公认的阐释标准,也没有经过历史筛选,西方经典与名著内容混杂,数量庞大,很少有固定的书目或注释,经典与名著阅读成了纯粹的个人活动。

中西方文化各有所长,但二者并不是对立关系。纵观西方历史,神学在中世纪达到鼎盛,后来逐渐被人文主义超越。中国古代经典所表达的思想丰富多彩,但和谐与圆融贯穿始终,在多样性的同时表现出高度的统一。虽然中国历史上不同时期出现过某一学派独占天下的局面,也有不少离经叛道、追求新奇的思想家,但总能在

---

① 哈罗德·布鲁姆:《西方正典:伟大作家和不朽作品》,江宁康译,译林出版社,2015,第30页。
② 费迪曼、梅杰:《一生的读书计划》,马骏娥译,译林出版社,2018。
③ 哈罗德·布鲁姆:《西方正典:伟大作家和不朽作品》,江宁康译,译林出版社,2015,第33页。
④ 哈罗德·布鲁姆:《西方正典:伟大作家和不朽作品》,江宁康译,译林出版社,2015,第24页、第19页。

多元哲学的交替互动中得到纠正。同样,虽然西方近代以来总体上盛行人文主义,追求创新、批判,但在主流科学与个人主义背后一直回荡着道德回归与批判之批判的呼声。因此,不论对中国文化还是西方文化都应本着客观公正的态度,全面了解,避免简单化。

正如中西文化与历史复杂多样,中西经典与名著的定义及阅读方法也处于变化之中。在西方,从近代直到20世纪上半叶是文学尤其是小说的天下,因此惠特曼宣称"牧师离场,神圣的文人降临",诺贝尔文学奖几乎成了文人的最高荣誉。然而,"二战"以后,西方学术思想风云突变,文化批评、历史批评、解构主义等理论流行,文学的地位被质疑,反映现实问题、社会道德、人类命运的"非小说"(non-fiction)地位上升,阅读习惯发生改变。① 同样,在中国古代,小说属于"小道","君子弗为也"。近代,中国出现了新文化运动,提倡白话文和通俗文学,阅读习惯越来越现代化。改革开放以来,随着国力的增强和思想的解放,人们对传统文化的认识不断加深,越来越多的人认识到复兴民族文化的重要性,社会上也掀起了研究与读诵经典与名著的热潮。

《文心雕龙》中提出,读书时经常会出现两种错误:一是"贱同而思古",也就是舍近求远;二是"各执一隅之解,欲拟万端之变",指用片面狭隘的观点认识变化多端的世界。对当代大学生来说,这两种错误似乎都存在。表面上看"贱同而思古"的问题似乎已很少出现——现在读古书的人可谓少之又少。但从文化角度看,这个问题并没有消失,只是换了种形式,变成了舍弃本土、崇尚西方。第二个问题主要表现为过分追求专业技能,忽视整体知识结构的建立和辩证思维的培养,这与片面追求专业教育、忽视文史教育有关。从人文教育的角度来看,国内英语教育几乎普及,学生学英语所花的时间不亚于学汉语所花的时间,几乎每所高等院校都设有英语专业。英语专业学生的阅读以英美文学为主,英美文学选读方面的课程和课本种类齐全。相比之下,中国经典与名著、西方"非小说"或散文作品的学习十分欠缺。为了弥补此方面的空缺,本书挑选了几十种中西经典与散文名著,分为哲学、传记、自然观等类别,摘选其中有代表性的章节或片段供大学生阅读学习,希望能达到为大学生解除疑惑,提高他们的阅读能力和文化修养的目的。

全书的总体思路是以"经、史"统摄"子、集",以中国传统文化的博洽精神为主,以批判精神为辅,达到融贯中西的目的。选文的标准是观点全面、乐观向上、语言流

---

① Zinsser W. *On Writing Well*: *The Classic Guide to Writing Non-fiction* (New York: Harper Perennial Press, 2016).

畅,既有一定的趣味性,又有一定的教育意义。每章导读部分对所选内容的主题进行介绍,每段选文之前对文章的历史背景和作者进行简要介绍。

书中古汉语字、词的注释、注音主要依据《古代汉语词典》(商务印书馆,1998年第1版),难字、难句或有争议的字、词、句子的注释则参考了已出版的各种注释本。另外,本书所选西方名著中的大部分选文为编者翻译,同时也介绍了一些这些名著的其他译本,供读者参考。

本书编者多为英语专业的教师和学生。就我们的学术背景和能力来说,编写这样一本涉及古今中外,哲学、历史、文化、自然几乎无所不包的文选教材似乎有些自不量力,甚至越俎代庖。尽管如此,我们坚信,对中外文化传统的全面认识是人文教育的重要任务之一。尤其在外语教育呈泛滥之势的情况下,博通之学尤为重要。这一点从学生对跨文化经典阅读课的积极响应可见一斑。既然有这样的需求,又很少有人尝试,就应责无旁贷、义无反顾去承担。如果读者能从本书中体会到融通中西、跨越古今、超越偏见的重要性,或者能引起更多学者专家对跨文化的博洽教育(通识教育)的关注,推出更为成熟的成果,对我们来说将是莫大的满足。学识所限,挂一漏万、错谬之处在所难免,恳祈学者专家包涵、批评、指正。

编者

2022 年 7 月

目录

第一编　中国经典与散文名著

第一单元　中国哲学经典与散文名著 …………… 3
- 第一节　先秦哲学经典 ………………………… 5
- 第二节　两汉散文 ……………………………… 18
- 第三节　魏晋散文 ……………………………… 25
- 第四节　隋唐佛学 ……………………………… 33
- 第五节　宋明散文 ……………………………… 41
- 第六节　清代散文 ……………………………… 54

第二单元　中国古代人物传记 …………………… 63
- 第一节　史传 …………………………………… 64
- 第二节　文传 …………………………………… 71
- 第三节　墓志传 ………………………………… 78

第三单元　中国古代自然观 ……………………… 85
- 第一节　山水游记 ……………………………… 86
- 第二节　生态伦理散文 ………………………… 98
- 第三节　中医经典 ……………………………… 106

第四单元　近代中国的文化比较与探索 ………… 112
- 第一节　王韬《漫游随录》选 ………………… 113
- 第二节　辜鸿铭《中国人的精神》选 ………… 115
- 第三节　钱基博《现代中国文学史》四版增订识语 …… 119
- 第四节　费孝通《乡土中国》选 ……………… 123

第二编　西方经典与散文名著 …………………………………… 131

第一单元　西方哲学经典与散文名著 ……………………………… 133
第一节　古希腊罗马及中世纪哲学经典与散文名著 … 134
第二节　近代西方名著 …………………………… 144
第三节　近代西方哲理散文 ……………………… 153

第二单元　西方人物传记 …………………………………………… 169
第一节　《富兰克林自传》选 ……………………… 170
第二节　包斯威尔《塞缪尔·约翰逊传》选 …………… 181
第三节　索尔特《瓦尔登湖的隐士:梭罗传》选 ………… 192
第四节　亚当斯《亨利·亚当斯的教育》选 …………… 203

第三单元　西方自然观 ……………………………………………… 213
第一节　西方随笔散文 …………………………… 214
第二节　西方生态伦理散文 ……………………… 223
第三节　坎贝尔《整体论:关于营养学的反思》选 ……… 244

后　记 ………………………………………………… 253

第一编
中国经典与散文名著

第一单元
中国哲学经典与散文名著

【导读】

　　中国传统文化具有善于折中、协调、统一的特点。但这种统一性并非抽象的概念或固定不变的模式，而是多样性的平衡。中国文化的发展具有空间上的开放性，又有时间的序列，就像一条大河，源远流长，起伏跌宕，又浑然一体。因此了解中国文化不应停留在一些简单的概念或理论上，也不应停留在某一个时期，而应通过浏览整个历史全面认识。

　　中国古代哲学史一般分为先秦诸子百家、两汉经学、魏晋玄学、隋唐佛学、宋明理学、清朝朴学（汉学）等阶段。哲学思想的丰富多彩与交融互补是中国文化的特点之一。哲学的每个发展阶段都对中国文化的发展作出了贡献，成为中国文化不可分割的一部分。要全面了解中国文化，就需要对每个阶段哲学的特点和贡献有所了解。

　　先秦百家争鸣，敬天法祖、天人合一、崇尚道德的传统源远流长。汉初流行黄老之学，武帝之后独尊儒术，不论道家还是儒家都广泛借鉴了其他学派，具有兼容并蓄的特点。魏晋时期政治分裂，玄学兴盛，不仅统一了名教与自然，也吸收了佛教般若思想，实现了本体论上的超越，做到了"旁通而无滞，日用而不匮"。隋唐时期佛、道较为兴盛。宋明时期理学成为官方哲学。清代理学之外汉学以及提倡经世致用的史学复兴，同时儒释道并立的格局进一步巩固。

　　整体来看，中国古代哲学既包括以儒道为代表的本土哲学，又包括佛教哲学，可以说凝聚了东方文化的精华，具有包容万千、兼容并蓄的特点。这种包容精神在唐代达到高峰，在宋元明清时期有衰落之势，但丰富的文化底蕴使得古代中国人始终能够从不同角度看待人生，通过认识角度的调整和内心世界的提升应对不断变化的世界。明清时期西学东渐，清末西方列强入侵，历史迈入近代，以朴学为代表的儒学汇入西学，儒家文化处于低谷。20世纪，西方科技文明的危机不断加深。中华人民共和国成立后，尤其是改革开放以来，随着对外交流的加强，中国国力不断增强。进入21世纪，人类比任何时候都更加体会到协调、合作的重要。注重理性与道德统一、善于运用哲思来化解危机的古老东方文明也迎来了新的发展契机。

第一节　先秦哲学经典

一、《周易》选

《周易》,儒家、道家经典,包括"经"和"传"两部分。"经"主要是六十四卦和三百八十四爻,包括卦辞、爻辞,一般认为产生于殷末周初。"传"包括解释卦辞和爻辞的文辞,如彖、象、系辞、文言等,共十篇,相传为孔子所撰,主要探讨天、地、人与自然万物的规律,既表达了儒家的政治伦理思想,也包含了天人合一、万物相互联系转化的辩证思想,对中国文化产生了深远影响。下文选自周振甫《周易译注》(中华书局,1991年)。注释参考同书及唐明邦主编的《周易评注》(中华书局,1995年)。

乾　卦（节选）

乾:元亨,利贞。

彖(tuàn)曰:大哉乾元,万物资始,乃统天。云行雨施,品物流形[1]。大明终始,六位时成。时乘六龙以御天[2]。乾道变化,各正性命。保合大和,乃利贞[3]。首出庶物,万国咸宁。

《文言》曰:夫"大人"者与天地合其德,与日月合其明,与四时合其序,与鬼神合其吉凶,先天而天弗违,后天而奉天时。天且弗违,而况于人乎！况于鬼神乎！

象:天行健,君子以自强不息[4]。

[1]大哉乾元,……品物流形:释"元","元"为万物之本原。
[2]大明终始,……时乘六龙以御天:释"亨",意为通。
[3]乾道变化,……乃利贞:释"利贞",意为顺利、贞固。二气调和,万物乃"利",二气保合,万物乃"贞"。乾道,指天道。

[4]天行健,君子以自强不息:乾性刚,主动,故乾之特性为"天行健"。天体运行,刚健有力,周而复始,永无止息,君子(道德高尚之人)观此象,当努力奋斗,自强不息。

坤 卦(节选)

坤[1]:元亨。利牝(pìn)[2]马之贞。

彖曰:至哉坤元,万物资生,乃顺承天[3]。坤厚载物,德合无疆。含弘光大,品物咸亨。牝马地类,行地无疆,柔顺利贞。

象曰:地势坤,君子以厚德载物[4]。

《文言》曰:积善之家必有余庆,积不善之家必有余殃。

[1]坤:卦名,意为顺。

[2]牝:雌。

[3]至哉坤元,……乃顺承天:万物依靠坤元而成形。坤元,阴气。

[4]地势坤,君子以厚德载物:坤性柔,主静,君子观此象,当柔顺居下,涵养宽厚品德,承担重任。

系 辞(节选)

《易》与天地准[1],故能弥纶[2]天地之道。仰以观于天文,俯以察于地理,是故知幽明之故[3]。

知[4]周乎万物,而道济天下,故不过。旁行而不流[5],乐天知命,故不忧。安土敦乎仁,故能爱。范围天地之化而不过,曲成万物[6]而不遗,通乎昼夜之道而知,故神无方而易无体[7]。

[1]准:相等。

[2]弥纶:普遍包括。

[3]是故知幽明之故:所以知道地下幽隐、天上光明的缘故。

[4]知:智慧。

[5]旁行而不流:广泛地推行而不流荡。

[6]曲成万物:曲折地成就万物而不遗漏。

[7]故神无方而易无体:故《周易》玄妙的道无一定的方向,无一定的形体。

二、《尚书》选

《尚书》,又称《书经》,是古代最早记载帝王治国言行的文献汇编,先秦典籍中的"诗、书"往往指《尚书》《诗经》。儒家典籍中《尚书》因版本真伪问题争议较大。一般以西汉伏生的二十八篇《尚书》为《今文尚书》,以后来在拆除孔子故宅时发现的《尚书》为《古文尚书》。东晋豫章内史梅赜(zé)向朝廷进献的《尚书》包括《今文尚书》三十三篇、《古文尚书》二十五篇,广为流传。以下选自当代学者郭仁成的《尚书今古文全璧》(岳麓书社,2006年),注释参考同书。

汝惟不矜,天下莫与汝争能;汝惟不伐,天下莫与汝争功。(《大禹谟》)

人心惟危,道心惟微,惟精惟一,允执厥中[1]。(《大禹谟》)

与人不求备,检身若不及。(《伊训》)

若升高,必自下;若陟遐,必自迩。无轻民事,惟难[2];无安厥位,惟危。慎终于始。有言逆于汝心,必求诸道;有言逊于汝志,必求诸非道[3]。(《太甲下》)

[1]人心惟危,……允执厥中:人心是变幻莫测的,道心却微妙难明。唯有精心体察,专心坚守,才能坚持不偏不倚的正确路线。郭仁成认为,此十六字中的前十二字出自道家,后四字为儒家思想,以道补儒,宋儒正是在此基础上推演出其理学体系的。

[2]惟难:知道不容易。

[3]有言逆于汝心,……必求诸非道:别人的话不合你的意,要考察它是否合乎道义;别人的话顺你的意,则要提防其中不合道义的地方。

三、《礼记》选

《礼记》即《小戴礼记》,是我国古代一部重要的有关礼仪制度的资料汇编,"五经"之一,与《仪礼》《周礼》并称"三礼"。《礼记》中有关于礼仪制度的描述,也有儒家人生观的论述,其中包括孔子言论的记载。中国是礼仪之邦,《礼记》对中国传统文化影响很大,在经典中据有很高的地位。"四书"中的《大学》《中庸》皆出自《礼记》。下文选自贾德永的《礼记·孝经译注》(上海,生活·读书·新知三联书店,2013年)及王文锦的《礼记译解》(中华书局,2001年)。

礼 运(节选)

孔子曰:"大道之行也,与三代之英,丘未之逮也[1],而有志焉。大道之行也,天下为公,选贤与能,讲信修睦。故人不独亲其亲,不独子其子,使老有所终,壮有所用,幼有所长,矜(guān)寡孤独废疾者皆有所养。男有分,女有归。货,恶其弃于地也,不必藏于己;力,恶其不出于身也,不必为己。是故谋闭而不兴,盗窃乱贼而不作,故外户而不闭。是谓大同。

今大道既隐,天下为家,各亲其亲,各子其子,货力为己。大人世及以为礼[2],城郭沟池以为固,礼义以为纪,以正君臣,以笃父子,以睦兄弟,以和夫妇,以设制度,以立田里,以贤勇知。以功为己,故谋用是作,而兵由此起。禹、汤、文、武、成王、周公由此其选也。此六君子者,未有不谨于礼者也。以著其义,以考其信,著有过,刑仁讲让,示民有常。如有不由此者,在执者去,众以为殃。是谓小康。"

[1]与三代之英,丘未之逮也:夏商周三代的杰出君主在位的时代,我没能赶上。

[2]大人世及以为礼:诸侯世袭相承成为礼制。

大　学（节选）

　　大学之道在明明德，在亲民，在止于至善。知止而后有定，定而后能静，静而后能安，安而后能虑，虑而后能得。物有本末，事有终始。知所先后，则近道矣。
　　古之欲明明德于天下者先治其国，欲治其国者先齐其家，欲齐其家者先修其身，欲修其身者先正其心，欲正其心者先诚其意，欲诚其意者先致其知，致知在格物[1]。物格而后知至，知至而后意诚，意诚而后心正，心正而后身修，身修而后家齐，家齐而后国治，国治而后天下平。自天子以至于庶人，壹是皆以修身为本。其本乱而末治者，否矣。其所厚者薄，而其所薄者厚，未之有也。此谓知本，此谓知之至也。

　　[1]格物：有两种解释，朱熹《大学章句》："格，至也。物，犹事也。穷至事物之理，欲其极处无不到也。"王阳明则认为："'格'字兼有'正'字之义在其间，未可专以'至'字尽之也。"

四、《论语》选

　　《论语》为孔子及其弟子言论的记载，是了解孔子思想最重要的材料。汉代《论语》被列为儒家经典，从子学变成了经学。《论语》的内容涉及天命、人性、道德、仁义、礼乐、教育、社会政治诸多方面，语言通俗生动，广为流传，对中国文化产生了深远影响。以下选文与注释参考杨伯峻的《论语译注》（中华书局，2009年）。

（一）

　　子曰："志于道，据于德，依于仁，游于艺[1]。"（《论语·述而》）
　　子不语：怪、力、乱、神。（《论语·述而》）
　　子贡曰："夫子之文章，可得而闻也；夫子之言性与天道，不可得而闻也。"

(《论语·公冶长》)

季路问事鬼神。子曰:"未能事人,焉能事鬼?"曰:"敢问死。"曰:"未知生,焉知死?"(《论语·先进》)

祭如在,祭神如神在。(《论语·八佾(yì)》)

[1]艺:指礼、乐、射、御、书、数六艺。

(二)

子曰:"不患人之不己知,患不知人也。"(《论语·学而》)

子曰:"我非生而知之者,好古,敏以求之者也。"(《论语·述而》)

子曰:"盖有不知而作之者,我无是也。多闻,择其善者而从之;多见而识(zhì)之;知之次也[1]。"(《论语·述而》)

子曰:"学而不思则罔(wǎng),思而不学则殆(dài)。"(《论语·为政》)

子曰:"由[2],诲女(rǔ)知之乎!知之为知之,不知为不知,是知也。"(《论语·为政》)

子曰:"君子食无求饱,居无求安,敏于事而慎于言,就有道而正焉,可谓好学也已。"(《论语·学而》)

子曰:"周监于二代[3],郁郁乎文哉!吾从周。"(《论语·八佾》)

[1]多见而识之,知之次也:多看,记在心里,这仅次于"生而知之"。

[2]由:孔子的学生子路。

[3]周监于二代:周朝的制度以夏商两代为基础。

(三)

子曰:"吾十有五而志于学,三十而立,四十而不惑,五十而知天命,六十而耳顺,七十而从心所欲,不逾矩。"(《论语·为政》)

子曰:"非礼勿视,非礼勿听,非礼勿言,非礼勿动。"(《论语·颜渊》)

子曰:"贤哉,回[1]也!一箪[2]食一瓢饮,在陋巷,人不堪其忧,回也不改其乐。贤哉,回也!"(《论语·雍也》)

子绝四[3]:毋意,毋必,毋固,毋我[4]。(《论语·子罕》)

子曰:"仁远乎哉?我欲仁,斯仁至矣。"(《论语·述而》)

子谓子产有君子之道四焉:其行己也恭,其事上也敬,其养民也惠,其使民也义。(《论语·公冶长》)

君子敬而无失,与人恭而有礼。(《论语·颜渊》)

子曰:"如有周公之才之美,使骄且吝,其余不足观也矣。"(《论语·泰伯》)

[1]回:孔子的弟子颜回。

[2]箪:古代盛饭的竹器。

[3]子绝四:孔子杜绝了四种毛病。

[4]毋意,毋必,毋固,毋我:不主观臆测,不武断绝对,不固执拘泥,不自以为是。意,主观臆测;必,武断绝对;固,固执拘泥;我,自以为是。

五、《道德经》选

《道德经》,又称《老子》《老子五千文》,相传为周史官老子所著。老子是春秋末期楚国人,姓李名耳,字聃(dān)。《道德经》认为宇宙万物的本原是道,道无所不在,又没有固定的形式,是客观的,又与思想行为分不开。《道德经》所宣扬的自然之道具有辩证思维的特点,超然与自由的精神,对中国文化产生了深远的影响。下文选自陈剑的《老子注》(上海古籍出版社,2016年),注释参考陈鼓应的《老子注译及评介》(中华书局,2009年)。

(一)

道可道,非常道;名可名,非常名。无名,天地之始;有名,万物之母。故常无欲,以观其妙;常有欲,以观其徼(jiǎo)[1]。此两者同出,异名同谓[2]。玄之又

玄,众妙之门。(第一章)

有物混成,先天地生,寂兮寥兮,独立而不改,周行而不殆,可以为天地母。吾不知其名,字之曰道,强为之名曰大。大曰逝[3],逝曰远,远曰反[4]。故道大,天大,地大,王[5]亦大。域中有四大,而王居其一焉。人法地,地法天,天法道,道法自然。(第二十五章)

[1]徼:有四种不同的解释,归结、窍、皦,或边际。

[2]此两者同出,异名同谓:王弼本为"两者同出而异名,同谓之玄"。

[3]逝:指道的行进,周流不息。

[4]反:返。

[5]王:有的版本"王"为"人"。

(二)

天下皆知美之为美,斯恶已[1];皆知善之为善,斯不善已。故有无相生,难易相成,长短相形,高下相倾,音声相和[2],前后相随。是以圣人处无为之事,行不言之教。万物作焉而不辞,(生而不有,)为而不恃,功成而弗居。夫唯弗居,是以不去。(第二章)

不尚贤,使民不争;不贵难得之货,使民不为盗;不见可欲,使民心不乱。是以圣人之治,虚其心,实其腹;弱其志,强其骨。常使民无知无欲,使夫知不敢、弗为[3],则无不治。(第三章)

[1]斯恶已:因此就显出丑恶的存在。

[2]音声相和:乐器的音响与人的声音相调和。

[3]使夫知不敢、弗为:陈剑《老子译注》解释为使老百姓"只知不进取、不作为,这样天下就太平了"。王弼本为"使夫智者不敢为也。为无为,则无不治",意思是使那些聪明人不敢自以为是,无为而行,这样天下就太平了。

六、《庄子》选

《庄子》，或称《南华经》，相传为庄周及弟子所作。庄周(前368—前286)，战国中期宋国人，曾做过蒙邑漆园吏，是老子之后道家代表人物。《庄子》一书继承了《老子》道法自然的思想，主张绝圣弃智，追求清静、逍遥自得的生活，具有相对主义、神秘主义的特点。《庄子》善于运用比喻和故事，机智幽默，展示了庄子的智慧和人格魅力。

下文选自陈鼓应的《庄子今注今译》(中华书局，2020年)，另外亦参考杨柳桥的《庄子译注》(上海古籍出版社，2012年)。

秋　水(节选)

北海若曰："井蛙不可以语于海者，拘于虚[1]也；夏虫不可以语于冰者，笃于时也；曲士[2]不可以语于道者，束于教也。今尔出于崖涘(sì)[3]，观于大海，乃知尔丑，尔将可与语大理矣。天下之水，莫大于海，万川归之，不知何时止而不盈；尾闾[4]泄之，不知何时已而不虚；春秋不变，水旱不知。此其过江河之流，不可为量数。而吾[5]未尝以此自多者，自以比形于天地，而受气于阴阳，吾在天地之间，犹小石小木之在大山也，方存乎见少，又奚以自多[6]！计四海之在天地之间也，不似礨(lěi)空[7]之在大泽乎？计中国之在海内，不似稊(tí)米[8]之在大(tài)仓乎？号物之数谓之万，人处一焉；人卒(cuì)九州[9]，谷食之所生，舟车之所通，人处一焉；此其比万物也，不似毫末之在于马体乎？五帝之所运[10]，三王之所争，仁人之所忧，任士之所劳，尽此矣。伯夷辞之以为名，仲尼语之以为博，此其自多也，不似尔向之自多于水乎[11]？"

[1] 虚：通"墟"，空间。

[2] 曲士：曲见之士，偏执之人。"曲"本义为弯曲，可引申为邪曲、局部、偏狭等。

[3]崖涘：河的两岸。

[4]尾闾：古代传说中海水的归处。

[5]吾：北海若自称。

[6]方存乎见少，又奚以自多：我尚处于见识浅薄的位置，又怎能够自以为了不起呢？

[7]礨空：蚁穴。

[8]稊米：小米。

[9]人卒九州：指九州的人口加起来。"卒"通"萃"，丛生、聚集。

[10]五帝之所运：五帝所运筹的。有的版本"运"为"连"。

[11]伯夷辞之以为名……不似尔向之自多于水乎：伯夷以拒绝这些东西为高尚，孔子以谈论这些东西为博学，他们自以为是，不也像你刚才面对河水的自夸一样吗？

河伯曰："然则吾大天地而小毫末，可乎？"

北海若曰："否，夫物，量无穷，时无止，分(fèn)无常，终始无故。是故大知观于远近，故小而不寡，大而不多，知量无穷，证曏(xiàng)今故[1]，故遥而不闷，掇而不跂(qǐ)[2]，知时无止；察乎盈虚，故得而不喜，失而不忧，知分之无常也；明乎坦涂，故生而不说(yuè)，死而不祸，知终始之不可故也。计人之所知，不若其所不知；其生之时，不若未生之时；以其至小求穷其至大之域，是故迷乱而不能自得也。由此观之，又何以知毫末之足以定至细之倪[3]？又何以知天地之足以穷至大之域？"

[1]证曏今故：明白了古今本来是一样的。曏，明。"故"这里与"古"同音。

[2]掇而不跂：就近拾取，不必踮起脚后跟企盼远处的东西。掇，拾取；跂，踮起脚后跟。陈鼓应在《庄子今注今译》中释为对于近前的并不去强求。

[3]倪：端头。

齐物论（节选）

六合[1]之外，圣人存而不论；六合之内，圣人论而不议；《春秋》经世先王之志[2]，圣人议而不辩。故分也者，有不分也；辩也者，有不辩也。曰：何也？圣人怀之，众人辩之以相示也。故曰：辩也者，有不见也。夫大道不称，大辩不言，大仁不仁，大廉不嗛(qiǎn)[3]，大勇不忮(zhì)[4]。

[1]六合：上、下、四方。
[2]《春秋》经世先王之志：《春秋》是记载先王政绩的史书。
[3]大廉不嗛：陈鼓应《庄子今注今译》解释为"大廉是不逊让的"。
[4]忮：违逆、刚愎。

养生主（节选）

吾生也有涯，而知(zhì)也无涯，以有涯随无涯，殆[1]已！已而为知者，殆而已矣[2]！

[1]殆：危险。陈鼓应《庄子今注今译》中解释为"疲困"。
[2]已而为知者，殆而已矣：本来已经困顿不堪，却还要求知，那就更危险了。

胠箧（节选）

故天下每每大乱，罪在于好知(zhì)。故天下皆知求其所不知而莫知求其所已知(zhī)者，皆知非其所不善而莫知非其所已善者[1]，是以大乱。故上悖日月之明，下烁山川之精，中堕四时之施[2]；惴耎(zhuìruǎn)之虫[3]，肖翘之物[4]，莫不失其性。甚矣夫好知之乱天下也！自三代[5]以下者是已，舍夫种种之民而悦夫役役之佞[6]，释夫恬淡无为而悦夫啍(tūn)啍之意，啍啍已乱天下矣[7]！

[1]皆知非其所不善而莫知非其所已善者：都知道批评自己不喜欢的而不知道批评自己认为好的。

[2]上悖日月之明,下烁山川之精,中堕四时之施:上面扰乱了日月的光明,下面削弱了山川的精气,中间破坏了四时的运行。

[3]惴耎之虫:蠕动的爬虫。

[4]肖翘之物:小飞虫。

[5]三代:夏商周三代。

[6]舍夫种种之民而悦夫役役之佞:舍弃了淳朴的百姓,喜欢狡诈的奸民。种种,形容淳朴的样子。役役,形容奔走钻营的样子。

[7]释夫恬淡无为而悦夫啍啍之意,啍啍已乱天下矣:舍弃恬淡无为的引导而爱好喋喋不休的说教,喋喋不休的说教已经搞乱了天下。

至 乐(节选)

夫天下之所尊者,富贵寿善也;所乐者,身安厚味美服好色音声也;所下者,贫贱夭恶也;所苦者,身不得安逸,口不得厚味,形不得美服,目不得好色,耳不得音声;若不得者,则大忧以惧,其为形也,亦愚哉[1]!

夫富者,苦身疾作,多积财而不得尽用,其为形也亦外矣。夫贵者,夜以继日,思虑善否,其为形也亦疏矣。人之生也,与忧俱生,寿者惽惽(mǐn),久忧不死[2],何苦也!……

今俗之所为与其所乐,吾又未知乐之果乐邪,果不乐邪?吾观夫俗之所乐,举群趣者,誙(kēng)誙然如将不得已[3],而皆曰乐者,吾未知之乐也,亦未知之不乐也。果有乐无有哉?吾以无为诚乐矣,又俗之所大苦也。故曰:"至乐无乐,至誉无誉。"

[1]其为形也,亦愚哉:这种为了形体(的作为),实在是太愚蠢了啊!

[2]人之生也,与忧俱生,寿者惽惽,久忧不死:人活在世上,忧愁一直伴随。长寿者整天糊里糊涂,处于忧患之中而不死去,多么痛苦啊!惽惽(mǐn),"惽"同"愍",忧虑、担心。

[3]誙誙然如将不得已:人们一拥而上,争先恐后,好像身不由己。誙誙然,竞相奔走的样子。

思考题

1. 《易经》是如何看待天地万物之间的关系的?
2. 什么是大同社会?什么是小康社会?儒家的历史观有何特点?
3. 儒家是怎样看待知识的?
4. 道家是怎样看待人类的知识的?
5. 儒家的"乐"与道家的"乐"有何不同?
6. 道家的理想社会是什么样的?
7. 道家与儒家的历史观有何相同与不同之处?
8. 请结合《古代汉语词典》了解道、德、文、化、哲、知的含义。

第二节　两汉散文

一、刘安《淮南子·主术训》选

《淮南子》是西汉淮南王刘安及其门客编写的哲学著作。刘安(前179—前122),为汉高祖刘邦之孙,淮南厉王刘长之子。被封为淮南王后,广招宾客术士,作《淮南子》。《淮南子》继承了先秦道家思想,糅合了诸家学说之精华,对了解秦汉时期的文化十分重要。原书有内篇、中篇、外篇,保存下来的只有内篇。梁启超说:"《淮南鸿烈》为西汉道家言之渊府,其书博大而有条贯,汉人著述中第一流也。"下文选自陈广忠等译注的《淮南子》(上海,生活·读书·新知三联书店,2014年),注释参考了此书及陈广忠校点、许慎注的《淮南子》(上海古籍出版社,2016年)。

人主之术,处无为之事,而行不言之教;清静而不动,一度而不摇;因循而任下,责成而不劳。是故心知规而师傅传谕导[1],口能言而行人称辞,足能行而相者先导,耳能听而执正进谏。是故虑无失策,谋无过事,言为文章,行为仪表于天下;进退应时,动静循理;不为丑美好憎,不为赏罚喜怒;名各自名,类各自类,事犹自然,莫出于己。故古之王者,冕而前旒(liú)[2],所以蔽明也,黈纩(tǒu kuàng)塞耳[3],所以掩聪;天子外屏,所以自障。故所理者远,则所在者迩;所治者大,则所守者小。夫目妄视则淫,耳妄听则惑,口妄言则乱。夫三关者,不可不慎守也。若欲规之,乃是离之;若欲饰之,乃是贼之。

昔者神农之治天下也,神不驰于胸中,智不出于四域,怀其仁诚之心;甘雨时降,五谷蕃植;春生夏长,秋收冬藏;月省时考,岁终献功;以时尝谷,祀于明堂。明堂之制,有盖而无四方;风雨不能袭,寒暑不能伤;迁延而入之[4],养民以公。其民朴重端悫(què)[5],不纷争而财足,不劳形而功成,因天地之资,而与之和同。是故威厉而不杀,刑错而不用,法省而不烦,故其化如神。

[1]心知规而师傅传谕导：规，谋也。师，所从取法也。傅，相也，谕导以正道也。（陈广忠校点、许慎注《淮南子》，第196页）

[2]旒：据许慎注，指王冠前后垂挂的珠子串成的帘子。

[3]黈纩塞耳：黈纩指古代冕的两侧悬挂的两个黄绵所制的小球，此句意指不听无意义的言论。

[4]迁延而入之：逍遥自在地进入。

[5]朴重端悫：朴素正直。

思考题

1. 为什么说《淮南子》主要体现了道家思想？
2. 文中是怎么解释"冕而前旒"以及"天子外屏"的？

二、班固《艺文志·诸子略》选

汉代初期道家兴盛，汉武帝独尊儒术，儒家成为思想主流。在众多学派中，道家和儒家之所以能够胜出，与其折中精神有很大关系。西汉末，刘向、刘歆等整理群书，将典籍分为六艺略、诸子略、诗赋略、兵书略、数术略、方技略六大类，加上总目辑略共七部，对保存典籍贡献巨大。班固作《汉书》，其中《艺文志》延续了刘向、刘歆的做法，所作《诸子略》将诸子分为十家，每一家列出书目，并进行简要介绍，最后是总序。此文对认识汉代各派思想之间的关系很有价值。下文选自郭锡良等编著的《古代汉语》（商务印书馆，2017年），注释参考同书。

儒家者流，盖出于司徒之官，助人君顺阴阳、明教化者也。游文于六经之中，留意于仁义之际，祖述[1]尧舜，宪章[2]文武，宗师仲尼，以重其言，于道最为高。孔子曰："如有所誉，其有所试。"唐虞[3]之隆，殷周之盛，仲尼之业，已试之效者也。然惑者既失精微，而辟者[4]又随时抑扬，违离道本，苟以哗众取宠。后进循之，是以五经乖析，儒学渐衰，此辟儒之患也。

道家者流，盖出于史官，历记成、败、存亡、祸福、古今之道，然后知秉要执本，清虚以自守，卑弱以自持，此君人南面之术也。合于尧之克攘，《易》之嗛嗛(qiǎn)[5]，一谦而四益，此其所长也。及放者为之，则欲绝去礼学，兼弃仁义；曰：独任清虚可以为治。

　　阴阳家者流，盖出于羲和之官，敬顺昊天，历象日月星辰，敬授民时，此其所长也。及拘者为之，则牵于禁忌，泥于小数，舍人事而任鬼神。

　　法家者流，盖出于理官。信赏必罚，以辅礼制。《易》曰"先王以明罚饬[6]法"，此其所长也。及刻者为之，则无教化，去仁爱，专任刑法，而欲以致治；至于残害至亲，伤恩薄厚。

　　名家者流，盖出于礼官。古者名位不同，礼亦异数。孔子曰："必也，正名乎！名不正则言不顺，言不顺则事不成。"此其所长也。及謷(jiāo)[7]者为之，则苟钩鈲(pī)析乱[8]而已。

　　墨家者流，盖出于清庙之守。茅屋采椽，是以昭俭；养三老五更，是以兼爱；选士大射[9]，是以上贤；宗祀严父，是以右鬼[10]；顺四时而行，是以非命[11]；以孝视天下，是以上同[12]。其所长也。及蔽者为之，见俭之利，因以非礼[13]，推兼爱之意，而不知别亲疏。

　　纵横家者流，盖出于行人之官。孔子曰："诵《诗》三百，使于四方。不能专对[14]，虽多，亦奚以为？"又曰："使乎！使乎！"言其当权事制宜，受命而不受辞，此其所长也。及邪人为之，则上诈谖(xuān)[15]而弃其信。

　　杂家者流，盖出于议官。兼儒、墨，合名法，知国体之有此，见王治之无不贯。此其所长也。及荡者为之，则漫羡[16]而无所归心。

　　农家者流，盖出于农稷之官。播百谷，劝耕桑，以足衣食，故八政一曰食，二曰货。孔子曰："所重民食。"此其所长也，及鄙者为之，以为无所事圣王，欲使君臣并耕，悖上下之序。

　　小说家者流，盖出于稗官。街谈巷语，道听途说者之所造也。孔子曰："虽小道，必有可观者焉。致远恐泥[17]，是以君子弗为也。"然亦弗灭也。闾里小知者之所及，亦使缀而不忘，如或一言可采，此亦刍荛(ráo)狂夫[18]之议也。

　　凡诸子百八十九家，四千三百二十四篇。

　　诸子十家，其可观者九家而已。皆起于王道既微，诸侯力政，时君世主，好恶殊方。是以九家之说，蜂出并作，各引一端，崇其所善，以此驰说，取合诸侯[19]。其言虽殊，辟犹水火，相灭亦相生也；仁之与义，敬之与和，相反而皆相成也。

《易》曰:"天下同归而殊途,一致而百虑。"今异家者,各推所长,穷知究虑,以明其指,虽有蔽短,合其要归,亦六经之支与流裔。使其人遭明王圣主,得其所折中,皆股肱(gōng)之材[20]已。仲尼有言:"礼失而求诸野。"方今去圣久远,道术缺废,无所更索,彼九家者,不犹愈于野乎?若能修六艺之术,而观此九家之言,舍短取长,则可以通万方[21]之略矣。

[1]祖述:尊崇奉行。

[2]宪章:效法。

[3]唐虞:唐尧与虞舜。

[4]辟者:邪僻的人。

[5]尧之克攘,《易》之嗛嗛:"攘"通"让","嗛"通"谦",全句意指先贤的谦虚克让。

[6]饬:整顿。

[7]訾:攻击别人的短处,揭发别人的隐私。

[8]苟钩𨰻析乱:随意地钩稽剖析,离开了正道,陷入诡辩,反而破坏了名实关系。钩,取。𨰻,破裂,这里引申为诡怪的道理。

[9]大射:天子为祭祀举行的射礼。

[10]右鬼:尊敬鬼。

[11]非命:反对天命。

[12]上同:是非善恶与在上者同。

[13]非礼:墨家反对儒家礼乐制度。

[14]专对:独自应对。

[15]上诈谖:喜欢用欺骗的方法。上,尚。谖,诈。

[16]漫羡:驳杂浮泛,散漫,无边际。

[17]致远恐泥:不能树立远大的理想。

[18]刍荛狂夫:割草打柴、狂愚之人。

[19]取合诸侯:迎合诸侯的利益。

[20]股肱之材:辅佐君王的能臣。

[21]万方:天下。

思考题

1. 十家之中,哪一家为正?
2. 十家之中,哪一家被排除在外,为什么?
3. 班固是如何评价道家的?
4. 班固是如何评价法家的?
5. 班固是如何评价墨家的?
6. 班固是如何评价阴阳家的?
7. 班固是如何看待不同学派之间的关系的?
8. 找出文章结论部分最重要的句子。

三、牟融《牟子理惑论》选

牟融(?—79),字子优,北海郡安丘县(今山东安丘市)人,东汉后献帝时人,学问渊博,历任司隶校尉、太尉、录尚书事等职,政绩突出,备受称颂。牟融著《牟子理惑论》,回答了当时儒家对佛教的一些质疑。可见东汉时佛教已经深入中国上层文化,儒释道并立的格局已初见端倪。文章见《弘明集》,编者为齐、梁时期的僧人僧佑。下文选自李小荣点校的《弘明集校笺》(上海古籍出版社,2013年),注释参考同书。

问曰:夫至实不华,至辞不饰;言约而至者丽,事寡而达者明。故珠玉少而贵,瓦砾多而贱。圣人制"七经"之本,不过三万言,众事备焉。今佛经卷以万计,言以亿数,非一人力所能堪也。仆以为烦而不要矣[1]。

牟子曰:江海所以异于行潦(lǎo)[2]者,以其深广也;五岳所以别于丘陵者,以其高大也。若高不绝山阜,跛羊凌其颠;深不绝涓流,孺子浴其渊[3]。麒麟不处苑囿之中,吞舟之鱼不游数仞之溪。剖三寸之蚌,求明月之珠,探枳棘(zhǐjí)[4]之巢,求凤凰之雏,必难获也。何者?小不能容大也。佛经前说亿载之事,却道万世之要。太素未起,太始未生,乾坤肇兴,其微不可握,其纤不可入。佛悉弥纶[5]其广大之外,剖析其窈妙之内,靡不纪之,故其经卷以万计,言以亿数,多多益具,众众益富,何不要之有?虽非一人所堪,譬若临河饮水,饱而自足,焉知其余哉?

问曰:佛经众多,欲得其要而弃其余,直说其实而除其华。

牟子曰:否!夫日月俱明,各有所照;二十八宿,各有所主;百药并生,各有所愈。狐裘备寒,绨绤(chīxì)[6]御暑;舟舆异路,俱致行旅。孔子不以"五经"之备,复作《春秋》《孝经》者,欲博道术,恣人意耳[7]。佛经虽多,其归为一也。犹"七典"虽异,其贵道德仁义亦一也。孝所以说多者,随人行而与之。若子张、子游俱问一孝,而仲尼答之各异,攻其短也,何弃之有哉?

问曰:佛道至尊至大,尧、舜、周、孔曷不修之乎?"七经"之中,不见其辞,子既耽诗书悦礼乐,奚为复好佛道,喜异术,岂能逾经传美圣业哉[8]?窃为吾子不取也!

牟子曰:书不必孔丘之言,药不必扁鹊之方,合义者从,愈病者良。君子博取众善,以辅其身。子贡云:"夫子何常师之有乎[9]?"尧事尹寿,舜事务成,旦[10]学吕望,丘学老聃,亦俱不见于"七经"也。四师虽圣,比之于佛,犹白鹿之与麒麟,燕鸟之与凤凰也。尧、舜、周、孔,且犹学之,况佛身相好变化,神力无方,焉能舍而不学乎?"五经"事义,或有所阙,佛不见记,何足怪疑哉?

....

问曰:夫福莫逾于继嗣,不孝莫过无后。沙门弃妻子,捐财货,或终身不娶。何其违福孝之行也。自苦而无奇,自拯而无异矣[11]。

牟子曰:夫长左者必短右,大前者必狭后。孟公绰为赵、魏老则优,不可以为滕、薛大夫[12]。妻子财物,世之余也;清躬无为,道之妙也。老子曰:"名与身孰亲,身与货孰多[13]?"又曰:观三代之遗风,览乎儒、墨之道术,诵《诗》《书》,修礼节,崇仁义,视清洁,乡人传业,名誉洋溢。此中士所施行,恬惔者所不恤[14]。故前有隋珠,后有虓(xiāo)虎[15],见之走而不敢取,何也?先其命而后其利也。许由栖巢木,夷、齐饿首阳,孔圣称其贤,曰:"求仁得仁者也。"不闻讥其无后无货也。沙门修道德,以易游世之乐,反淑贤以贸妻子之欢,是不为奇,孰与为奇[16]?是不为异,孰与为异哉?

[1]仆以为烦而不要矣:我认为太烦琐,不够简练。

[2]行潦:沟中的流水。潦,雨水、积水。

[3]若高不绝山阜……孺子浴其渊:如果高不过小土山,瘸腿的羊也可以登临;如果深不过小溪,小孩子也可以在里面洗浴。绝,超过。

[4]枳棘:带刺的灌木丛。

[5]弥纶:统摄、包含。

[6]絺绤:葛布的统称。

[7]孔子不以"五经"之备……恣人意耳:孔子不满足于整理"五经",又整理《春秋》《孝经》,为的是提高人的认识能力,满足人们的求知欲。

[8]子既耽诗书悦礼乐……岂能逾经传美圣业哉:您既然喜欢儒家的《诗》《书》《礼》《乐》,为什么又热衷于佛道,追求新奇,难道能离开经、传而赞美圣人之道吗?

[9]夫子何常师之有乎:孔子也没有固定的老师啊。

[10]旦:周公姬旦。

[11]自拯而无异矣:指走极端,折磨自己。拯,可能为"极"字之误(李小荣《弘明集校笺》)。

[12]孟公绰为赵、魏则优,不可以为滕、薛大夫:孟公绰做晋国赵氏、魏氏之家臣绰绰有余,做滕、薛这些小国的大夫却未必能胜任。

[13]名与身孰亲,身与货孰多:名誉与生命哪个更重要?生命与财物,哪个更宝贵?

[14]此中士所施行,恬惔者所不恤:这不过是中等人士的追求,并非恬淡无为者关心的东西。恤,顾念、体恤。

[15]前有隋珠,后有虓虎:前面有珠宝,后面有老虎追。隋珠,隋侯之珠,出自隋侯救蛇,蛇以明月珠相报的典故。

[16]沙门修道德……孰与为奇:僧人勤修道业,放弃世间的享乐,追求清净的生活,(有人)却认为这还不如过家庭生活,这不是奇谈怪论,什么是奇谈怪论?

思考题

1. 从儒释道的关系来看,当时佛教的传播有什么特点?
2. 牟子的回答有什么特点?

第三节　魏晋散文

一、王弼《老子道德经注》选

儒家敦厚,道家玄妙,一个偏重德,一个偏重智。汉魏时期中国思想发生巨变,儒家的"经世致用转为个人之逍遥抱一或出世"①。玄学兴盛,学者以玄妙的哲思来化解名教与自然的矛盾,寻求哲学上的统一。佛教般若(bōrě)思想的引入更是锦上添花,将这场有关本体论的讨论推向了高峰。玄学的代表作包括王弼的《周易注》《老子注》,向秀、郭象的《庄子注》,以及僧肇的《肇论》等。

王弼(226—249),魏山阳高平(今山东邹城市、金乡县一带)人,魏晋玄学的创始人之一。王弼爱好老子之学,曾任尚书郎,以文章闻名,主要作品包括《老子注》《老子指略》《周易注》《周易略例》。他提出了"以无为本"的思想,认为"无"统观天地万物,发展了老子的"道"为万物之源的思想②。下文选自楼宇烈的《王弼集校释》(中华书局,1980年)。

道可道,非常道;名可名,非常名。

可道之道,可名之名,指事造形,非其常也。故不可道,不可名也。

无名天地之始,有名万物之母。

凡有皆始于无,故未形无名之时,则为万物之始。及其有形有名之时,则长之、育之、亭之、毒之,为其母也。言道以无形无名始成万物,万物以始以成而不知其所以然,玄之又玄也。

故常无欲,以观其妙;

妙者,微之极也。万物始于微而后成,始于无而后生。故常无欲空虚,可以观其始物之妙。

---

① 汤用彤:《魏晋玄学论稿》,上海古籍出版社,2019,"导读"第49页。
② 楼宇烈:《王弼集校释》,中华书局,1980,"前言"第3—4页。

常有欲,以观其徼。

徼,归终也。凡有之为利,必以无为用;欲之所本,适道而后济。故常有欲,可以观其终物之徼也。

此二者同出而异名,同谓之玄,玄之又玄,众妙之门。

两者,始与母也。同出者,同出于玄也。异名,所施不可同也。在首则谓之始,在终则谓之母。玄者,冥默无有也,始、母之所出也。不可得而名,故不可言同名曰玄。而言同谓之玄者,取于不可得而谓之然也。不可得而谓之然,则不可以定乎一玄而已。若定乎一玄,则是名则失之远矣。故曰"玄之又玄"也。众妙皆从,玄而出,"众妙之门"也。

思考题

1. 如何理解"故常无欲,以观其妙"?
2. 王弼在哪些方面发展了道家思想?

二、僧肇《肇论》选

僧肇(384—414),东晋僧人,据《高僧传》,他早年"志好玄微,每以《庄》、《老》为心要",后读《维摩诘经》,欢喜无比,决志出家。后跟随鸠摩罗什大师学习般若,"学善方等,兼通三藏"(《高僧传》),为罗什四大弟子之一,人称解空第一。现存著作多种,以《肇论》最具代表性。书中收入了《物不迁论》《般若无知论》《不真空论》《涅槃无名论》等文。《肇论》"是印度佛教中国化历程中具有里程碑意义的经典""是玄学发展的顶峰,也是印度大乘空宗般若学在中国发展的顶峰"[①]。下文选自张春波的《肇论校释》(中华书局,2010年),注释参考同书。

不真空论(节选)

夫至虚无生者,盖是般若[1]玄鉴之妙趣,有物之宗极[2]者也。自非圣明特

---

① 张岂之主编《中华优秀传统文化经典要义》,太白文艺出版社,2013,第167页。

达,何能契神于有无之间哉?是以至人通神心于无穷,穷所不能滞;极耳目于视听,声色所不能制者,岂不以其即万物之自虚,故物不能累其神明者也。是以圣人乘真心而理顺,则无滞而不通;审一气[3]以观化,故所遇而顺适。无滞而不通,故能混杂致淳;所遇而顺适,故则触物而一。如此,则万象虽殊,而不能自异。不能自异,故知象非真象。象非真象,故则虽象而非象。

[1]般若:指佛教所说的智慧。
[2]宗极:根本。
[3]一气:《庄子》多处提到"天地之一气""天下一气"。但此处有所不同,说的是万物的共同本性,即"非有非无的中道"。

1. 文中所说的"万物"的根本是什么?
2. 为什么"至人"能做到"物不能累其神明"?

三、刘勰《文心雕龙》选

背景介绍

刘勰(约465—约521),字彦和,东莞郡莒县(今山东日照市莒县东莞镇沈庄)人,南朝梁时期文学理论家。刘勰少时家贫,笃志好学,跟随僧祐法师学习。后撰写《文心雕龙》,得到宰相沈约赏识,曾任步兵校尉、太子通事舍人等职,后于定林寺出家。《文心雕龙》可谓魏晋思想的集大成之作。该书气势宏大,论证详尽,文字优美,朗朗上口。书中频繁使用"通变""偕通""会通""象通""淹通",充分体现了融会贯通的精神。《文心雕龙》的"文"涵盖范围十分广泛,并非现代意义上的"文学"。全书对"文"的内涵与外延、不同文体的特点与作用、不同作品的优劣得失与批评鉴赏以及文章创作的原则、方法、技巧等问题进行了全面论述。每章由定义、观点、论证几部分组成:定义包括体、用两方面;观点立足于经典大义;论证则事无巨细,旁征博引,最后的"赞"画龙点睛,高度概括。全书以"原道"开始,论述"文"的本质,紧接着是"宗经",探讨"经"的重要性。"明诗"之后是文体论,"神思"属创作论,"知音"属鉴赏论,讨论读书的方法。以下选文及注释参考周振甫的《文心雕龙今译》(中华书局,2013年)及王运熙、周锋译注的《文心雕龙》(上海古籍出版社,2012年)。

原　道(节选)

　　文之为德也大矣,与天地并生者何哉?夫玄黄[1]色杂,方圆体分;日月叠璧,以垂丽天之象;山川焕绮,以铺理地之形:此盖道之文也。仰观吐曜,俯察含章,高卑定位,故两仪[2]既生矣。惟人参之[3],性灵所钟,是谓三才。为五行[4]之秀,实天地之心。心生而言立,言立而文明,自然之道也。

　　……

　　人文之元,肇自太极,幽赞神明,《易》象惟先。庖牺画其始,仲尼翼其终[5]。而《乾》《坤》两位,独制《文言》。言之文也,天地之心哉!若乃《河图》孕乎八卦,《洛书》韫乎九畴,玉版金镂之实,丹文绿牒之华,谁其尸[6]之,亦神理而已。

　　……

　　爰自风姓,暨(jì)于孔氏[7],玄圣创典,素王述训,莫不原道心以敷章,研神理而设教,取象乎《河》《洛》,问数乎蓍(shī)龟[8],观天文以极变,察人文以成化;然后能经纬区宇,弥纶彝宪[9],发辉事业,彪炳辞义。故知道沿圣以垂文,圣因文而明道,旁通而无滞,日用而不匮。《易》曰:"鼓天下之动者存乎辞。"辞之所以能鼓天下者,乃道之文也。

　　赞曰:道心惟微,神理设教。光采元圣,炳耀仁孝。龙图献体,龟书呈貌。天文斯观,民胥[10]以效。

[1]玄黄:天地的颜色。

[2]两仪:阴阳,这里引申为天地。

[3]惟人参之:人以第三者的身份参与到天地之间。

[4]五行:金、木、水、火、土。

[5]庖牺画其始,仲尼翼其终:《易经》创始于伏羲画八卦,完成于孔子的《十翼》。

[6]尸:主宰。

[7]爰自风姓,暨于孔氏:从伏羲到孔子。

[8]蓍龟:占卜用的蓍草与龟甲。

[9]经纬区宇,弥纶彝宪:治理天下,制定恒久的宪章。

[10]胥:都。

宗 经(节选)

三极彝训[1],其书言"经"。"经"也者,恒久之至道,不刊之鸿教也。故象天地,效鬼神,参[2]物序,制人纪,洞性灵之奥区,极文章之骨髓者也。皇世《三坟》,帝代《五典》,重以《八索》,申以《九丘》[3]。岁历绵暧,条流纷糅[4]。自夫子删述,而大宝咸耀。于是《易》张十翼,《书》标七观,《诗》列四始,《礼》正五经,《春秋》五例。义既极乎性情,辞亦匠于文理;故能开学养正,昭明有融。然而道心惟微,圣谟[5]卓绝;墙宇重峻,而吐纳自深。譬万钧之洪钟,无铮铮之细响矣。

……故文能宗经,体有六义:一则情深而不诡,二则风清而不杂,三则事信而不诞,四则义贞[6]而不回[7],五则体约而不芜,六则文丽而不淫。扬子比雕玉以作器,谓"五经"之含文也。夫文以行立,行以文传,四教所先,符采相济。励德树声,莫不师圣,而建言修辞,鲜克宗经。是以楚艳汉侈,流弊不还,正末归本,不其懿欤?

赞曰:三极彝训,道深稽古。致化惟一,分教斯五。性灵熔匠,文章奥府。渊哉铄(shuò)乎,群言之祖。

[1]三极彝训:关于天地人的永恒之理。彝,法度、常规。

[2]参:检验、研究、考证。

[3]皇世《三坟》……申以《九丘》:三皇时代的《三坟》,五帝时代的《五典》,加上《八索》,再加上《九丘》。

[4]岁历绵暧,条流纷糅:时间久远,纷杂混乱。

[5]圣谟:经典。

[6]贞:直、正。

[7]回:偏私。

神　思（节选）

古人云："形在江海之上，心存魏阙[1]之下。"神思之谓也。文之思也，其神远矣。故寂然凝虑，思接千载；悄焉动容，视通万里。吟咏之间，吐纳珠玉之声；眉睫之前，卷舒风云之色：其思理之致乎？故思理为妙，神与物游。神居胸臆，而志气统其关键；物沿耳目，而辞令管其枢机。枢机方通，则物无隐貌；关键将塞，则神有遁心[2]。

是以陶钧[3]文思，贵在虚静，疏瀹（yuè）五藏[4]，澡雪精神。积学以储宝，酌理以富才，研阅以穷照，驯致以怿辞[5]。然后使玄解之宰[6]，寻声律而定墨；独照之匠，窥意象而运斤；此盖驭文之首术，谋篇之大端。

…………

若夫骏发之士，心总要术，敏在虑前，应机立断；覃（tán）思[7]之人，情饶歧路，鉴在疑后，研虑方定。机敏故造次而成功，虑疑故愈久而致绩。难易虽殊，并资博练。若学浅而空迟，才疏而徒速，以斯成器，未之前闻。是以临篇缀虑，必有二患：理郁者苦贫，辞溺者伤乱，然而博见为馈贫之粮，贯一为拯乱之药，博而能一，亦有助乎心力矣。

…………

赞曰：神用象通，情变所孕。物以貌求，心以理应。刻镂声律，萌芽比兴。结虑司契[8]，垂帷[9]制胜。

注释

[1] 魏阙：宫门外高大的建筑物，这里引申为朝廷。

[2] 神有遁心：灵感消失。遁，隐去。

[3] 陶钧：陶冶、造就。

[4] 疏瀹五藏：疏通心中的阻碍，使之净化。五藏指的是神、魂、魄、意、志，属内在精神。

[5] 驯致以怿辞：从容玩味他人作品以寻绎文辞。

[6] 宰：主管、主持。

[7] 覃思：深思。与骏发相对，指深思熟虑。

[8] 结虑司契：用心构思掌握规则。

[9] 垂帷：放下室内悬挂的帷幕，借指专心读书或写作。

知 音（节选）

知音其难哉！音实难知，知实难逢，逢其知音，千载其一乎！夫古来知音，多贱同而思古，所谓"日近前而不御，遥闻声而相思[1]"也。

……

夫篇章杂沓，质文交加，知多偏好，人莫圆该[2]。慷慨者逆声而击节，酝藉(jiè)[3]者见密而高蹈；浮慧者观绮而跃心，爱奇者闻诡而惊听。会己则嗟讽[4]，异我则沮弃，各执一隅之解，欲拟万端之变，所谓东向而望，不见西墙也。

凡操千曲而后晓声，观千剑而后识器；故圆照之象，务先博观。阅乔岳以形培塿(lǒu)[5]，酌沧波以喻畎浍(quǎnkuài)[6]。无私于轻重，不偏于憎爱，然后能平理若衡，照辞如镜矣。……

夫缀文者情动而辞发，观文者披文以入情，沿波讨源，虽幽必显。世远莫见其面，觇文辄见其心。岂成篇之足深？患识照之自浅耳[7]。夫志在山水，琴表其情，况形之笔端，理将焉匿？故心之照理，譬目之照形，目瞭则形无不分，心敏则理无不达。……夫唯深识鉴奥，必欢然内怿，譬春台之熙众人，乐饵之止过客。盖闻兰为国香，服媚弥芬；书亦国华，玩绎方美；知音君子，其垂意焉。

赞曰：洪钟万钧，夔旷[8]所定。良书盈箧，妙鉴乃订。流郑淫人[9]，无或失听。独有此律，不谬蹊径。

注释

[1]日近前而不御，遥闻声而相思：出自《鬼谷子·内揵》，意为每天在面前的不予任用，遥远地听见名声就产生思慕之心。

[2]知多偏好，人莫圆该：欣赏、评论的人大多各有偏爱，很少有人能全面完备地作出评价。

[3]酝藉：宽和有涵容。

[4]嗟讽：赞叹、背诵。

[5]培塿：小土山。

[6]畎浍：田间小沟。

[7]岂成篇之足深？患识照之自浅耳：难道是作品太深奥难懂吗？恐怕是自己学识太浅薄。

[8]夔旷：夔为舜时的乐官，旷为春秋晋国的乐师。

[9]流郑淫人：郑国的靡靡之音惑乱人心。

思考题

1. 文的本质是什么？文的作用是什么？
2. 道、圣、文之间有什么关系？
3. 何为"经"？儒家的"五经"有哪些？"经"有哪些特点？
4. 文章构思的关键是什么？如何增加"心力"？
5. 读书为什么要"博观"？阅读时应保持何种态度？
6. 要读懂作者的意思，关键是什么？
7. 我们应该读什么书？

第四节　隋唐佛学

一、《大唐西域记》"序"选

背景介绍

唐朝佛教各宗都很发达,教理的研修达到鼎盛。玄奘(602—664)与鸠摩罗什、真谛并称为中国佛教三大翻译家。玄奘于贞观元年(627)只身一人前往印度学法,贞观十九年(645)回到长安,翻译经论,弘扬佛法,对佛教和世界文化交流作出巨大贡献。玄奘为中国"法相宗"创始人。《大唐西域记》记录玄奘西行沿途所见所闻,成为珍贵的历史地理文献。《大唐西域记》的序文介绍了佛教世界观和古代流行的文明划分方法。本篇选自周国林注译的《大唐西域记》(岳麓书社,1999年),注释参考同书。

然则索诃世界[1],三千大千国土[2],为一佛之化摄也。今一日月所照临四天下者,据三千大千世界之中。诸佛世尊,皆此垂化,现生现灭,导圣导凡。苏迷卢山[3]四宝合成,在大海中,据金轮上,日月之所照回,诸天之所游舍。七山七海,环峙环列;山间海水,具八功德。七金山外,乃咸海也。海中可居者,大略有四洲焉。东毘(pí)提诃洲,南赡部洲,西瞿陀尼洲,北拘卢洲[4]。金轮王乃化被四天下,银轮王则政隔北拘卢,铜轮王除北拘卢及西瞿陀尼,铁轮王则唯赡部洲。夫轮王者,将即大位,随福所感,有大轮宝浮空来应,感有金、银、铜、铁之异,境乃四三二一之差,因其先瑞,即以为号。

则赡部洲之中地者,阿那婆答多池[5]也。在香山之南,大雪山之北,周八百里矣。金、银、琉璃、颇胝(zhī),饰其岸焉。金沙弥漫,清波皎镜。八地菩萨[6]以愿力故,化为龙王,于中潜宅。出清冷水,给赡部洲。是以池东面银牛口,流出殑(jìng)伽河[7],绕池一匝,入东南海。池南面金象口,流出信度河[8],绕池一匝,入西南海。池西面琉璃马口,流出缚刍河,绕池一匝,入西北海。池北面颇胝师子口,流出徙多河,绕池一匝,入东北海,或曰,潜流地下,出积石山,即徙多河之流,为中国之河源云。

时无轮王应运,赡部洲地有四主焉。南象主则暑湿宜象[9]。西宝主乃临海盈宝,北马主寒劲宜马,东人主和畅多人。故象主之国躁烈笃学,特闲异术[10],服则横巾右袒,首则中髻(jì)四垂,族类邑居,室宇重阁。宝主之乡,无礼义、重财贿。短制左衽(rèn),断发长髭(zī),有城郭之居,务殖货之利。马主之俗,天资犷暴、情忍杀戮,毳(cuì)帐穹庐、鸟居逐牧。人主之地,风俗机惠,仁义照明,冠带右衽、车服有序,安土重迁,务资有类。三主之俗,东方为上[11]。其居室则东辟其户,且日则东向以拜。人主之地,南面为尊。方俗殊风,斯其大概。至于君臣上下之礼,宪章文轨之仪,人主之地无以加也。清心释累之训,出离生死之教,象主之国其理优矣。斯皆着之经诰(gào)[12],问诸土俗,博关今古,详考见闻。然则佛兴西方,法流东国,通译音讹,方言语谬,音讹则义失,语谬则理乖。故曰:"必也正名乎",贵无乖谬矣。

夫人有刚柔异性,言音不同,斯则系风土之气,亦习俗之致也。若其山川物产之异,风俗性类之差,则人主之地,国史详焉。马主之俗、宝主之乡,史诰备载,可略言矣。至于象主之国,前古未详。或书地多暑湿,或载俗好仁慈,颇存方志,莫能详举。岂道有行藏之致,固世有推移之运矣?是知候律[13]以归化,饮泽[14]而来宾,越重险而款玉门,贡方奇而拜绛阙[15]者,盖难得而言焉。由是之故,访道远游,请益之隙,存记风土。黑岭已来莫非胡俗,虽戎人同贯[16],而族类群分,画界封疆,大率土著。建城廓,务殖田畜,性重财贿,俗轻仁义。嫁娶无礼,尊卑无次,妇言是用,男位居下。死则焚骸,丧期无数。厘[17]面截耳,断发裂裳,屠杀群畜,祀祭幽魂。吉乃素服,凶则皂[18]衣。同风类俗,略举条贯。异政殊制,随地别叙。印度风俗,语在后记。

注释

[1]索诃世界:另译娑婆世界、娑诃世界,意为"堪忍",指现在人类所在之世界。

[2]三千大千国土:也称三千大千世界。一须弥山、一日月为一个小世界,一千个小世界为一个中千世界,一千个中千世界为一个大千世界,包括十亿个小世界。

[3]苏迷卢山:又称妙高山、须弥山。

[4]东毘提诃洲,南赡部洲,西瞿陀尼洲,北拘卢洲:东毘提诃洲,又称东圣身

洲。南赡部洲又称阎浮提洲。西瞿陀尼洲,又称西牛货洲。北边是北拘卢洲,又称北俱芦洲。

[5]阿那婆答多池:意为无热恼池。

[6]八地菩萨:菩萨成佛经过十个阶段,八地菩萨是第八个阶段。

[7]殑伽河:恒河。

[8]信度河:印度河。

[9]暑湿宜象:气候炎热潮湿,适合大象生存。

[10]躁烈笃学、特闲异术:性格热情、好学,擅长特异的学问。闲,同"娴",熟习。

[11]三主之俗,东方为上:南北西三个方位以东方为尊贵。处于东方的中国以北方为尊贵。

[12]经诰:经典、文告。

[13]候律:等待恰当的时机。

[14]饮泽:沐浴恩泽。

[15]贡方奇而拜绛阙:方奇,特产。绛阙,宫殿寺观前的朱色门阙。指外国人访问中国。

[16]同贯:同籍,居住在一起。

[17]厘:整理修饰。

[18]皂:黑色。

思考题

1.文中讲到的四种文明各有何特点?

2.四种文明中哪两种在古代影响比较大?哪两种后来影响比较大?

3.玄奘大师是怎样看待文化之间的差别的?

二、《俱舍论颂疏》选

背景介绍

《俱舍论》为公元四五世纪印度高僧世亲的著作。该论为佛教根本乘(也称小乘)的集大成之作,对佛教本体论、世界观、伦理学等进行了全面系统的论述。该论以理为宗,论证严谨,在印度影响极大,被称为"聪明论",可以说是佛学最基本的哲学课本。《俱舍论》为汉传佛教"俱舍宗"经典,最早由南朝真谛法师翻译,后来玄奘法师重译。"俱舍"为音译,意思是"藏"。书的全名是《阿毗达摩俱舍论》,即"对法藏论"。"对法"意为清净智慧之法,"藏"指本论包含了部派佛教时期影响最大的论典《大毗婆沙论》的精华。玄奘对《俱舍论》十分重视,广为弘扬。玄奘的再传弟子圆晖法师所著《俱舍论颂疏》流传较广。以下内容选自《俱舍论颂疏集注》(上海古籍出版社,2014年),注释参考同书。

圆晖自序

粤烛天下之幽者,其惟赫日乎?鼓[1]万物而成者,其惟飒(kǎi)风[2]乎?匡大教而济时者[3],其惟菩萨乎?爰有大士,厥号世亲,弘道于五天[4],制论于千部[5],光我师之正躅[6],解外道之邪纷,功无得而详也[7]。千部之内,俱舍论是其一焉。斯乃包括六足[8],吞纳八蕴[9],义虽诸部,宗唯以正[10],故得西域学徒号为聪明论也。至如七支[11]无表[12]之说,作传律之丹青[13];三科蕴界[14]之谈,与弘经为润色。光光佛日,寔(shí)在兹焉[15]。有正议大夫晋州刺史贾曾,惟公特禀异气,别授精灵;文盖云间,声雄日下;器宇冲邈,容止清闲;盖缙绅龟镜[16]之士也。公前任礼部侍郎,省司多暇,归心正法。乃相命谈义[17],遂请造略释。有大圣善寺怀远律师者,清以戒珠,凉以风仪;既勤勤于法门,亦孜孜于劝诱,志存兼济,故有请焉。在圆晖多幸,遭兹像化[18],咀以真诠[19],狎以兰室[20],喜朝闻于夕殒[21],荷严命以斯临,课以庸虚[22],聊为颂释。删其枝叶,采以精华。文于广本有繁,略叙关节;义于经律有要,必尽根源。颂则再牒[23]而方释,论乃有引而具注,木石以销,质而不文也[24]。冀味道君子,义学精人,披之而不惑,寻之而易悟,其犹执鸾镜而鉴像,持龙泉以断物,盖述之志矣。愚见不敏,何必当乎?庶通鉴之士[25],详而正焉。

[1]鼓:振动、摇动。

[2]飒风:南来之暖风,能使万物生长。

[3]匡大教而济时者:扶持佛法,救济当时的众生。

[4]五天:五天竺,古印度五国。

[5]千部:世亲菩萨造了一千部论,他也被称为千部论主。

[6]正躅:圣人的足迹。

[7]功无得而详也:功德难以尽述。

[8]六足:指"六足论"。

[9]八蕴:指《发智论》的八个部分。

[10]义虽诸部,宗唯以正:内容来自各派,但以理为宗,没有偏见。

[11]七支:十业道中的前七支,即身三语四,包括杀生、偷盗、邪淫、妄语、离间语、粗恶语、绮语。

[12]无表:指无表色,强有力的善恶业产生的一种色法。

[13]丹青:丹册与青史,引申为标准。

[14]三科蕴界:划分宇宙万物的三种方法,即蕴、处、界。

[15]光光佛日,寔在兹焉:佛法光明,都在这里。寔,确实。

[16]龟镜:龟以卜吉凶,镜以辨美恶,因此以"龟镜"比喻借鉴。这里引申为可以鉴古知今的聪慧。

[17]相命谈义:谦辞,意思是应约讲解佛理。

[18]像化:像法时代之教化。

[19]咀以真诠:亲自品味佛法的真谛。

[20]狎以兰室:亲近有德者。

[21]喜朝闻于夕殒:取《论语》"朝闻道,夕死可矣"之意。

[22]课以庸虚:谦辞,自称庸虚。

[23]牒:引用。

[24]木石以销,质而不文也:谦辞,只是粗略解释,没有文采。

[25]通鉴之士:有识之士。

大善地法

颂:信及不放逸,轻安舍惭愧,二根及不害,勤唯遍善心。

释曰:信者,澄净也。如水清珠,能清浊水,心有信珠,令心澄净。有说于四谛、三宝、善恶业果[1],忍许名信。及不放逸者,修诸善法。论云:离诸善法,复何名修?谓此于善,专注为性。余部经中,有如是释,能守护心,名不放逸。轻安者。轻谓轻利,安谓安适,于善法中,有所堪任,名心堪任性。舍者,舍离沉掉[2],令心平等,无警觉性。惭愧二种,如后当释。颂言二根者,谓无贪无瞋二善根也。……言不害者,谓无损恼,勤者精进,谓能令心勇悍为性。

[1]有说于四谛、三宝、善恶业果:四谛即苦、集、灭、道;三宝即佛、法、僧;善恶业果指善的或者恶的身口意必有相应之结果。

[2]沉掉:沉,昏沉;掉,掉举。指心念不安定。

明无惭等

颂:无惭愧不重,于罪不见怖,爱敬谓信惭。

释曰:无惭愧者,标也。不重者,释无惭也。不重贤善,名为无惭也。谓于功德,及有德人,无敬无崇,无所忌难,无所随属,说名无惭。即是恭敬所敌对法。言功德者,戒定慧功德也。有德人者,具戒定慧人也。无忌难者,无畏惧也。不随属者,不作弟子礼也。于罪不见怖者,释无愧也。谓诸善士所呵厌法,说名为罪。于此罪中,不见能招可怖畏果,说名无愧。此中怖言,显非爱果,能生怖故。有余师说,于所造罪自观无耻,说名无惭。观他无耻说名无愧。惭愧差别,翻此应知。谓翻初释,有敬有崇,有所忌难,有所随属,说名为惭。于罪见怖,说名为愧。翻第二释,于所造罪,自观有耻,说名为惭。观他有耻,说名为愧。

爱敬谓信惭者,释爱敬差别也。爱即是信,敬即是惭。爱谓爱乐,体[1]即是信。然爱有二:一有染污,二无染污。有染谓贪,如爱妻子等。无染谓信,如爱师长等。此颂言爱者,取第二爱也。

[1]体:本身的特征。

思考题

1. 《俱舍论》是一本什么样的书？
2. "无惭""无愧""信""敬"的含义是什么？了解这些有何意义？
3. 试比较儒家与佛教"敬""信"的异同。

三、《六祖坛经》选

唐代以后，汉传佛教义学凋敝，禅宗成为影响最大的宗派。自六祖慧能（638—713）开创南宗，他的弟子中，南岳怀让与青原行思二系最为兴盛，从中分出沩仰、临济、曹洞、云门、法眼五宗。禅宗活泼生动、注重心性证悟的特点弥补了传统儒学的不足，促进了宋代理学的出现。《六祖坛经》记载了六祖慧能大师的事迹和思想。下文选自王孺童译注的《坛经释义》（中华书局，2013年），注释参考同书。

惠能偈曰：菩提本无树，明镜亦非台。本来无一物，何处惹尘埃。

书此偈已，徒众总惊，无不嗟讶，各相谓言：奇哉！不得以貌取人。何得多时使他肉身菩萨[1]。

祖[2]见众人惊怪，恐人损害，遂将鞋擦了偈。曰：亦未见性。众以为然。

次日，祖潜至碓坊，见能[3]腰石舂米，语曰：求道之人，为法忘躯，当如是乎？乃问曰：米熟也未？

惠能曰：米熟久矣，犹欠筛在。

祖以杖击碓三下而去。惠能即会祖意，三鼓入室。

祖以袈裟遮围，不令人见。为说《金刚经》，至"应无所住而生其心"，惠能言下大悟，一切万法，不离自性。遂启祖言：何期自性，本自清净；何期自性，本不生灭；何期自性，本自具足；何期自性，本无动摇；何期自性，能生万法。

祖知悟本性，谓惠能曰：不识本心，学法无益。若识自本心，见自本性，即名丈夫、天人师、佛。

三更受法,人尽不知,便传顿教[4],及衣钵。云:汝为第六代祖。善自护念。广度有情,流布将来,无令断绝。听吾偈曰:

有情来下种,因地果还生。无情亦无种,无性亦无生。

[1]何得多时使他肉身菩萨:王孺童《坛经释义》将这句话解释为"惠能来此没有多长时间,竟然成就了肉身菩萨"。

[2]祖:五祖。

[3]能:慧能大师。

[4]顿教:顿悟法门。

思考题

1."本来无一物"是说一切都没有吗?

2."应无所住而生其心"出自哪里?怎样理解"无所住"?

第五节　宋明散文

一、周敦颐《太极图说》

儒学的复兴是唐以后中国古代思想的发展趋势。宋明理学汲取了道家、佛教思想,完善了自己的哲学体系。理学家试图重建儒家"道统",将所有知识纳入自己的理论体系,"代圣人立言",尊儒家为最高,后来成为官方正统哲学。理学发展到后期,对其他学派采取排斥的态度,思想上走向封闭,内部门派之争增加,至晚明愈演愈烈,出现了诸多激进的思想家。

周敦颐(1017—1073),字茂叔,谥号元公,道州营道楼田保(今湖南道县)人,世称濂溪先生。周敦颐是宋朝儒家理学思想的开山鼻祖,以《周易》为基础,融合道家思想,建立了理学本体论,提出至诚、无欲、顺化等概念,为理学的发展奠定了基础。作品有《太极图说》《通书》等,著作总集有《周元公集》。下文选自唐明邦、程静宇主编的《中国古代哲学名著选读》(武汉大学出版社,1988年),注释参考同书。

无极[1]而太极[2]。太极动而生阳,动极而静;静而生阴,静极复动。一动一静,互为其根。分阴分阳,两仪立焉。阳变阴合而生水、火、木、金、土。五气[3]顺布,四时行焉。五行一阴阳也,阴阳一太极也,太极本无极也。

五行之生也,各一其性。无极之真,二五之精[4],妙合而凝。"乾道成男,坤道成女。"二气交感,化生万物,万物生生而变化无穷焉。

惟人也,得其秀而最灵。形既生矣,神发知矣,五性[5]感动而善恶分,万事出矣。圣人定之以中正仁义而主静,立人极焉。

故圣人与天地合其德,日月合其明,四时合其序,鬼神合其吉凶。君子修之吉,小人悖[6]之凶。故曰:"立天之道,曰阴与阳;立地之道,曰柔与刚;立人之道,曰仁与义。"又曰:"原始反终,故知死生之说。"大哉《易》也,斯其至矣!

[1] 无极:宇宙万物的本源。
[2] 太极:最原始的混沌之气。
[3] 五气:五行水、火、木、金、土之气。
[4] 二五之精:阴阳二气与五行之精粹。
[5] 五性:指刚、柔、善、恶、中。
[6] 悖:违背。

思考题

1. 周敦颐认为世界的本源是什么?
2. 天地之道与人之道有什么关系?

二、朱熹《四书章句集注》选

朱熹(1130—1200),宋朝著名理学家,世称朱子。他十九岁考中进士,曾任江西南康、福建漳州知府与浙东巡抚等职。朱熹发展了程颢、程颐的思想,提出了天理说,成为理学的集大成者。他建立书院,致力于儒家思想的继承与发扬,对后世影响很大。朱熹著述甚多,代表作有《四书章句集注》《太极图说解》等。下文选自中华书局出版的《四书章句集注》(1983年),注释参考同书。

中庸章句(节选)

中者,不偏不倚、无过不及之名。庸,平常也。

子程子[1]曰:"不偏之谓中,不易之谓庸。中者,天下之正道,庸者,天下之定理。"此篇乃孔门传授心法,子思[2]恐其久而差也,故笔之于书,以授孟子。其书始言一理,中散为万事,末复合为一理,"放之则弥六合,卷之则退藏于密",其味无穷,皆实学也。善读者玩索而有得焉,则终身用之,有不能尽者矣。

天命之谓性，率性之谓道，修道之谓教。 命，犹令也。性，即理也。天以阴阳五行化生万物，气以成形，而理亦赋[3]焉，犹命令也。于是人物[4]之生，因各得其所赋之理，以为健顺五常之德，所谓性也。率，循也。道，犹路也。人物各循其性之自然，则其日用事物之间，莫不各有当行之路，是则所谓道也。修，品节[5]之也。性道虽同，而气禀或异，故不能无过不及之差[6]，圣人因人物之所当行者而品节之，以为法于天下，则谓之教，若礼、乐、刑、政之属是也。盖人之所以为人，道之所以为道，圣人之所以为教，原其所自，无一不本于天而备于我。学者知之，则其于学知所用力而自不能已[7]矣。故子思于此首发明之，读者所宜深体而默识也。**道也者，不可须臾离也，可离非道也。是故君子戒慎乎其所不睹，恐惧乎其所不闻。** 离，去声。○道者，日用事物当行之理，皆性之德而具于心，无物不有，无时不然，所以不可须臾离也。若其可离，则为外物而非道矣。是以君子之心常存敬畏，虽不见闻，亦不敢忽，所以存天理之本然，而不使离于须臾之顷也。**莫见乎隐，莫显乎微，故君子慎其独也。** 见，音现。○隐，暗处也。微，细事也。独者，人所不知而己所独知之地也。言幽暗之中，细微之事，迹虽未形而几则已动，人虽不知而己独知之，则是天下之事无有著见明显而过于此者。是以君子既常戒惧，而于此尤加谨焉，所以遏人欲于将萌，而不使其滋长于隐微之中，以至离道之远也。**喜怒哀乐之未发，谓之中；发而皆中节，谓之和。中也者，天下之大本也；和也者，天下之达道也。** 乐，音洛。中节之中，去声。○喜、怒、哀、乐，情也。其未发，则性也，无所偏倚，故谓之中。发皆中节，情之正也，无所乖戾，故谓之和。大本者，天命之性，天下之理皆由此出，道之体也。达道者，循性之谓，天下古今之所共由，道之用也。此言性情之德，以明道不可离之意。**致中和，天地位焉，万物育焉。** 致，推而极之也。位者，安其所也。育者，遂其生也。自戒惧而约之，以至于至静之中，无少偏倚，而其守不失，则极其中而天地位矣。自谨独而精之，以至于应物之处，无少差谬，而无适不然，则极其和而万物育矣。盖天地万物本吾一体，吾之心正，则天地之心亦正矣，吾之气顺，则天地之气亦顺矣。故其效验至于如此。此学问之极功、圣人之能事，初非有待于外，而修道之教亦在其中矣。是其一体一用虽有动静之殊，然必其体立而后用有以行，则其实亦非有两事也。故于此合而言之，以结上文之意。

[1]子程子：第一个"子"指夫子，对师的尊称。"程子"指程颐，与程颢并称二

程,北宋理学的奠基人,受学于周敦颐,是朱熹的老师。

[2]子思:,孔子的嫡孙,受教于孔子的高足曾参。

[3]赋:通"敷",颁布,此处引申为显露。

[4]人物:人和物。

[5]品节:品德、节操。

[6]故不能无过不及之差:不能没有过分或者不及的种种差别。

[7]而自不能已:自然不会停止。

思考题

1. 朱熹是怎样解释"性""道"的?
2. 理学与先秦儒家的最大区别是什么?

三、普济《五灯会元》选

禅宗提倡"教外别传,不立文字",成为具有中国特色的宗派。实际上为了广泛吸收徒众,传继法脉,禅宗留下了大量介绍佛教经典的文字和记录祖师事迹、言语的"传灯录""语录",对宋代文学、思想产生了深远影响。《五灯会元》的作者是南宋杭州灵隐寺的普济,此书是五部禅宗传灯录的汇编,辑录了各派的语录、公案等史料,记叙禅宗世系源流。苏轼(1037—1101),北宋著名文学家、书法家、画家,与云门宗高僧来往频繁,以下是《五灯会元》中两段他和东林玉泉承皓禅师、云居山了元佛印禅师的对话。

东林玉泉承皓禅师

内翰东坡居士苏轼,字子瞻。因宿东林,与照觉论无情[1]话,有省。黎明献偈曰:"溪声便是广长舌[2],山色岂非清净身。夜来八万四千偈,他日如何举似人。"

未几抵荆南,闻玉泉皓禅师[3]机锋不可触,公拟抑之,即微服求见[4]。泉问:"尊官高姓?"公曰:"姓秤,乃秤天下长老底秤。"泉喝曰:"且道这一喝重多少?"公无对,于是尊礼之。

云居山了元佛印禅师[5]

师(了元)一日与学徒入室次,适东坡居士到面前。师曰:"此间无坐榻,居士来此作甚么?"士曰:"暂借佛印四大[6]为坐榻。"师曰:"山僧有一问,居士若道得,即请坐;道不得,即输腰下玉带子[7]。"士欣然曰:"便请。"师曰:"居士适来道,暂借山僧四大为坐榻。只如山僧四大本空,五阴[8]非有,居士向甚么处坐?"士不能答,遂留玉带。师却赠以云山衲(nà)衣。

[1]无情:指草木、山河大地等没有情感的事物。承皓禅师认为它们也能宣讲佛法。

[2]广长舌:"广长舌相"为佛三十二相之一,代表不妄语。

[3]皓禅师:承皓禅师(1011—1091),眉州丹棱(今四川眉州市丹棱县)人,苏东坡同乡,禅宗云门派高僧。

[4]公拟抑之,即微服求见:苏东坡想跟禅师较量一下,穿着普通人的服装拜访禅师。

[5]了元佛印禅师:1032—1098,禅宗云汀派高僧,法名了元,字觉老。

[6]四大:佛教术语,佛教认为万事万物皆由"地、水、火、风"四种类型的物质(四大)构成。

[7]玉带子:古代官员用的玉饰腰带。

[8]五阴:佛教将世间的事物分为五类,即"色受想行识",简称五阴。

思考题

1. 找一首苏轼写的富有禅意的诗,说明其含义。
2. 唐宋诗人的禅诗有何特点?

四、王阳明《传习录》选

王阳明(1472—1529),名守仁,字伯安,浙江余姚人。二十八岁中进士,四十四岁时被贬贵州龙场,思考格物致知之理,经过"龙场悟道",提出阳明心学,核心思想为致良知、心即理、知行合一等。阳明心学是宋明理学的一大派别,虽然在对宇宙本体的认识以及修心的方法上与理学有所不同,但在儒家道统及伦理层面并无分歧。主要著作有《传习录》。下文选自王晓昕的《传习录译注》(中华书局,2018年),注释参考同书。

(一)

爱[1]问:"'知止而后有定',朱子以为'事事物物皆有定理',似与先生之说相戾。"

先生曰:"于事事物物上求至善,却是义外[2]也,至善是心之本体,只是'明明德'到'至精至一'处便是,然亦未尝离却事物,本注所谓'尽夫天理之极,而无一毫人欲之私'者得之[3]。"

(《传习录》上之二)

(二)

又曰:"知是心之本体,心自然会知:见父自然知孝,见兄自然知弟,见孺子入井自然知恻隐,此便是良知,不假外求。若良知之发,更无私意障碍,即所谓'充其恻隐之心,而仁不可胜用矣[4]'。然在常人不能无私意障碍,所以须用致知格物之功胜私复理。即心之良知更无障碍,得以充塞流行,便是致其知。知致则意诚。"

(《传习录》上之八)

(三)

知者行之始,行者知之成。圣学只一个功夫,知行不可分作两事。

(《传习录》上之二六)

(四)

来书云"良知亦有起处"云云。

此或听之未审。良知者,心之本体,即前所谓恒照者也。心之本体,无起无不起,虽妄念之发,而良知未尝不在,但人不知存,则有时而或放[5]耳;虽昏塞之极,而良知未尝不明,但人不知察,则有时而或蔽耳。虽有时而或放,其体实未尝不在也,存之而已耳[6];虽有时而或蔽,其体实未尝不明也,察之而已耳。若谓良知亦有起处,则是有时而不在也,非其本体之谓矣。

(《传习录》上之一五二)

[1] 爱:王阳明门生徐爱。

[2] 义外:出自《孟子·告子上》"义,外也,非内也"。孟子认为仁义在人的心中。

[3] 本注所谓"尽夫天理之极,而无一毫人欲之私"者得之:本注认为完全通晓天理,没有丝毫私欲的人才能达到至善的境界。本注,指朱熹的《大学章句》。

[4] 充其恻隐之心,而仁不可胜用矣:出自《孟子·尽心下》,意为人如果能有不伤害他人的心,仁义之心就无穷无尽了。

[5] 放:丢失、迷失。

[6] 虽有时而或放,其体实未尝不在也,存之而已耳:虽然有时会迷失,但良知的本体仍然在,保护好就可以了。

思考题

1. 王阳明的心学与朱熹的理学有何相同之处?有何不同之处?
2. 王阳明的心学有何局限性?

五、袁了凡《了凡四训》选

晚明理学和心学被质疑,儒学不断分化,而佛教则出现振兴的迹象,"明末儒者往往遁入佛老,入于佛教者为尤多"①。明末四大高僧既精通教理,又注重行

---

① 龚鹏程:《晚明思潮》,商务印书馆,2005,第 310 页。

持,他们善于调和儒释道,保持了中国文化兼容并蓄、融会贯通的精神。

袁黄(1533—1606),初名表,后改名黄,初号学海,后改了凡。浙江嘉善县人,明代重要思想家,所作《了凡四训》影响广泛。该书分四部分。第一部分"立命之学"讲"命由我作,福自己求"的道理。第二部分"改过之法"和第三部分"积善之方"涉及修身养性的方法和行善积德的标准和内容,最后一部分为"谦德之效"。作者立足佛教,会通儒释道,书中大量引用孔孟之学、儒道经典,体现了兼容并蓄、求同存异的精神,也体现了中国文化重视道德实践的特点。《了凡四训》注释及白话文译本极多,以下引文与注释参考尚荣、徐敏所注《了凡四训》(插图本,中华书局,2008年)及思尼子的《了凡四训本义直解》(古吴轩出版社,2015年)。

第一篇　立命之学

《书》曰:"天难谌(chén)[1],命靡常[2]。"又云:"惟命不于常。"皆非诳(kuáng)语。吾于是而知,凡称祸福自己求之者,乃圣贤之言;若谓祸福惟天所命,则世俗之论矣。

汝之命,未知若何?即命当荣显,常作落寞想;即时当顺利,常作拂逆想;即眼前足食,常作贫窭(jù)[3]想;即人相爱敬,常作恐惧想;即家世望重,常作卑下想;即学问颇优,常作浅陋想。

远思扬祖宗之德,近思盖父母之愆(qiān)[4];上思报国之恩,下思造家之福;外思济人之急,内思闲己之邪。

务要日日知非,日日改过;一日不知非,即一日安于自是;一日无过可改,即一日无步可进。天下聪明俊秀不少,所以德不加修、业不加广者,只为因循二字,耽搁一生。

....

第二篇　改过之法

春秋诸大夫,见人言动,亿[5]而谈其祸福,靡不验者,《左》《国》诸记可观也。大都吉凶之兆,萌乎心而动乎四体,其过于厚者常获福,过于薄者常近祸;俗眼多翳,谓有未定而不可测者。至诚合天,福之将至,观其善而必先知之矣;祸之将至,观其不善而必先知之矣。今欲获福而远祸,未论行善,先须改过。

但改过者,第一,要发耻心。思古之圣贤,与我同为丈夫,彼何以百世可师?我何以一身瓦裂?耽染尘情,私行不义,谓人不知,傲然无愧,将日沦于禽兽而不自知矣;世之可羞可耻者,莫大乎此。孟子曰:"耻之于人大矣。"以其得之则圣贤,失之则禽兽耳。此改过之要机也。

第二,要发畏心。天地在上,鬼神难欺,吾虽过在隐微,而天地鬼神,实鉴临[6]之。重则降之百殃,轻则损其现福,吾何可以不惧?

不惟此也。闲居之地,指视昭然;吾虽掩之甚密,文之甚巧,而肺肝早露,终难自欺;被人觑破,不值一文矣,乌得不懔懔[7]?

不惟是也。一息尚存,弥天之恶,犹可悔改;古人有一生作恶,临死悔悟,发一善念,遂得善终者。谓一念猛厉,足以涤百年之恶也。譬如千年幽谷,一灯才照,则千年之暗俱除;故过不论久近,惟以改为贵。

但尘世无常,肉身易殒,一息不属,欲改无由矣。明则千百年担负恶名,虽孝子慈孙,不能洗涤;幽则千百劫沉沦狱报[8],虽圣贤佛菩萨,不能援引。乌得不畏?

第三,须发勇心。人不改过,多是因循退缩;吾须奋然振作,不用迟疑,不烦等待。小者如芒刺在肉,速与抉剔;大者如毒蛇啮指,速与斩除,无丝毫凝滞。此风雷之所以为益也。

············

第三篇　积善之方

《易》曰:"积善之家,必有余庆。"昔颜氏将以女妻叔梁纥(hé),而历叙其祖宗积德之长,逆知[9]其子孙必有兴者。孔子称舜之大孝,曰:"宗庙飨(xiǎng)之,子孙保之。"皆至论也。

············

随缘济众,其类至繁,约言其纲,大约有十:第一,与人为善;第二,爱敬存心;第三,成人之美;第四,劝人为善;第五,救人危急;第六,兴建大利;第七,舍财作福;第八,护持正法;第九,敬重尊长;第十,爱惜物命。

何谓与人为善?昔舜在雷泽,见渔者皆取深潭厚泽,而老弱则渔于急流浅滩之中,恻然哀之,往而渔焉。见争者皆匿其过而不谈;见有让者,则揄扬而取法之。期年,皆以深潭厚泽相让矣。夫以舜之明哲,岂不能出一言教众人哉?乃不以言教而以身转之,此良工苦心也。

吾辈处末世,勿以己之长而盖人;勿以己之善而形人,勿以己之多能而困人。收敛才智,若无若虚;见人过失,且涵容而掩覆之。一则令其可改,一则令其有所顾忌而不敢纵。见人有微长可取,小善可录,翻然舍己而从之,且为艳称而广述之。凡日用间,发一言,行一事,全不为自己起念,全是为物立则;此大人天下为公之度也。

············

第四篇　谦德之效

《易》曰:"天道亏盈而益谦,地道变盈而流谦,鬼神害盈而福谦,人道恶盈而好谦。"是故谦之一卦,六爻皆吉。《书》曰:"满招损,谦受益。"予屡同诸公应试,每见寒士将达,必有一段谦光可掬。

············

由此观之,举头三尺,决有神明,趋吉避凶,断然由我。须使我存心制行,毫不得罪于天地鬼神,而虚心屈己,使天地鬼神,时时怜我,方有受福之基。彼气盈者,必非远器,纵发亦无受用。稍有识见之士,必不忍自狭其量,而自拒其福也。况谦则受教有地,而取善无穷,尤修业者所必不可少者也。

古语云:"有志于功名者,必得功名;有志于富贵者,必得富贵。"人之有志,如树之有根。立定此志,须念念谦虚,尘尘方便,自然感动天地,而造福由我。今之求登科第者,初未尝有真志,不过一时意兴耳。兴到则求,兴阑则止。孟子曰:"王之好乐甚,齐其庶几乎[10]?"予于科名亦然。

[1]谌:相信。

[2]靡常:无常、不定。

[3]贫窭:贫穷。

[4]愆:罪过、过失。

[5]忆:通"臆",推测、揣测。

[6]鉴临:靠近观看。鉴,审查、观看;临,来到、靠近。

[7]懍懍:警惕、害怕。

[8]沉沦狱报:沉沦于堕入地狱受苦的果报之中。

[9]逆知:预先猜度。

[10]王之好乐甚,齐其庶几乎:大王如果真的喜欢音乐,那么也就能治理好齐国了。

思考题

1. 试分析《了凡四训》四个章节之间的逻辑关系,如为什么"立命之学"要放在最前面?
2. "改过"要发哪三种心?改过为什么重要?
3. 为什么说"满招损,谦受益"?
4. 举例说明《了凡四训》是如何处理儒释道之间的关系的。

六、莲池大师《竹窗随笔》选

莲池大师(1535—1615),即云栖袾宏,俗姓沈,名袾宏,字佛慧,别号莲池,因久居杭州云栖寺,又称云栖大师。与紫柏真可、憨山德清、藕益智旭并称为"明代四大高僧"。莲池大师出生于世代望族之家,二十七岁丧父,三十二岁丧母,母亲去世后与妻子汤氏诀别,作"七笔勾"词,投西山无门性天禅师出家。他一生致力于弘扬净土法门,主持云栖道场四十余年,融合禅净二宗,被后世尊为中国净土宗第八代祖师。著作有《阿弥陀经疏钞》《竹窗随笔》《戒杀放生文》等。下文选自张景岗点校的《莲池大师文集》(九州出版社,2013年),注释也参考了此书。

名 利

荣名厚利,世所同竞。而昔贤谓:"求之既不可得,却之亦不可免。"此"却之不可免"一语,最极玄妙,处世者当深信熟玩。盖求不可得,人或知之。却不可免,谁知之者?如知其不可免也,何以求为?又求之未得,不胜其愠[1]。及其得之,不胜其喜。如知其不可免也,何以喜为?又已得则喜,他人得之则忌[2]。如知其不可免也,何以忌为?庶几[3]达宿缘之自致,了万境之如空,而成败利钝,兴味萧然矣。故知此语玄妙。

[1]愠:愤怒、怨恨。

[2]忌:嫉妒。

[3]庶几:语气词,希望也许能如此。

弃舍所长

凡人资性所长,必着之不能舍[1]。如长于诗文者、长于政事者、长于货殖者、长于战阵者,乃至长于书者、画者、琴者、棋者,皆弊精竭神、殚智尽巧以从事。而多有钩深穷玄,成一家之名,以垂世不朽。若能弃舍不用,转此一回精神智巧,抵在般若上,何患道业之无成乎?而茫茫古今,千百人中未见一二矣。

[1]凡人资性所长,必着之不能舍:人天生各有所长,总是专注于自己的爱好,舍不得放下。

道 原

或问:《道德经》云:"吾不知其名,字之曰道。"则"道"之一言,自老子始,而万代遵之。佛经之所谓"道"者,亦莫之能违也,则何如?

曰:著于《易》,则云:"履道坦坦。"纪于《书》,则云:"必求诸道。"咏于《诗》,则云:"周道如砥。"五千言未出,"道"之名已先立矣。况彼之所谓"道"者,乃法乎自然。如其空无来原,自然生道,则清凉判为无因[1]。如其本于自然,方乃生道,则清凉判为邪因[2]。无因、邪因,皆异计耳[3],非佛之所谓"道"也。佛道,则万法由乎自心,非自然,非不自然。经言"阿耨(nòu)多罗三藐三菩提[4]"者,是无上正觉之大道也。尚非自然,何况法自然者!

[1]如其空无来原,自然生道,则清凉判为无因:如果说道是从无中产生的,

则清凉大师认为这是无因论,即认为没有因可以有果。清凉,即清凉澄观法师(737—838),华严宗四祖,先后为七个皇帝讲经。清凉行持高洁,广学各宗教义,尤其致力于弘扬华严宗,著有《华严经疏钞》等。

[2]如其本于自然,方乃生道,则清凉判为邪因:如果说道就是从自然这个东西里面生出来的,则清凉大师认为这是不正确的因。

[3]皆异计耳:上面两种因都不成立,是错误的。

[4]阿耨多罗三藐三菩提:梵文音译,意思是无上正等正觉,即最高的智慧觉悟。

儒佛配合

儒佛二教圣人,其设化各有所主,固不必歧而二之[1],亦不必强而合之。何也?儒主治世,佛主出世。治世,则自应如《大学》"格致诚正修齐治平"足矣。而过于高深,则纲常伦理不能安立。出世,则自应穷高极深,方成解脱,而于家、国、天下,不无稍疏。盖理势自然,无足怪者。若定谓儒即是佛,则"六经"、《论》、《孟》诸典,璨然备具,何俟释迦降诞、达摩西来?定谓佛即是儒,则何不以《楞严》、《法华》理天下,而必假羲、农、尧、舜创制于其上,孔、孟诸贤明道于其下?故二之、合之,其病均也。虽然,圆机之士,二之亦得,合之亦得,两无病焉,又不可不知也。

[1]歧而二之:一分为二,将二者对立起来。

思考题

1.为什么说"却之亦不可免"的道理最为玄妙?
2.莲池大师是如何看待专业技能教育的?
3.莲池大师认为道家与佛教的本体论一样吗?为什么?
4.佛道与道家之道有何区别?
5.作者认为儒家与佛教的关系是怎样的?

第六节　清代散文

一、顾炎武《与友人论学书》

清代官方思想延续程朱理学,学术风气则转向汉学。学者们对宋明理学过分注重理论、封闭自满的倾向十分不满,训诂、考据、史地之学随之兴盛。然而,清代汉学与理学并非对抗的关系,嘉乾汉学弥补了宋明理学的不足,虽然汉学内部也出现了不同学派,但融合统一的意识依然占主流。清代文化及文学具有兼采众长、融汇古今的特点,无论在思想上还是方法上都较宋明时期更为开放。桐城学派主张文章应兼顾义理、辞章、考据,以博通、清雅、含蓄为特点,达到了较高的艺术境界。

顾炎武(1613—1682),人称亭林先生,南直隶昆山(今江苏昆山市)人。明末清初杰出的思想家、学者,与黄宗羲、王夫之并称明末"三大儒"。清朝初期组织反清活动,拒绝出仕,反对理学空谈义理,主张经世致用之说,学问广博,为清初朴学之开创者。著有《日知录》《天下郡国利病书》等。下文选自刘世南、刘松来选注的《清文选》(人民文学出版社,2006年),参考人民教育出版社中学语文编辑室选编的《古代散文选》(1980年),注释参考两书。

比[1]往来南北,颇承友朋推一日之长,问道于盲。窃叹夫百余年以来之为学者,往往言心言性[2],而茫乎不得其解也。

命与仁,夫子之所罕言也;性与天道,子贡之所未得闻也。性命之理,著之《易传》,未尝数以语人。其答问士也,则曰:"行己有耻";其为学,则曰:"好古敏求";其与门弟子言,举尧舜相传所谓"危微精一"之说,一切不道,而但曰:"允执其中,四海困穷,天禄永终。"呜呼!圣人之所以为学者,何其平易而可循也!故曰:"下学而上达。"颜子之几乎圣也,犹曰:"博我以文。"其告哀公也,明善之功,先之以博学。自曾子而下,笃实无若子夏,而其言仁也,则曰:"博学而笃志,切问而近思。"

今之君子则不然,聚宾客门人之学者数十百人,"譬诸草木,区以别矣",而一皆与之言心言性,舍多学而识,以求一贯之方,置四海之困穷不言,而终日讲危微精一之说,是必其道之高于夫子,而其门弟子之贤于子贡,祧(tiāo)东鲁[3]而直接二帝[4]之心传者也。我弗敢知也。

《孟子》一书,言心言性,亦谆谆矣,乃至万章、公孙丑、陈代、陈臻、周霄、彭更[5]之所问,与孟子之所答者,常在乎出处去就、辞受取与[6]之间。以伊尹之元圣,尧舜其君其民之盛德大功,而其本乃在乎千驷一介之不视不取。伯夷、伊尹之不同于孔子也,而其同者,则以"行一不义,杀一不辜,而得天下不为[7]"。是故性也、命也、天也,夫子之所罕言,而今之君子之所恒言也;出处去就、辞受取与之辨,孔子、孟子之所恒言,而今之君子所罕言也。谓忠与清之未至于仁,而不知不忠与清而可以言仁者,未之有也[8];谓"不忮(zhì)[9]不求"之不足以尽道,而不知终身于忮且求而可以言道者,未之有也。我弗敢知也。

愚所谓圣人之道者如之何?曰:"博学于文",曰:"行己有耻"。自一身以至于天下国家,皆学之事也;自子臣弟友以出入往来、辞受取与之间,皆有耻之事也。"耻之于人大矣!"不耻恶衣恶食,而耻匹夫匹妇之不被其泽,故曰:"万物皆备于我矣,反身而诚。"

呜呼!士而不先言耻,则为无本之人;非好古而多闻,则为空虚之学。以无本之人而讲空虚之学,吾见其日从事于圣人而去之弥远也。虽然,非愚之所敢言也,且以区区之见私诸同志而求起予[10]。

注释

[1]比:近来。

[2]言心言性:指宋明理学家喜欢空谈心性。

[3]东鲁:孔子。

[4]二帝:尧舜。

[5]万章、公孙丑、陈代、陈臻、周霄、彭更:他们都是孟子的学生。

[6]出处去就、辞受取与:指处世的相反做法。出,出来做官;处,隐居为民。去,辞官不做;就,接受官职。辞,不接受;受,接受。取,收他人的财物;与,以财物予人。

[7]行一不义,杀一不辜,而得天下不为:语出《孟子·公孙丑上》,意为不会为了得天下而行一不义之举,杀一无辜。

[8]谓忠与清之未至于仁,而不知不忠与清而可以言仁者,未之有也:认为忠

诚与清廉算不上仁,却不知道不忠诚、不清廉而能称得上仁的人,从来没有过。

[9]忮:嫉妒。

[10]起予:启发我。

思考题

1."行己有耻""好古敏求""允执其中,四海困穷,天禄永终"出自何处?
2.顾炎武认为宋明理学的最大缺点是什么?
3.顾炎武认为为学之本是什么?

二、郑燮《范县署中寄舍弟墨第四书》

背景介绍

郑燮(1693—1766),字克柔,号理庵,又号板桥,世称板桥先生,江苏兴化(今江苏兴化市)人。清代书画家、文学家。乾隆元年(1736)中进士,任山东范县、潍县县令,为官清廉,广施仁政,后居扬州,为"扬州八怪"之一。著作见《郑板桥集》。下文选自刘世南、刘松来选注的《清文选》(人民文学出版社,2006年),注释参考同书及《古代散文选》(下册,人民教育出版社,1980年)。

十月二十六日得家书,知新置田获秋稼五百斛,甚喜。而今而后,堪为农夫以没世矣!要须制碓(duì)制磨,制筛罗簸箕,制大小扫帚,制升斗斛。家中妇女,率诸婢妾,皆令习舂揄(yóu)蹂簸[1]之事,便是一种靠田园长子孙气象。天寒冰冻时,穷亲戚朋友到门,先泡一大碗炒米送手中,佐以酱姜一小碟,最是暖老温贫之具。暇日咽碎米饼,煮糊涂粥,双手捧碗,缩颈而啜之,霜晨雪早,得此周身俱暖。嗟乎!嗟乎!吾其长为农夫以没世乎[2]!

我想天地间第一等人只有农夫,而士为四民[3]之末。农夫上者种地百亩,其次七八十亩,其次五六十亩,皆苦其身,勤其力,耕种收获,以养天下之人。使天下无农夫,举世皆饿死矣。我辈读书人,入则孝,出则悌,守先待后,得志泽加于民,不得志修身见于世,所以又高于农夫一等。今则不然,一捧书本,便想中举、中进士、作官,如何攫取金钱,造大房屋,置多田产。起手便走错了路头,后来越做越坏,总没有个好结果。其不能发达者,乡里作恶,小头锐面[4],更不可当。夫束修自好者岂无其人；经济自期、抗怀千古者亦所在多有，而好人为坏人所累，遂令我辈开不得口；一开口，人便笑曰："汝辈书生总是会说，他日居官，便不如此说了。"所以忍气吞声，只得捱人笑骂。工人制器利用，贾(gǔ)人搬有运无，皆有便民之处。而士独于民大不便，无怪乎居四民之末也！且求居四民之末而亦不可得也。

愚兄平生最重农夫，新招佃地人[5]，必须待之以礼。彼称我为主人，我称彼为客户，主客原是对待之义，我何贵而彼何贱乎？要礼貌他，要怜悯他；有所借贷，要周全他；不能偿还，要宽让他。尝笑唐人《七夕》诗[6]，咏牛郎织女皆作会别可怜之语，殊失命名本旨。织女，衣之源也，牵牛，食之本也。在天星为最贵，天顾重之，而人反不重乎？其务本勤民，呈象昭昭可鉴矣。吾邑妇人，不能织绸织布，然而主中馈[7]，习针线，犹不失为勤谨。近日颇有听鼓儿词，以斗叶为戏者，风俗荡轶，亟宜戒之。

吾家业地虽有三百亩，总是典产，不可久恃。将来须买田二百亩，予兄弟二人，各得百亩足矣，亦古者一夫受田百亩之义也。若再求多，便是占人产业，莫大罪过。天下无田无业者多矣，我独何人，贪求无厌，穷民将何所措足乎[8]！或曰："世上连阡越陌，数百顷有余者，子将奈何？"应之曰："他自做他家事，我自做我家事。世道盛则一德遵王，风俗偷则不同为恶，亦板桥之家法也。"哥哥字

[1]春揄蹂簸：收割后打场的各种农事活动。
[2]吾其长为农夫以没世乎：但愿我能一直做个农夫！
[3]四民：士农工商。
[4]小头锐面：头部面部长得小而尖，形容奸猾的样子。
[5]佃地人：租别人的田耕种的人，佃户。
[6]唐人《七夕》诗：唐朝人写的与牛郎织女有关的诗歌。
[7]主中馈：操持家中饮食之事。
[8]穷民将何所措足乎：穷人到哪里去找立身之地呢？措，安放。

思考题

1.为什么孟子说"劳心者治人，劳力者治于人"，而郑板桥却说"士为四民之末"？

2.郑板桥重视农夫的理由有哪些?

三、纪昀《阅微草堂笔记》选

纪昀(1724—1805),字晓岚,清朝著名学者,直隶献县(今河北献县)人。纪昀少年颖异,三十一岁中进士,入翰林院,被破格提拔为侍读学士。后被贬乌鲁木齐,三年后遇大赦回京。乾隆三十八年(1773),纪昀任四库全书馆总纂官,后累迁礼部尚书,协办大学士,加太子太保衔,死后谥号文达。《阅微草堂笔记》记录作者一生各种见闻,以劝善惩恶为目的,刊出后广为流传,与《红楼梦》《聊斋志异》并行海内。纪昀学识渊博,阅历丰富,对宋明理学有所批判,主张义理与考证相结合,认为不知道的可以存疑,反对教条。鲁迅称其"处世贵宽,论人欲恕"。《阅微草堂笔记》语言朴实,简洁含蓄,寓谐于庄,鲁迅赞其"隽思妙语,时足解颐;间杂考辨,亦有灼见。叙述复雍容淡雅,天趣盎然,故后来无人能夺其席",是了解清代思想文化的重要资料。选文注释参考韩希明译注的《阅微草堂笔记》(中华书局,2014年)。

滦阳消夏录四(节选)

"六合以外,圣人存而不论[1]。"然六合之中,实亦有不能论者。人之死也,如儒者之论,则魂升魄降已耳;即如佛氏之论,鬼亦收录于冥司,不能再至人世也[2];而世有回煞[3]之说,庸俗术士,又有一书,能先知其日辰时刻与所去之方向,此亦诞妄之至矣。然余尝于隔院楼窗中,遥见其去,如白烟一道,出于灶突[4]之中,冉冉向西南而没。与所推时刻方向无一差也。又尝两次手自启钥[5],谛视布灰之处,手迹足迹,宛然与生时无二,所亲皆能辨识之。是何说欤?

祸福有命,死生有数,虽圣贤不能与造物争,而世有蛊毒魔魅[6]之术,明载于刑律。蛊毒余未见,魔魅则数见之。为是术者,不过瞽者巫者与土木之工。然实能祸福死生人,历历有验。是天地鬼神之权,任其播弄无忌也。又何说欤?其中必有理焉,但人不能知耳。宋儒于理不可解者皆臆断,以为无是事,毋乃胶柱鼓瑟乎[7]?李又聃[8]先生曰:"宋儒据理谈天,自谓穷造化阴阳之本,于日月五星,言之凿凿,如指诸掌,然宋历[9]十变而愈差。自郭守敬[10]以后,验以实测,证以交食,始知濂、洛、关、闽[11],于此事全然未解。即康节[12]最通数学,亦仅以奇偶方圆,揣摩影响,实非从推步而知[13]。故持论弥高,弥不免郢书燕说[14]。夫七政[15]运行,有形可据,尚不能臆断以理,况乎太极先天,求诸无形之中者哉?先圣有言:'君子于不知,盖阙如也。'"

[1]六合之外,圣人存而不论:出自《庄子·齐物论》,六合即上下四方,指常人经验中的世界。全句是说,对于六合之外的事物,圣人知道其存在但不评价它。

[2]人之死也……；……鬼亦收录于冥司,不能再至人世也:儒家认为人死魂升、魄降。佛教认为生死轮回,若人死入鬼道,则需受鬼道之苦,报尽方出。

[3]回煞:也称归煞,迷信者认为人死若干日后灵魂会回家一次,并有人认为灵魂返回时有凶煞。

[4]灶突:烟囱。

[5]手自启钥:亲自开锁。

[6]蛊毒魇魅:用药物、梦魇害人。

[7]胶柱鼓瑟:如果用胶把柱粘住,就无法调音了。比喻拘泥成规。瑟,古代弦乐器。柱,瑟上调音的短木。

[8]李又聃:作者纪晓岚的老师。

[9]宋历:宋朝历法。

[10]郭守敬:1231—1316,元代天文学家、数学家,他制订的《授时历》是当时世界上最先进的一种历法。

[11]濂、洛、关、闽:宋朝理学四个学派的代表人物。濂指周敦颐,洛指程颐、程颢兄弟,关指张载,闽指朱熹,此处均是以生前居住之地指代。

[12]康节:邵康节,1011—1077,宋朝著名卜士,编撰了《梅花易数》。

[13]实非从推步而知:邵雍这样的大数学家也只是根据奇数偶数、方圆来大概估测,而不是根据天体运行的规律来推算历法。

[14]郢书燕说:郢地人信中的误写,燕国人却为之解说。比喻牵强附会、曲解原意。郢,春秋战国时楚国都城。燕,古代诸侯国。

[15]七政:有三种说法,一种说法是北斗七星,一种说法是日、月及金、木、水、火、土五星,一种说法是春、夏、秋、冬、天文、地理、人道。

滦阳消夏录五（节选）

癸亥夏，高川之北堕一龙，里人多目睹之。姚安公[1]命驾往视，则已乘风雨去。其蜿蜒攫拿之迹[2]，蹂躏禾稼二亩许，尚分明可见。龙，神物也，何以致堕？或曰："是行雨有误，天所谪[3]也。"

按，世称龙能致雨，而宋儒谓雨为天地之气，不由于龙。余谓《礼》称"天降时雨，山川出云"，故《公羊传》谓"触石而出，肤寸而合，不崇朝而雨天下者，惟泰山之云[4]。"是宋儒之说所本也。《易·文言·传》称"云从龙"，故董仲舒祈雨法召以土龙，此世俗之说所本也。大抵有天雨，有龙雨；油油[5]而云，潇潇而雨者，天雨也；疾风震雷，不久而过者，龙雨也。观触犯龙潭者，立致风雨，天地之气能如是之速乎？洗鲊（zhǎ）答诵梵咒者[6]，亦立致风雨，天地之气能如是之刻期[7]乎？故必两义兼陈，其理始备。必规规然胶执一说，毋乃不通其变欤[8]！

注释

[1]姚安公：纪晓岚之父纪容舒，康熙五十二年（1713）进士，做过云南姚安知府，故称姚安公。

[2]蜿蜒攫拿之迹：指曲折爬行，爪子抓挠的痕迹。

[3]谪：惩罚。

[4]触石而出……惟泰山之云：云遇到山石，云气密集，不到一个早上就能下雨，只有泰山的云能这样。肤寸而合，形容云气挤在一处，肤寸为古代长度单位，一指宽为寸，四指宽为肤。崇朝，从天亮到早饭这段时间。

[5]油油：油然而生。

[6]洗鲊答诵梵咒者：准备祭礼、答诵梵咒也能令风雨骤至。鲊，腌制的鱼，这里引申为祭祀用品。

[7]刻期：准时。

[8]必规规然胶执一说，毋乃不通其变欤：死守一种说法，也太死板了吧！

滦阳消夏录六（节选）

乾隆己未，余与东光[1]李云举、霍养仲同读书生云精舍。一夕偶论鬼神，云举以为有,养仲以为无。正辩诘间,云举之仆卒然曰:"世间原有奇事,倘奴不身经,虽奴亦不信也。尝过城隍祠前丛冢间,失足踏破一棺。夜梦城隍拘去,云有人诉我毁其室。心知是破棺事,与之辩曰:'汝室自不合当路,非我侵汝。'鬼又辩曰:'路自上我屋,非我屋故当路也。'城隍微笑顾我曰:'人人行此路,不能责汝;人人踏之不破,何汝踏破?亦不能竟释汝[2]。当偿之以冥镪(qiǎng)[3]。'既而曰:'鬼不能自葺(qì)棺[4],汝覆以片板,筑土其上可也。'次日如神教,仍焚冥镪,有旋风卷其灰去。一夜复过其地,闻有人呼我坐。心知为曩(nǎng)[5]鬼,疾驰归。其鬼大笑,音磔磔(zhé)[6]如枭鸟。迄今思之,尚毛发悚立也。"养仲谓云举曰:"汝仆助汝,吾一口不胜两口矣。然吾终不能以人所见为我所见。"云举曰:"使君鞫(jū)[7]狱,将事事目睹而后信乎?抑以取证众口乎?事事目睹,无此理。取证众口,不以人所见为我所见乎?君何以处焉?"相与一笑而罢。

[1] 东光:地名,译为东光人。

[2] 不能竟释汝:不能就这么把你放回去。

[3] 冥镪:烧给逝者的纸钱。

[4] 葺棺:修缮棺材。

[5] 曩:之前。

[6] 磔磔:象声词,形容鸟鸣声。

[7] 鞫:审问。

附:纪汝佶六则 序

亡儿汝佶,以乾隆甲子生。幼颇聪慧,读书未多,即能作八比[1]。乙酉举于乡,始稍稍治诗,古文尚未识门径也。会余从军西域,乃自从诗社才士游,遂误从公安、竟陵[2]两派入。后依朱子颖[3]于泰安,见《聊斋志异》抄本,时是书尚未刻,又误堕其窠臼,竟沉沦不返,以讫[4]于亡。故其遗诗遗文,仅付孙树庭等存乃父手泽[5],余未一为编次也。惟所作杂记,尚未成书,其间琐事,时或可采。因为简择数条,附此录之末,以不没其篝灯呵冻之劳[6]。又惜其一归彼法,百事无成,徒以此无关著述之词,存其名字也。

注释

[1]八比:八股文。

[2]公安、竟陵:公安派,竟陵派,明末文学流派,主张"独抒性灵,不拘格套",反对拟古。

[3]朱子颖:明朝士大夫,曾任泰安知府。

[4]讫:完结。

[5]仅付孙树庭等存乃父手泽:只让孙子树庭等人保存父亲的遗稿,没有整理。

[6]以不没其篝灯呵冻之劳:这样他冬夜灯下用嘴呵开冰冻的毛笔,努力创作的辛苦也算没有白费。

思考题

1.纪昀为一代鸿儒,他对鬼神之事及各种异常事物是怎样看待的?

2.纪昀是如何评价宋明理学的,他的依据是什么?

3.纪昀的文学思想有何特点?

第二单元
中国古代人物传记

【导读】

　　据《古代汉语词典》,史传的"传"字有立传、记载的意思,也有阐释、解释即解读人生的意思。中国是世界上传记最发达的国家,史书如《春秋》,儒道经典如《论语》《庄子》中都有大量人物描写的内容。二十四史自《史记》起以纪传体为主,民间史料中也有大量杂体传记,如碑铭、传状、自传等。

　　中国古代传记一般篇幅不长,多为后人所写。好的传记通过真实的人物故事彰显永恒的人生哲理,故中国古代传记以正面人物为主,所谓"世历斯编,善恶偕总。腾褒裁贬,万古魂动"(《文心雕龙·史传》)。孔子曰:"视其所以,观其所由,察其所安。"孟子云:"颂其诗,读其书,不知其人,可乎?"这都是说传记不仅要记录人物的功名成就,更重要的是展示其精神风貌,被立传者的人品、社会影响与才学、能力同样重要。

　　中国古代传记涉及人物形形色色,从帝王将相、文人士大夫到高僧大德、道人隐士、节妇孝子,无所不包。其中影响最大、最受欢迎的往往不是政治人物,而是品德高尚、善良正直的圣者贤者、仁人志士。这些人物的故事具有永久的魅力,可以说是中国古代传记的精华。

第一节　史传

一、司马迁《屈原列传》

屈原(约前340—前278),战国时期楚国诗人、政治家。早年任楚国左徒、三闾大夫,有政治抱负,主张对内举贤任能、修明法度,对外联齐抗秦。后遭排挤,被流放至汉北和沅湘流域。楚国郢都被秦军攻破后,自投汨罗江而亡。作品有《离骚》《九歌》《九章》《天问》等。

司马迁,生于公元前145年或公元135年,卒年不详,西汉史学家、文学家,继承父业,任太史令,因替李陵败降辩解而受宫刑。后任中书令,完成中国第一部纪传体通史《史记》。《史记》记载了从传说中的黄帝到汉武帝太初四年(前101)长达三千多年的历史。下文参考傅璇琮主编的《中国古典散文基础文库·史传卷》(广西师范大学出版社,1999年),注释参考同书。

屈原者,名平,楚之同姓也。为楚怀王左徒。博闻强志,明于治乱,娴于辞令。入则与王图议国事,以出号令;出则接遇宾客,应对诸侯;王甚任之。

上官大夫与之同列,争宠而心害[1]其能。怀王使屈原造为宪令,屈平属(zhǔ)[2]草稿,未定。上官大夫见而欲夺之,屈平不与,因谗之曰:"王使屈平为令,众莫不知。每一令出,平伐[3]其功,曰以为'非我莫能为也。'"王怒而疏屈平。

屈平疾王听之不聪也,谗谄之蔽明也,邪曲之害公也,方正之不容也,故忧愁幽思而作《离骚》。离骚者,犹离忧也。夫天者,人之始也;父母者,人之本也。人穷则反本,故劳苦倦极,未尝不呼天也;疾痛惨怛(dá)[4],未尝不呼父母也。屈平正道直行,竭忠尽智,以事其君,谗人间之,可谓穷矣。信而见疑,忠而被谤,能无怨乎?屈平之作《离骚》,盖自怨生也。《国风》好色而不淫,《小雅》怨诽而不乱;若《离骚》者,可谓兼之矣。上称帝喾(kù),下道齐桓,中述汤、武,以刺世事。明道德之广崇,治乱之条贯,靡不毕见。其文约,其辞微,其志洁,其行廉。其称文小而其指[5]极大,举类迩而见义远。其志洁,故其称物芳;其行廉,故死而不容自疏。濯淖(zhuónào)污泥之中,蝉蜕于浊秽,以浮游尘埃之外,不获世之滋垢,皭(jiào)然泥而不滓(zǐ)者也。推此志也,虽与日月争光可也。

屈原既绌,其后秦欲伐齐,齐与楚从亲。惠王患之,乃令张仪佯去秦,厚币委质[6]事楚,曰:"秦甚憎齐。齐与楚从亲,楚诚能绝齐,秦愿献商、于(yū)[7]之地六百里。"楚怀王贪而信张仪,遂绝齐,使使如秦受地。张仪诈之曰:"仪与王约六里,不闻六百里。"楚使怒去,归告怀王。怀王怒,大兴师伐秦。秦发兵击之,大破楚师于丹、淅,斩首八万,虏楚将屈匄(gài)[8],遂取楚之汉中地。怀王乃悉发国中兵以深入击秦,战于蓝田。魏闻之,袭楚至邓。楚兵惧,自秦归。而齐竟怒,不救楚,楚大困。

明年,秦割汉中地与楚以和。楚王曰:"不愿得地,愿得张仪而甘心焉。"张仪闻,乃曰:"以一仪而当汉中地,臣请往如楚。"如楚,又因厚币用事者臣靳尚,而设诡辩于怀王之宠姬郑袖。怀王竟听郑袖,复释去张仪。是时屈原既疏,不复在位,使于齐,顾反,谏怀王曰:"何不杀张仪?"怀王悔,追张仪,不及。

其后,诸侯共击楚,大破之,杀其将唐眜(mò)。时秦昭王与楚婚,欲与怀王会。怀王欲行,屈平曰:"秦,虎狼之国,不可信,不如毋行。"怀王稚子子兰劝王行:"奈何绝秦欢!"怀王卒行。入武关,秦伏兵绝其后,因留怀王,以求割地。怀王怒,不听。亡走赵,赵不内[9]。复之秦,竟死于秦而归葬。长子顷襄王立,以其弟子兰为令尹。楚人既咎子兰以劝怀王入秦而不反也。

屈平既嫉之,虽放流,眷顾楚国,系心怀王,不忘欲反,冀幸君之一悟,俗之一改也[10]。其存君兴国而欲反复之,一篇之中三致志焉。然终无可奈何,故不可以反,卒以此见怀王之终不悟也。

人君无愚智贤不肖,莫不欲求忠以自为,举贤以自佐。然亡国破家相随属,而圣君治国累世而不见者,其所谓忠者不忠,而所谓贤者不贤也。怀王以不知忠臣之分,故内惑于郑袖,外欺于张仪,疏屈平而信上官大夫、令尹子兰。兵挫地削,亡其六郡,身客死于秦,为天下笑。此不知人之祸也。《易》曰:"井渫(xiè)[11]不食,为我心恻。可以汲,王明,并受其福。"王之不明,岂足福哉!

令尹子兰闻之大怒,卒使上官大夫短屈原于顷襄王,顷襄王怒而迁之。

屈原至于江滨,被发行吟泽畔,颜色憔悴,形容枯槁。渔父见而问之曰:"子非三闾大夫欤(yú)?何故而至此?"屈原曰:"举世皆浊而我独清,众人皆醉而我独醒,是以见放。"渔父曰:"夫圣人者,不凝滞于物,而能与世推移。举世混浊,何不随其流而扬其波?众人皆醉,何不餔(bū)其糟而啜其醨(lí)[12]?何故怀瑾握瑜而自令见放为?"屈原曰:"吾闻之,新沐者必弹冠,新浴者必振衣。人又谁能以身之察察,受物之汶汶者乎?宁赴常流而葬乎江鱼腹中耳,又安能以皓皓之白,而蒙世之温蠖(huò)[13]乎?"乃作《怀沙》之赋,于是怀石遂自投汨罗以死。

屈原既死之后,楚有宋玉、唐勒、景差之徒者,皆好辞而以赋见称。然皆祖屈原之从容辞令,终莫敢直谏。其后楚日以削,数十年竟为秦所灭。

自屈原沉汨罗后百有余年,汉有贾生[14],为长沙王太傅,过湘水,投书以吊屈原。

太史公曰:余读《离骚》《天问》《招魂》《哀郢(yǐng)》,悲其志。适长沙,过屈原所自沉渊,未尝不垂涕,想见其为人。及见贾生吊之,又怪屈原,以彼其材游诸侯,何国不容,而自令若是。读《鵩鸟赋》,同死生,轻去就,又爽然自失矣。

[1]害:嫉妒。

[2]属:缀辑、撰著。

[3]伐:自我夸耀。

[4]惨怛:忧伤、悲痛。

[5]指:同"旨",主旨、立意。

[6]委质:呈献礼物。

[7]于:楚国地名。

[8]屈匄:楚国大将军。

[9]内:同"纳",收入、接受。

[10]冀幸君之一悟,俗之一改也:盼望着怀王有幸能醒悟过来,庸俗的风气能彻底改变。

[11]濯:除去污泥。

[12]醨:味不浓烈的酒。

[13]温蠖:昏愦。

[14]贾生:贾谊(前200—前168),汉代文学家,代表作有《吊屈原赋》《鵩鸟赋》等。

二、萧统《陶渊明传》

背景介绍

陶渊明(352或365—427),浔阳柴桑(今江西九江市)人,东晋、南朝著名诗人,以田园诗著称于世,有《陶渊明集》遗世。《陶渊明传》选自《昭明文选》,《昭明文选》由萧统主持编撰,是我国现存最早的一部诗文总集。萧统(501—531),梁武帝长子,世称"昭明太子"。下文选自乔象钟等编的《中国古典传记》(上册,上海文艺出版社,1982年),注释参考同书。

陶渊明,字元亮。或云潜,字渊明。浔阳柴桑人也。曾祖侃,晋大司马。渊明少有高趣,博学,善属文;颖脱不群,任真自得。尝著《五柳先生传》以自况[1],时人谓之实录。

亲老家贫,起为州祭酒[2];不堪吏职,少日自解归。州召主簿,不就。躬耕自资,遂抱羸疾。江州刺史檀道济往候[3]之,偃馁[4]有日矣。道济谓曰:"贤者处世,天下无道则隐,有道则至;今子生文明之世,奈何自苦如此?"对曰:"潜也何敢望贤,志不及也。"道济馈以梁肉,麾[5]而去之。

后为镇军、建威参军。谓亲朋曰:"聊欲弦歌以为三径[6]之资,可乎?"执事者闻之,以为彭泽令。不以家累自随[7],送一力[8]给其子,书曰:"汝旦夕之费,自给为难,今遣此力,助汝薪水之劳。此亦人子也,可善遇之。"公田悉令吏种秫[9],曰:"吾常得醉于酒足矣!"妻子固请种粳,乃使二顷五十亩种秫,五十亩种粳。岁终,会郡遣督邮至,县吏请曰:"应束带[10]见之。"渊明叹曰:"我岂能为五斗米,折腰向乡里小儿!"即日解绶去职,赋《归去来》。征著作郎,不就。

江州刺史王弘欲识之,不能致也。渊明尝往庐山,弘命渊明故人庞通之赍(jī)[11]酒具,于半道栗里[12]之间邀之。渊明有脚疾,使一门生二儿舁(yú)[13]篮舆[14];既至,欣然便共饮酌。俄顷弘至,亦无忤也。

先是颜延之为刘柳后军功曹,在当阳与渊明情款,后为始安郡,经过浔阳,日造渊明饮焉。每往,必酣饮致醉。弘欲邀延之坐,弥日不得。延之临去,留二万钱与渊明;渊明悉遣送酒家,稍就取酒。尝九月九日出宅边菊丛中坐,久之,满手把菊,忽值弘送酒至,即便就酌,醉而归。渊明不解音律,而蓄无弦琴一张,每酒适,辄抚弄以寄其意。贵贱造之者,有酒辄设。渊明若先醉,便语客:"我醉欲眠,卿可去!"其真率如此。郡将尝候之,值其酿熟,取头上葛巾漉(lù)[15]酒,漉毕,还复著之。

时周续之入庐山,事释慧远,彭城刘遗民亦遁迹匡山,渊明又不应征命,谓之浔阳三隐。后刺史檀韶苦请续之出州,与学士祖企、谢景夷三人,共在城北讲《礼》,加以雠(chóu)校。所住公廨(xiè),近于马队。是故渊明示其诗云:"周生述孔业,祖谢响然臻;马队非讲肆,校书亦已勤。"

其妻翟氏亦能安勤苦,与其同志。自以曾祖晋世宰辅,耻复屈身后代,自宋高祖王业渐隆,不复肯仕。元嘉四年将复征命,会卒,时年六十三。谥号靖节先生。

注释

[1]自况:自比。

[2]亲老家贫,起为州祭酒:父母年老,家境贫寒,被任命为州祭酒。祭酒,汉魏以后官名。

[3]候:问候。

[4]瘠馁:贫困饥饿。

[5]麾:指挥。

[6]三径:指归隐后所住的地方。陶渊明《归去来兮辞》:"三径就荒,松菊犹存。"典故来自《三辅决录》卷一:"蒋诩归乡里,荆棘塞门,舍中有三径,不出,唯求仲、羊仲从之游。"

[7]家累自随:家眷跟随在自己身边。

[8]一力:一个仆人。

[9]秫:黏高粱,可以做烧酒。

[10]束带:整饰衣冠,表示端庄。

[11]赍:送给。

[12]栗里:地名,庐山温泉北面一里(五百米)许,是陶渊明的故乡,在今江西九江市西南。

[13]舁:抬。

[14]篮舆:古代供人乘坐的交通工具,形制不一,一般以人力抬着行走,类似后世的轿子。

[15]漉:过滤。

三、脱脱《林逋传》

林逋(967—1028),字君复,后人称和靖先生,北宋著名隐逸诗人。通晓经史,性孤高恬淡,曾漫游江淮间,后隐居杭州西湖,与高僧诗友相往还。终生不仕不娶,唯喜植梅养鹤,自谓"以梅为妻,以鹤为子","梅妻鹤子"的典故即来源于此。《林逋传》选自脱脱等所编的《宋史》。下文选自乔象钟等编的《中国古典传记》(下册,上海文艺出版社,1985年)。注释参考同书。

林逋,字君复,杭州钱塘人。少孤,力学,不为章句。性恬淡好古,弗趋荣利,家贫衣食不足,晏如[1]也。初放游江、淮间,久之归杭州,结庐西湖之孤山,二十年足不及城市。真宗闻其名,赐粟帛,诏长吏岁时劳问。薛映、李及在杭州,每造其庐,清谈终日而去。尝自为墓于其庐侧。临终为诗,有"茂陵他日求遗稿,犹喜曾无《封禅书》[2]"之句。即卒,州为上闻[3],仁宗嗟悼,赐谥和靖先生,赙(fù)[4]粟帛。

逋善行书,喜为诗,其词澄浃(jiā)[5]峭特,多奇句。既就稿,随辄弃之。或谓"何不录以示后世?"逋曰:"吾方晦迹林壑,且不欲以诗名一时,况后世乎!"然好事者往往窃记之,今所传尚三百余篇。

逋尝客临江[6],时李谘方举进士,未有知者,逋谓人说"此公辅器也。"及逋卒,谘适罢三司使为州守,为素服,与其门人临[7]七日,葬之,刻遗句内圹(kuàng)[8]中。

逋不娶,无子,教兄子宥,登进士甲科。宥子大年,颇介洁自喜,英宗时,为侍御史,连被台移出治狱,拒不肯行,为中丞唐介所奏,降知蕲州,卒于官。

[1]晏如:安然自若的样子。

[2]茂陵他日求遗稿,犹喜曾无《封禅书》:哪一天皇帝要搜求我的遗稿,我应该庆幸从来没有写过什么封禅之书。茂陵,汉武帝陵墓,这里指汉武帝。据《汉书·司马相如传》,司马相如死后,汉武帝从他家中取到一卷谈封禅之书,所言不

外歌颂汉皇功德,建议举行"封泰山,禅梁父"大典。

[3]州为上闻:当地官员向皇帝报告。

[4]赙:给钱财帮助逝者家属办丧事。

[5]澄浃:清润。

[6]客临江:客居临江。

[7]临:哭吊死者。

[8]圹:墓穴。

思考题

1. 据《文心雕龙·史传》,中国古代传记的写作目的是什么?
2. 中国古代传记可以分为哪几种类型?最看重哪些品质?
3. 《屈原列传》与《陶渊明传》所体现的人生哲学有何不同?

第二节　文传

一、《庄子》选

 背景介绍

庄子是战国时期重要思想家,《庄子》一书不仅生动描述了他的思想境界,而且也包含了大量有关庄子生平和性格的描写。庄子桀骜不驯、超然洒脱的形象对中国文人产生了深远影响。清人胡文英对比屈原与庄子的影响,指出:"庄子最是深情,人第知三闾之哀怨,而不知漆园之哀怨有甚于三闾也。盖三闾之哀怨在一国,而漆园之哀怨在天下;三闾之哀怨在一时,而漆园之哀怨在万世。"① 参考书同第一单元第一节《庄子》部分。

外　物（节选）

庄周家贫,故往贷粟于监河侯。监河侯曰:"诺。我将得邑金,将贷子三百金,可乎?"庄周忿然作色曰:"周昨来,有中道而呼者。周顾视车辙中,有鲋鱼焉。周问之曰:'鲋鱼来!子何为者邪?'对曰:'我,东海之波臣也[1]。君岂有斗升之水而活我哉?'周曰:'诺。我且南游吴越之王,激西江之水而迎子,可乎?'鲋鱼忿然作色曰:'吾失我常与,我无所处。吾得斗升之水然活耳,君乃言此,曾不如早索我枯鱼之肆[2]!'"

 注释

[1] 我,东海之波臣也:我是东海的水官。

[2] 吾得斗升之水然活耳,君乃言此,曾不如早索我枯鱼之肆:我只要得到一升半斗水就可以活,你竟然这样说,还不如早早到干鱼市场去找我!

---

① 李振纲:《生命的哲学:庄子文本的另一种解读》,中华书局,2009,第404页。

秋　水（节选）

庄子钓于濮水，楚王使大夫二人往先焉，曰："愿以境内累[1]矣！"庄子持竿不顾，曰："吾闻楚有神龟，死已三千岁矣。王以巾笥（sì）[2]而藏之庙堂之上。此龟者，宁其死为留骨而贵乎？宁其生而曳尾于涂[3]中乎？"二大夫曰："宁生而曳尾涂中。"庄子曰："往矣！吾将曳尾于涂中。"

[1]累：劳累你管理。

[2]巾笥：以巾包裹起来，放入箱箧里。

[3]涂：泥。

惠子相梁

惠子相梁[1]，庄子往见之。或谓惠子曰[2]："庄子来，欲代子相。"于是惠子恐，搜于国中三日三夜。庄子往见之，曰："南方有鸟，其名为鹓（yuān）雏[3]，子知之乎？夫鹓雏发于南海而飞于北海，非梧桐不止，非练实不食，非醴（lǐ）泉[4]不饮。于是鸱（chī）[5]得腐鼠，鹓雏过之，仰而视之曰：'吓！'今子欲以子之梁国而吓我邪（yé）？"

[1]惠子相梁：惠子在梁国当宰相。

[2]或谓惠子曰：有人对惠子说。

[3]鹓雏：古代传说中的神鸟。

[4]醴泉：甘泉，甜美的泉水。醴，甜酒。

[5]鸱：鹞鹰或猫头鹰一类的鸟。

二、完颜麟庆《鸿雪因缘图记》选

完颜麟庆(1791—1846),字伯余,号见亭,清代官员、学者。完颜麟庆为满族人,但其祖上精通满汉文化。其母恽(yùn)珠为汉族,出身江南名门,饱读诗书,能诗善画,编有《红香馆诗草》。她从小严格要求麟庆,"绝艳游,戒奢傲,不许杂览'不经之书',择师择交,防范无余力"[①],对他产生了很大影响。麟庆自幼跟随祖父、父亲行走于大江南北。十九岁中进士,任内阁中书,后来任地方官,宦迹遍布各地。在任期间,他关心民众,广施德政,特别在治河方面成绩突出。《鸿雪因缘图记》记录了他一生的经历和观感。该书图文并茂(图为汪春泉等绘制),有谱书,又有自传、家训、游记、舆地考察等。麟庆善诗,文中常以诗句点缀,有画龙点睛之效,可谓义理、考证、辞章兼备,体现了清朝散文的特点。特别是义理方面能够融合儒释道,具有较强的思想性,达到了较高的艺术水平。麟庆所处时代已经可以听到西方侵略者的隆隆炮声,但总的来说他生活的世界仍然保持着古老农耕文明的节奏,充满了淡泊儒雅的审美情趣,从中可以略窥中国传统社会的面貌。下文选自《鸿雪因缘图记》(北京古籍出版社,1984年)。

昉溪迎母

梁任昉为新安太守[1],多惠政,尝行春溪上,后人思之,名曰昉溪。溪水南流,合富、资水,过渔梁抵歙(shè)浦,西汇五邑之水为新安江。其中层峦杰石,散置波涛,行舟环曲,如出三峡。迤(yí)[2]南更多湍险,有西门、柜木、矛角、陔(gāi)口、梅花、车轮诸滩,约百余里出境,则为浙江矣。余抵任后,查看属邑,山多田少,产米不足,惟通浙一水,胜舟济运,即出示严禁棚民[3],开垦山田,劝谕商绅疏通河道,以防壅遏。爰于七月札寄都门[4],属内子奉母南行[5],归省常郡,迂道浙河,十二月舟次桐江[6]。余闻报,驾小舟迎至深渡,随侍溯流而上。吾母详问风俗形胜,谕曰"昔汉诏云,共治天下者,惟良二千石,'良'之一字深可味也。

---

① 刘小萌:《麟庆与〈鸿雪因缘图记〉》,载完颜麟庆:《鸿雪因缘图记》,国家图书馆出版社,2011,影印本,第4页。

官箴不外俭勤,至于兴利除弊,必当精求其故[7],毋欲速,毋好名,毋见小利,毋规目前之效[8],要在与民相安尔。"并问古今名宦事迹,因举昉溪以对。母笑曰:溪水既通,即谓此为昉溪也可。人过留名,可不勉乎。"麟庆谨受教。

[1]梁任昉为新安太守:梁,指南朝梁代。新安太守,安徽新安太守。任昉(460—508),字彦升,南朝文学家。

[2]迤:向。

[3]棚民:在山上搭棚居住的流民。

[4]札寄都门:寄信到京都。

[5]属内子奉母南行:嘱咐妻子侍奉着母亲到南方来。属,同"嘱"。内子,妻子。

[6]舟次桐江:船只在桐江停泊。

[7]当精求其故:认真分析其原因。

[8]毋规目前之效:不应以当下的效果为标准。

竹舫息影

竹雨舫,在清江浦仓门口寓馆。舫额,新帅潘芸阁[1]前辈官淮扬道时所书也。壬寅十一月十三日,接准部文,初六日奉上谕:"本年七月,南河桃北崔镇汛漫决,该河督麟庆未能先事预防,本应照上年东河成案,枷号[2]治罪,姑念该河督赶办灌塘,回空无误,且夏秋间办理防堵,事尚妥当,罪不掩功,麟庆著革职,加恩免其枷号发遣。等因,钦此。"遵于十九日送印,交周敬修[3]漕师接署。时竹雨舫属陈秋霞[4]司马,愿让余居,乃于二十八日移寓。敬修知余在任力疾办公,患胁痛等症,代请春融回都。得旨,依议。方余之辞署也,别清晏园以诗曰:为辞传舍拜花神,又向西园步一巡。清晏有图仍属我,韶华随运自成春。诗吟红豆今多暇,梦醒黄粱莫当真。圣主恩深容置散,还乡好作太平民。移寓后,养疴习静,乃汇十年来书院课艺[5],复加评阅,嘱金杏林[6]别驾选定,刘蘅洲[7]太史、孙小樵[8]司马校雠,付梓。一日大雪,坐竹雨舫,枝枝如画,叶叶有声,觉竹之奇怪不如石,绰约不如花,而孑孑然有似孤特之士,不可以谐于俗[9],得雪愈见鲜洁。时有小鸟飞鸣其间,饮啄自如,询名雪婆婆,爰呼童婢扫雪烹茶,又觉能韵雪之胜者茗,能发茗之嫩者雪,无责于身,无忧于心,此境正不易得矣也。

[1]潘芸阁:完颜麟庆注"名锡恩,安徽,进士"。
[2]枷号:旧时给犯人带上枷标明罪状示众。
[3]周敬修:完颜麟庆注"名天爵,山东,进士"。
[4]陈秋霞:完颜麟庆注"名韶,四川,举人"。
[5]课艺:练习八股文。
[6]金杏林:完颜麟庆注"名焕,直隶,举人"。
[7]刘蘅洲:完颜麟庆注"名涝,河南,进士"。
[8]孙小槎:完颜麟庆注"名銮,直隶,进士"。
[9]不可以谐于俗:不能跟随世俗。

大觉卧游

大觉寺在妙峰山麓,去金山口二十里,远视惟一山,近则山山相倚,如笋张箨(tuò)[1]。最尊者曰妙峰顶,有天仙圣母庙,香火最盛,每春秋开庙之期,朝山者不绝于路,兹寺为必经地。按:寺本金章宗清水院故址,明建寺曰灵泉,后易今名。康熙五十九年,世宗在潜邸[2]时,特加修葺(qì),命僧性音住持。乾隆十二年,高宗重修,额弥勒殿曰"圆证妙果"。正殿曰"无去来处",无量寿佛殿曰"动静等观",大悲坛曰"最上法门",右置精舍[3]曰憩云轩,前为七堂,左设香积厨,坛后有塔,塔后有塘,塘后有楼。垣外双泉,穴墙址入,环楼左右,汇于塘,沈碧泠然,于牣鱼跃[4]。其高者东泉,经蔬圃入香积厨而下,西泉经领要亭,因山势三叠作飞瀑,随风锵堕,由憩云轩双渠绕窗而下,同会寺门前方池中。上驾石梁,七月二十二日,余入寺经之。闻池莲右白左红,僧言本年因修池未开,瞻七堂中立宝龛,左右各设砖榻,每榻卧百人,盖堂深二十丈,与戒坛均天下无双云。北过憩云轩,僧化成具蒲馔、豆粥,饭罢挹泉煮茗。旋贺焕文拄杖寻僧,陈朗斋倚栏作画,贻斋因事辞归,余乃拂竹床,设籐枕,卧听泉声,淙淙琤琤,愈喧愈寂,梦游华胥,翛(xiāo)然世外。少醒,觉蝉噪逾[5]静,鸟鸣亦幽,辗转间又入黑甜乡[6],梦回啜香茗[7]。思十余年来,值伏、秋汛,每闻水声,心怦怦动[8],安得如今听水酣卧耶。寺名大觉,吾觉矣。

[1]箨：竹笋外面包裹的一片一片的壳。

[2]潜邸：天子即位前居住的地方，这里借指天子即位前。

[3]精舍：出家人修行的场所。

[4]于牣鱼跃：出自《诗经·大雅·灵台》："王在灵沼，于牣鱼跃。"

[5]逾：愈。

[6]黑甜乡：形容酣睡。

[7]梦回啜香茗：梦见过去品尝香茶的地方。

[8]思十余年来……心怦怦动：指作者任治河官多年来，每年汛期都担惊受怕。

退思夜读

　　退思斋在半亩园[1]海棠吟社之南，后倚石山，有洞可出。前三楹面北，内一楹独拓[2]东牖，夏借石气而凉，冬得晨光则暖。余之家居养疴[3]也，自夏徂（cú）秋，每坐此读名山志，以当卧游，读《水经注》，以资博览。八月夜，篝灯（gōu dēng）[4]展卷，忽闻有声自西南来，心为之动。起视中庭，凉月初弦，玉绳[5]低耿，回顾童子，垂头而睡，与欧阳子赋境宛合。伫立移时，夜气渐重，仍闭户挑灯再读。检得汉诸葛武侯《诫子书》，读至"非淡泊无以明志，非宁静无以致远"句，忆少时壮志未除，每谓天下事业功名悉成之动，岂淡静二字所能该[6]？迄今阅历仕途三十余年，始悟国家立政，几费筹画，甫定章程，行之一二十年，人情已便，但觉相安，所以率由旧章，垂训千古也。无如才高意广者[7]，好事纷更，一见施行，辄多隔阂，不数年仍罢，而未罢之前，滋扰已受害不浅。殊不知《大学》"静而后能安"之义。且浓于声色，生虚怯病。浓于货利，生贪饕（tiè）病。浓于功业，生造作病。浓于名誉，生骄激病。故不淡不能明志，武侯具伊吕[8]才，宗孔孟学，其平生得力处，尽此二语，允为后学津梁[9]。彼世俗以术数兵法称其奇能，是浅之乎论武侯，亦不善读其书者。偶有所见，援笔记之。童子欠伸，报漏已传丁矣，乃掩卷出退思斋，归燕寝。

[1]半亩园：完颜麟庆的住宅。

[2]拓:开辟。

[3]养疴:养病。

[4]篝灯:置灯于笼中,用笼罩着灯光。

[5]玉绳:星名,此处泛指群星。

[6]该:概括。

[7]无如才高意广者:不像那些恃才倨傲的人。

[8]伊吕:指伊尹和吕尚,伊尹辅佐商汤,吕尚辅佐周武王,皆为协助君主治理天下的功臣,伊吕并称泛指辅弼重臣。

[9]津梁:能起引导作用的事物或方法。

思考题

1. 试通过完颜麟庆的文章与生平总结清代文化的特点。
2. 完颜麟庆的散文属于哪一个流派？为什么？
3. 完颜麟庆的人生哲学有何特点？
4. "欧阳子赋境"指什么？

第三节　墓志传

一、王安石《祭欧阳文忠公文》

欧阳修(1007—1072),字永叔,号醉翁,晚号六一居士,吉州永丰(今江西永丰县)人,北宋政治家、文学家,历仕仁宗、英宗、神宗三朝,官至翰林学士、枢密副使、参知政事,谥号"文忠",故世称欧阳文忠公。欧阳修是"唐宋八大家"之一,古文运动的倡导者,在史学方面有较高成就,曾主修《新唐书》,撰《新五代史》,著作可见《欧阳文忠集》。王安石(1021—1086),北宋著名思想家、政治家、文学家。下文选自乔象钟等编的《中国古典传记》(下册,上海文艺出版社,1985年)。

夫事有人力之可致,犹不可期,况乎天理之溟漠,又安可得而推!惟公生有闻于当时,死有传于后世,苟能如此足矣,而亦又何悲!如公器质[1]之深厚,智识之高远,而辅学术之精微,故充于文章,见于议论,豪健俊伟,怪巧瑰琦。其积于中者,浩如江河之停蓄;其发于外者,烂如日月之光辉。其清音幽韵,凄如飘风急雨之骤至;其雄辞闳辩,快如轻车骏马之奔驰。世之学者,无问识与不识,而读其文,则其人可知。

呜呼!自公仕宦四十年,上下往复,感世路之崎岖;虽屯邅(zhūnzhān)困踬(zhì)[2],窜斥流离,而终不可掩者,以其公议之是非[3]。既压复起,遂显于世;果敢之气,刚正之节,至晚而不衰。

方仁宗皇帝临朝之末年,顾念后事[4],谓如公者,可寄以社稷之安危;及夫发谋决策,从容指顾[5],立定大计,谓千载而一时。功名成就,不居而去,其出处[6]进退,又庶乎英魄灵气,不随异物腐散,而长在乎箕山之侧与颍水之湄[7]。

然天下之无贤不肖[8],且犹为涕泣而歔欷。而况朝[9]士大夫,平昔游从,又予心之所向慕而瞻依!

呜呼!盛衰兴废之理,自古如此,而临风想望,不能忘情者,念公之不可复见,而其谁与归!

[1]器质:才能和品质。

[2]屯邅困踬:处境艰难、不顺利。

[3]以其公议之是非:是非自有公论。

[4]后事:身后之事。

[5]指顾:手指目视,指点顾盼,这里意为指挥。

[6]出处:出仕做官或在家闲居。

[7]长在乎箕山之侧与颍水之湄:长居于箕山之侧与颍水边上。箕山、颍水均位于河南登封市境内,传为古时高士许由隐居处。

[8]无贤不肖:无论贤与不贤之人,指所有人。

[9]朝:一同上朝,作动词用。

二、范仲淹《唐狄梁公碑》

狄仁杰(630—700),字怀英,并州晋阳(今山西太原市)人,唐代政治家、武周时期宰相,死后被追赠文昌右相,谥号文惠,唐朝复辟后被追赠司空、梁国公。狄仁杰早年以明经及第,历任大理寺丞、宁州刺史多职,曾两度出任宰相。狄仁杰任地方官期间普施仁政,秉公执法,多次替朝廷排除危机;任宰相时敢于犯颜直谏,为朝廷举荐人才。他劝武则天复立庐陵王李显为太子,为后来唐朝的复辟创造了条件,保证了政治权力的平稳过渡。历代史学家、文人学者对狄仁杰评价极高,认为他胸怀社稷、忍辱负重、刚柔相济,非常人之所能为。武则天称赞他"地华簪组,材标栋干。城府凝深,宫墙峻邈",是仕宦中的佼佼者,才干超群,深谋远虑,令人敬畏;杜甫诗《狄明府》说"太宗社稷一朝正,汉官威仪重昭洗";苏轼称他"正色而立于朝,则豺狼狐狸自相吞噬,故能消祸于未形,救危于将亡"。狄仁杰并非以诗文著世,而是以事功留名,深受民众敬爱。"白云亲舍""白云孤飞""沧海遗珠""斗南一人""桃李满门"等成语均与狄仁杰有关。本文是宋代政治家范仲淹为纪念狄仁杰所作碑文,摘自李勇先等点校的《范仲淹全集》(中华书局,2020年)。

天地闭,孰将辟焉?日月蚀,孰将廓焉?大厦仆,孰将起焉?神器坠,孰将举焉?岩岩乎克当其任者,惟梁公之伟欤!

公讳仁杰,字怀英,太原人也。祖宗高烈,本传在矣。公为子极于孝,为臣极于忠。忠孝之外,揭如日月者,敢歌于庙中[1]。公尝赴并州掾(yuàn)[2],过太行山,反瞻河阳,见白云孤飞,曰:"吾亲在其下。"久而不能去,左右为之感动。《诗》有"陟岵(hù)陟屺(qǐ)"[3],伤君子于役,弗忘其亲,此公之谓欤!于嗟乎,孝之至也,忠之所繇(yóu)[4]生乎!

公尝以同府掾当使绝域,其母老疾,公谓之曰:"奈何重太夫人万里之忧?"诣长史府请代行。时长史、司马方睚眦不协,感公之义,欢如平生。于嗟乎,与人交而先其忧,况君臣之际乎!

公为大理寺丞,决诸道滞狱[5]万七千人,天下服其平。武卫将军权善才坐伐昭陵柏,高宗命戮之,公抗奏不却[6]。上怒曰:"彼致我不孝!"左右筑公令出[7]。公前曰:"陛下以一树而杀一将军,张释之所谓假有盗长陵一抔(póu)土[8],则将何法以加之?臣岂敢奉诏,陷陛下于不道?"帝意解,善才得恕死。于嗟乎,执法之官,患在少恩[9],公独爱君以仁,何所存之远乎!

高宗幸汾阳宫,道出妒女祠下。彼俗谓盛服过者,必有风雷之灾。并州发数万人别开御道。公为知顿使,曰:"天子之行,风伯清尘,雨师洒道,彼何害哉!"遽命罢其役。又公为江南巡抚使,奏毁淫祠千七百所,所存惟夏禹、太伯、季子、伍员四庙。曰:"安使无功血食,以乱明哲之祠乎?"于嗟乎,神犹正之,而况于人乎!

公为宁州刺史,能抚戎夏,郡人纪之碑。及迁豫州,会越王乱后,缘坐者七百人,籍没者五千口。有使促行刑,公缓之,密表以闻曰:"臣言似理逆人,不言则辜陛下好生之意,表成复毁,意不能定。彼咸非本心,唯陛下矜焉。"敕(chì)贷之,流于九原郡。道出宁州旧治,父老迎而劳之曰:"我狄使君活汝辈耶!"相携哭于碑下,斋三日而去。于嗟乎,古谓民之父母,如公则过之。斯人也,死而生之,岂父母之能乎!

时宰相张光辅率师平越王之乱,将士贪暴,公拒之不应。光辅怒曰:"州将忽元帅耶?"对曰:"公以三十万众除一乱臣,彼胁辈闻王师来,乘城而降者万计。公纵暴兵杀降以为功,使无辜之人肝脑涂地!如得尚方斩马剑加于君颈,虽死无恨!"光辅不能屈,奏公不逊,左迁复州刺史。于嗟乎,孟轲有言,威武不能屈,是为大丈夫,其公之谓乎!

为地官侍郎、同凤阁鸾台平章事,为来俊臣诬构下狱。公曰:"大周革命,万物惟新。唐朝旧臣,甘从诛戮。"因家人告变,得免死,贬彭泽令。狱吏尝抑公诬引杨执柔[10],公曰:"天乎!吾何能为!"以首触柱,流血被面,彼惧而谢焉。于嗟乎,陷阱之中,不义不为,况庙堂之上乎!

契丹陷冀州,起公为魏州刺史以御焉。时河朔震动,咸驱民保郛郭。公至,下令曰:"百姓复尔业,寇来吾自当之!"狄[11]闻风而退,魏人为之立碑。未几入相,请罢戍疏勒等四镇,以肥中国[12]。又请罢安东,以息江南之馈输。识者趍(wěi)之[13]。北狄再寇赵、定间,公出为河北道元帅。狄退,就命公为安抚大使。前为突厥所胁从者,咸逃散山谷。公请曲赦[14]河北诸州,以安反侧。朝廷从之。于嗟乎,四方之事,知无不为,岂虚尚清谈而已乎!

公在相日,中宗幽房陵[15],则天欲立武三思为储嗣。一日问群臣可否,众皆称贺,公退而不答。则天曰:"无乃有异议乎?"对曰:"有之。昨陛下命三思募武士,岁时得数百人。及命庐陵王代之,数日之间应者十倍。臣知人心未厌唐德。"则天怒,令策出。

又一日,则天谓公曰:"我梦双陆不胜者何?"对曰:"双陆不胜,宫中无子也!"复命策出。又一日,则天有疾,公入问阁中。则天曰:"我梦鹦鹉双翅折者何?"对曰:"武者陛下之姓,相王、庐陵王则陛下之羽翼也,是可折乎!"时三思在侧,怒发赤色。

则天以公屡言不夺,一旦感悟,遣中使密召庐陵王矫衣而入,人无知者。乃召公坐于帘外而问曰:"我欲立三思,群臣无不可者,惟俟公一言。从之则与卿长保富贵,否则无复得与卿相见矣。"公从容对曰:"太子天下之本,本一摇而天下动。陛下以一心之欲,轻天下之动哉!太宗百战取天下,授之子孙,三思何与焉?昔高帝寝疾,令陛下权亲军国。陛下奄有神器数十年,又将以三思为后,如天下何?且姑与母孰亲,子与侄孰近?立庐陵王,则陛下万岁后享唐之血食,立三思则宗庙无袝(fù)姑之礼。臣不敢爱死以奉制,陛下其图焉。"

则天感泣,命褰(qiān)[16]帷使庐陵王拜公曰:"今日国老与汝天子。"公哭于地,则天命左右起之,拊公背曰:"岂朕之臣,社稷之臣也!"已而奏曰:"还宫无仪,孰为太子[17]?"于是复置庐陵王于龙门,备礼以迎,中外大悦。于嗟乎,定天下之业,断天下之疑,其至诚如神。雷霆之威,不得而变乎!

则天尝命公择人,公曰:"欲何为?"曰:"可将相者。"公曰:"如求文章,则今宰相李峤、苏味道足矣。岂文士龌龊,思得奇才以成天下之务乎[18]?荆州长史张柬之,真宰相才,诚老矣。一朝用之,尚能竭其心。"乃召拜洛州司马。他日又问人于公,对曰:"臣前言张柬之,虽迁洛州,犹未用焉。"改秋官侍郎。及召为相,果能诛张易之辈,返正中宗,复则天为皇太后。于嗟乎,薄文华、重才实,其知人之深乎!又尝引拔桓彦范、敬晖、姚元崇等至公卿者数十人。

公之勋德,不可殚言。有论议数十万言,李邕载之别传[19]。论者谓松柏不夭,金石不柔,受于天焉。公为大理丞,抗天子而不屈;在豫州日,拒元帅而不下;及居相位,而能复废主以正天下之本[20]。岂非刚正之气出乎诚性,见于事业?当时优游搢绅之中,颠而不扶、危而不持[21]者,亦何以哉!

某[22]贬守鄱阳,移丹徒郡,道过彭泽,谒公之祠而述焉。又系之云:

商有三仁,弗救其灭;汉有四皓,正于未夺[23]。呜呼!武暴如火,李寒如灰[24]。何心不随,何力可回?我公哀伤,拯天之亡。逆长风而孤骞(qiān),诉大川以独航。金可革,公不可革,孰为乎刚!地可动,公不可动,孰为乎方!一朝感通,群阴披攘(pīrǎng)[25]。天子既臣而皇,天下既周而唐,七世发灵,万年垂光。噫!非天下之至诚,其孰能当!

注释

[1]忠孝之外,揭如日月者,敢歌于庙中:忠孝的美德与日月同辉,值得表彰。之外,指表现出来的行为。赵孟頫书《狄梁公碑》中此句为:忠孝之休,揭如日月者。

[2]掾:原为辅佐,后为副职官员或官署属员的通称,这里意为官属属员。

[3]《诗》有"陟岵陟屺":《诗经·魏风·陟岵》中说"陟彼岵兮,瞻望父兮。……陟彼屺兮,瞻望母兮",表达远行者对父母家人的思念。陟,登、升;岵,有草木的山;屺,无草木的山。

[4]繇:从、由。

[5]滞狱:指积压或拖延未审的案件。

[6]公抗奏不却:狄仁杰拒不执行皇上的命令。

[7]左右筑公令出:旁边的人给他示意,让他退下。筑:触碰,暗示。《旧唐书·狄仁杰传》:"帝作色曰:'善才斫陵上树,是使我不孝,必须杀之。'左右瞩仁杰令出。"多版本将"筑"写为"策"。

[8]张释之所谓假有盗长陵一抔土:这里说的是汉朝的玉环事件。有人盗取汉高祖庙里的玉环,被卫士抓获,汉文帝十分恼怒。司法官张释之依照相关法律,奏请文帝判处斩首。汉文帝认为应当诛其九族。张释之据法以争,说:"依照

法律,斩首已是最高处罚了。盗窃宗庙器物就诛灭全族,如果以后有人挖了长陵上的土,又该如何处罚呢?"汉文帝最终接受了张释之的判决。

[9]少恩:形容过于严酷,不够仁慈。

[10]诬引杨执柔:狱官逼狄仁杰诬陷一个叫杨执柔的人。

[11]狄:借指夷狄,古时对华夏族以外各族的泛称。

[12]请罢戍疏勒等四镇,以肥中国:建议取消疏勒等四个边镇,减少内地的负担。

[13]识者题之:有识之士都很赞赏。

[14]曲赦:特赦。

[15]中宗幽房陵:后来的中宗皇帝,即庐陵王李显当时被软禁在庐陵。

[16]褰:揭起。

[17]还宫无仪,孰为太子:太子回朝,怎么能没有仪式呢?

[18]岂文士龌龊,思得奇才以成天下之务乎:您是不是嫌文人能力不够,想找有突出才干的人治理国家呢?

[19]李邕载之别传:指唐宋时期广为流行的《狄梁公传》(或《狄梁公别传》),作者李邕,唐朝文人,书已佚失。

[20]复废主以正天下之本:指立庐陵王李显为储君事,废主即庐陵王。

[21]颠而不扶、危而不持:出自《论语·季氏》"危而不持,颠而不扶",指只顾自己,见危不救之人。

[22]某:作者自称。

[23]商有三仁,弗救其灭;汉有四皓,正于未夺:商朝的三位仁者没能挽救商的灭亡,汉代的四皓避免了太子易位。"三仁"指商末的微子、箕子、比干。"四皓"指秦末隐居商山的东园公、甪里先生、绮里季、夏黄公。吕后用张良之计,迎四皓辅佐太子,高祖本来想换掉太子,但看到太子有众多高人拥立,便打消了改立太子之意。

[24]武暴如火,李寒如灰:指当时武氏掌权,盛极一时,李氏处于劣势。

[25]群阴披攘:奸邪纷纷溃败,给他让路。披攘即披靡、溃败、溃退。

思考题

1.试比较狄仁杰与范仲淹生平事迹的相似与不同之处。

2.武则天为什么对狄仁杰说:"我欲立三思,群臣无不可者,惟俟公一言。从之则与卿长保富贵,否则无复得与卿相见矣。"听了狄仁杰的回答,武则天的反应是什么?这段对话说明了什么?

3.史学家一般认为狄仁杰的最大贡献是什么?民众最喜欢狄仁杰的哪些品质?

4.狄仁杰原为唐朝官员,后来却成为武周王朝的官员,这并不符合儒家的"忠君"理想,为什么历代学者并没有因此而否定狄仁杰?

第三单元
中国古代自然观

【导读】

　　古汉语描述自然界时一般不用"自然"一词,而多用"物""天""地""山""水"等字。古汉语中的"自然"更多是指"道法自然""自然之道",而非现代人所说的"大自然"或"自然界"。不过中国古代对自然界的认识多遵循"天人合一"的理想,与自然之道关系密切。自然之道既是本体论,又是行为哲学,既有审美意趣,又包含科学知识,无论在哲学、文学还是科学知识中均有体现。

　　首先,道法自然。自然之道高于一切,是无形的、超越物质的。《中庸》云:"唯天下至诚,为能尽其性。能尽其性,则能尽人之性;能尽人之性,则能尽物之性;能尽物之性,则可以赞天地之化育;可以赞天地之化育,则可以与天地参矣。"《道德经》曰:"吾所以有大患者,为吾有身。及吾无身,吾有何患?"《庄子》曰:"古之人,其知有所至矣。恶乎至? 有以为未始有物者,至矣,尽矣,不可以加矣。其次以为有物,而未始有封也。"可见自然之道主要是精神性的。

　　其次,中国古代自然审美极为发达,山水比德、山水悟道的传统由来已久,于山水诗、山水游记中随处可见。唐代司空图的《二十四诗品》中是这样描述自然的:"俯拾即是,不取诸邻。俱道适往,着手成春。如逢花开,如瞻岁新。真予不夺,强得易贫。幽人空山,过雨采苹。薄言情悟,悠悠天均。"既有自然之道,又有山水万物,情景交融,意味深长。

　　最后,在物质层面,民以食为天,人类离不开自然界,但人类利用大自然应有所克制。《道德经》云:"不尚贤,使民不争;不贵难得之货,使民不为盗;不见可欲,使民心不乱。"儒家对开发大自然也有严格的限制。另外,中国古代医学、舆地学、农学等对自然界的研究也没有脱离天人合一的精神,这是中国文化的优良传统,亦与现代生态学相呼应。

第一节　山水游记

一、刘勰《文心雕龙·物色》选

中国古代游记以描写山水风光的小品文最为发达,体现了在山水中悟道、借景抒情的审美传统。我国最早的游记从先秦时期就已经产生,到秦汉时期初步发展变化,魏晋南北朝时期显著发展,至唐朝形成了独立的文体。宋代游记延续唐朝的风格和题材,以思想性和哲理见长。明朝山人文化流行,文人放浪形骸,游记小品兴盛,但世俗情调浓厚,后期转向史地考据,思想性有所下降。清朝游记文学继续发展,游记文献的整理成绩卓著。

《文心雕龙》"物色"一章并不算是通常意义上的山水游记,但对山水游记所体现的审美精神进行了精辟的总结,可作为阅读山水游记的参考资料。《文心雕龙》具体介绍见第27～28页。注释参考周振甫的《文心雕龙今译》(中华书局,2013年)及王运熙、周锋译注的《文心雕龙》(上海古籍出版社,2012年)。

春秋代序,阴阳惨舒[1],物色之动,心亦摇焉。盖阳气萌而玄驹步[2],阴律凝而丹鸟羞[3],微虫犹或入感,四时之动物深矣。若夫珪璋[4]挺其惠心,英华秀其清气,物色相召,人谁获安?是以献岁发春,悦豫之情畅;滔滔孟夏,郁陶之心凝[5];天高气清,阴沉之志远;霰(xiàn)雪无垠,矜肃之虑深。岁有其物,物有其容;情以物迁,辞以情发。一叶且或迎意,虫声有足引心,况清风与明月同夜,白日与春林共朝哉!

是以诗人感物,联类不穷;流连万象之际,沉吟视听之区[6]。写气图貌,既随物以宛转;属采附声,亦与心而徘徊。故"灼灼"状桃花之鲜,"依依"尽杨柳之貌,"杲杲(gǎo)"为出日之容,"瀌瀌(biāo)"拟雨雪之状,"喈喈(jiē)"逐黄鸟之声,"喓喓(yāo)"学草虫之韵;"皎日""嘒星"[7],一言穷理;"参差""沃若"[8],两字连形:并以少总多,情貌无遗矣。虽复思经千载,将何易夺?及《离骚》代兴,触类而长,物貌难尽,故重沓舒状,于是"嵯峨"之类聚,"葳蕤(wēiruí)"之群积矣[9]。及长卿[10]之徒,诡势瓌(guī)[11]声,模山范水,字必鱼贯[12],所谓诗人丽则而约言,辞人丽淫而繁句也。

至如《雅》[13]咏棠华,"或黄或白";《骚》述秋兰,"绿叶""紫茎";凡摛(chī)表五色,贵在时见[14],若青黄屡出,则繁而不珍。自近代以来,文贵形似,窥情风景之上,钻貌草木之中。吟咏所发,志惟深远,体物为妙,功在密附。故巧言切状,如印之印泥,不加雕削,而曲写毫芥[15];故能瞻言而见貌,即字而知时也。然物有恒姿,而思无定检,或率尔造极[16],或精思愈疏[17]。且《诗》《骚》所标,并据要害[18],故后进锐笔,怯于争锋。莫不因方以借巧,即势以会奇[19],善于适要,则虽旧弥新矣。是以四序纷回,而入兴贵闲;物色虽繁,而析辞尚简;使味飘飘而轻举,情晔晔(yè)[20]而更新。古来辞人,异代接武,莫不参伍以相变,因革以为功[21],物色尽而情有余者,晓会通也。若乃山林皋壤,实文思之奥府,略语则阙,详说则繁。然屈平所以能洞监《风》《骚》之情者,抑亦江山之助乎[22]!

赞曰:山沓水匝(zā),树杂云合。目既往还,心亦吐纳。春日迟迟,秋风飒飒。情往似赠,兴来如答。

注释

[1]春秋代序,阴阳惨舒:指四季的变化令人的心情随之变化,一会儿阴郁,一会儿舒畅。

[2]阳气萌而玄驹步:天气渐暖,阳气萌动,蚂蚁开始活动。玄驹,蚂蚁的别称;步,走动。

[3]阴律凝而丹鸟羞:八月里阴气凝聚,丹鸟开始捕食小虫子。

[4]珪璋:美玉,代表聪明智慧。

[5]郁陶之心凝:初夏阳气极盛,忧思积聚。

[6]沉吟视听之区:对看到的、听到的东西仔细体味。

[7]"皎日""嘒星":用"皎"字表示阳光明媚,"嘒"描写星光微弱。

[8]"参差""沃若":"参差"形容不整齐,"沃若"表示润泽。

[9]及《离骚》代兴,触类而长……"葳蕤"之群积矣:《楚辞》取代了《诗经》,增加了对事物的描写,难度更大,因此用复叠的形容词,如"嵯峨""葳蕤"之类的词越来越多,一个接一个。《离骚》在这里指代《楚辞》。

[10]长卿:司马相如。

[11]瓌:珍奇。

[12]字必鱼贯:形容词像游鱼般一个接一个。

[13]雅:指《诗经·小雅》。

[14]摛表五色,贵在时见:描写五种颜色,贵在适时而见。

[15]曲写毫芥:描写细微之极。

[16]率尔造极:不经意而达到极高的境界。

[17]精思愈疏:用尽心思却越走越远。

[18]《诗》《骚》所标,并据要害:《诗经》《楚辞》都能抓住要害。

[19]因方以借巧,即势以会奇:运用《诗经》《楚辞》中的方法,顺势而为,有所创新。

[20]晔晔:形容鲜明的样子。

[21]参伍以相变,因格以为功:复杂中求变,继承中革新。

[22]然屈平所以能洞监《风》《骚》之情者,抑亦江山之助乎:屈原之所以能明察《国风》《离骚》中的深意,靠的是大自然的帮助吧!

思考题

1. 人与自然万物的关系有何特点?
2. 诗人、辞人有何区别?

二、白居易《冷泉亭记》

白居易(772—846),字乐天,号香山居士,唐代著名诗人。早期在京城长安及附近地区做官,后被贬,任江州司马、忠州刺史,后来虽然又回到长安,但又主动请求到外地任职,辗转于杭州、洛阳、苏州等地。白居易的诗歌题材丰富,形式多样,语言平易近人,流传甚广。白居易遍游各地,留下了许多描写各地景色的诗文,这些诗文成为中国旅游文学不可分割的一部分。有《白氏长庆集》传世。下文选自倪其心等选注的《中国古代游记选》(中国旅游出版社,2000年)。注释参考同书。

东南山水,余杭郡为最。就郡言,灵隐寺为尤。由寺观,冷泉亭为甲。亭在山下,水中央,寺西南隅。高不倍寻,广不累(lěi)丈[1],而撮(cuō)奇得要[2],地搜胜概,物无遁形。春之日,吾爱其草薰薰,木欣欣,可以导和纳粹[3],畅人血气。夏之夜,吾爱其泉渟渟,风泠泠,可以蠲(juān)烦析酲(chéng)[4],起人心情。山树为盖,岩石为屏,云从栋生,水与阶平。坐而玩之者,可濯足于床下;卧而狎之者,可垂钓于枕上。矧(shěn)又潺湲(yuán)[5]洁沏,粹冷柔滑。若俗士,若道人,眼耳之尘,心舌之垢,不待盥涤,见辄除去。潜利阴益,可胜言哉!斯所以最余杭而甲灵隐也。

杭自郡城抵四封,丛山复湖,易为形胜。先是领郡者,有相里尹造虚白亭,有韩仆射皋作候仙亭,有裴庶子棠棣作观风亭,有卢给事元辅作见山亭,及右司郎中河南元藇(xū)[6]最后作此亭。于是五亭相望,如指之列,可谓佳境殚矣,能事毕矣。后来者虽有敏心巧目,无所加焉。故吾继之,述而不作。

长庆[7]三年八月十三日记。

[1]广不累丈:不到两丈。累,重叠。

[2]撮奇得要:聚集了奇妙的景色,占据重要的位置。

[3]导和纳粹:引入和谐之境,领纳精华之物。

[4]蠲烦析酲:净除烦恼,解去昏醉。

[5]潺湲:水慢慢流动的样子。

[6]相里尹、韩仆射皋、裴庶子棠棣、卢给事元辅、右司郎中元藇:他们均是曾任杭州刺史的官员。

[7]长庆:唐穆宗李恒年号。

思考题

1.为什么说冷泉亭位置最佳?

2."五亭相望"说明了中国自然审美的什么特点?为什么?

三、刘基《松风阁记》

刘基(1311—1375),字伯温,浙江青田人。元末明初政治家、文学家,明朝开

国元勋,被朱元璋封诚意伯,晚年隐居乡间,远离政治。后因胡惟庸诬陷被夺禄,亲自入京向朱元璋谢罪,不久即逝世。明武宗时赠太师,谥号"文成"。刘基精通天文、兵法,擅长诗文,文风古朴雄放。著作收入《诚意伯文集》。下文选自倪其心等选注的《中国古代游记选》(中国旅游出版社,2000年)。注释参考同书。

(一)

雨、风、露、雷,皆出乎天。雨、露有形,物待以滋。雷无形而有声,惟风亦然。

风不能自为声,附于物而有声,非若雷之怒号,訇磕(hōngkē)[1]于虚无之中也。惟其附于物而为声,故其声一随于物:大小清浊,可喜可愕,悉随其物之形而生焉。土石屃赑(xìbì)[2],虽附之不能为声;谷虚而大,其声雄以厉;水荡而柔,其声汹以豗(huī)[3]。皆不得其中和。使人骇胆而惊心。故独于草木为宜。

而草木之中,叶之大者,其声窒;叶之槁(gǎo)[4]者,其声悲;叶之弱者,其声懦而不扬。是故宜于风者莫如松。

盖松之为物,干挺而枝樛(jiū)[5],叶细而条长,离奇而巃嵸(lóngzōng)[6],潇洒而扶疏,鬖髿(sānsuō)[7]而玲珑。故风过之,不壅不激,疏通畅达,有自然之音;故听之可以解烦黩,涤昏秽,旷神怡情,恬淡寂寥,逍遥太空,与造化游。宜乎适意山林之士,乐之而不能违也。

金鸡之峰,有三松焉,不知其几百年矣。微风拂之,声如暗泉飒飒走石濑(lài)[8];稍大,则如奏雅乐;其大风至,则如扬波涛,又如振鼓,隐隐有节奏。

方舟上人为阁其下,而名之曰松风之阁。予尝过而止之,洋洋乎若将留而忘归焉。盖虽在山林,而去人不远。夏不苦暑,冬不酷寒,观于松可以适吾目,听于松可以适吾耳,偃蹇(yǎnjiǎn)[9]而优游,逍遥而相羊[10],无外物以汩其心,可以喜乐,可以永日,又何必濯颍水[11]而以为高,登首阳[12]而以为清也哉?

予,四方之寓人也,行止无所定,而于是阁不能忘情,故将与上人别而书此以为记。时至正十五年七月九日也。

[1]訇磕:大声。
[2]屃赑:赑屃,一种龟。石碑托座经常雕成这种龟的形状,这里指石头。
[3]豗:撞击声。

[4]槁：枯。

[5]樛：弯曲。

[6]龍嵷：神态高昂。

[7]鬖髿：草木枝叶下垂。髿亦读 shā。

[8]濑：急流。

[9]偃蹇：骄横、傲慢，这里引申为悠闲、自由自在。

[10]相羊：同"徜徉"。

[11]颍水：颍河，传说古代隐者许由曾于颍水洗耳。

[12]首阳：山名，伯夷、叔齐不食周粟，逃到首阳山采野菜充饥。

（二）

松风阁在金鸡峰下，活水源上。予今春始至，留再宿，皆值雨，但闻波涛声彻昼夜，未尽阅其妙也。至是，往来止阁上凡十余日，因得备悉其变态。

盖阁后之峰，独高于群峰，而松又在峰顶。仰视，如幢（chuáng）葆[1]临头上。当日正中时，有风拂其枝，如龙凤翔舞，离褷（shī）[2]蜿蜒，蟉蟉（jiāogé）[3]徘徊；影落橡瓦间，金碧相组绣。观之者，目为之明。有声，如吹埙篪（xūnchí）[4]，如过雨，又如水激崖石，或如铁马驰骤，剑槊（shuò）[5]相磨戛（jiá）[6]；忽又作草虫鸣切切，乍大乍小，若远若近，莫可名状。听之者，耳为之聪。

予以问上人，上人曰："不知也。我佛以清净六尘[7]为明心[8]之本。凡耳目之入，皆虚妄而。"予曰："然则上人以是而名其阁，何也？"上人笑曰："偶然耳。"

留阁上又三日，乃归。至正十五年七月二十三日记。

注释

[1]幢葆：古代车驾上装饰的幡盖。

[2]离褷：松针被雨水沾湿的样子。

[3]蟉蟉：交错缠绕。

[4]埙篪：埙、篪二者皆为乐器，二者合奏时声音相应和。

[5]槊：长矛。

[6]戛：敲打。

[7]六尘：佛教将心和感官接触的对象分为色、声、香、味、触、法，即六尘。

[8]明心：觉悟无我的道理。

思考题

1. 作者是从什么角度观赏自然的？
2. 如何理解上人最后的回答？
3. 将此文与缪尔的《森林风暴》对比，分析中外自然散文的异同。

四、徐霞客《徐霞客游记》选

徐霞客（1586—1641），名宏祖，字振之，号霞客，南直隶江阴（今江苏江阴市）人，明代著名旅行家、地理学家、文学家。他摒弃仕途，立志地理考察。一生足迹遍布华北、华东、东南沿海及中南、西南地区。旅行日记经后人整理为《徐霞客游记》，不仅详细描述了所观察到的自然地理，而且记录了当时的历史、社会状况，也表达了超然的精神追求和自然审美情趣，具有重要的地理学、史学和文学价值。本文选自《游黄山后记》，描述了徐霞客第二次游览黄山的情景。引文与注释参考傅璇琮主编的《中国古典散文基础文库·游记卷》（广西师范大学出版社，1999年），另外可参考朱惠荣的《徐霞客游记校注》（云南人民出版社，1985年）。

游黄山天都莲花二峰记

戊午[1]九月初三日。出白岳榔梅庵[2]，至桃源桥。从小桥右下，陡甚，即旧向黄山路也[3]。七十里，宿江村。

初四日。十五里，至汤口，五里至汤寺，浴于汤池。扶杖望朱砂庵而登，十里上黄泥冈。向时云里诸峰，渐渐透出，亦渐渐落吾杖底。转入石门，越天都[4]之胁而下，则天都、莲花[5]二顶，俱秀出天半。路旁一岐[6]东上，乃昔所未至者。遂前趋直上，几达天都侧。复北上，行石罅[7]中，石峰片片夹起，路宛转石间，塞者凿之，陡者级之，断者架木通之，悬者植梯接之。下瞰峭壑阴森，枫松相间，五色纷披，灿若图绣。因念黄山当生平奇览，而有奇若此，前未一探，兹游快且愧矣。时夫仆俱阻险行后，余亦停弗上。乃一路奇景，不觉引余独往。既登峰头，一庵翼然，为文殊院，亦余昔年欲登未登者。左天都，右莲花，背倚玉屏风[8]，两峰秀色，俱可手揽。四顾奇峰错列，众壑纵横，真黄山绝胜处！非再至，焉知其奇若此？遇游僧澄源[9]至，兴甚勇。时已过午，奴辈适至。立庵前指点两峰，庵僧谓："天都虽近而无路，莲花可登而路遥，只宜近盼天都，明日登莲顶。"余不从，决意游天都。挟(jiā)[10]澄源、奴子，仍下峡路。至天都侧，从流石蛇行而上，攀草牵棘，石块丛起则历块，石崖侧削则援崖。每至手足无可着处，澄源必先登垂接。每念上既如此，下何以堪？终亦不顾。历险数次，遂达峰顶，惟一石顶，壁起犹数十丈。澄源寻视其侧，得级，挟予以登。万峰无不下伏，独莲花与抗耳。时浓雾半作半止，每一阵至，则对面不见。眺莲花诸峰，多在雾中。独上天都，予至其前，则雾徙于后；予越其右，则雾出于左。其松犹有曲挺纵横者，柏虽大干如臂，无不平贴石上如苔藓然。山高风巨，雾气去来无定，下盼诸峰，时出为碧峤[11]，时没为银海。再眺山下，则日光晶晶，别一区宇[12]也。日渐暮，遂前其足，手向后据地，坐而下脱。至险绝处，澄源并肩手相接。度险下至山坳，暝色已合，复从峡度栈以上，止文殊院。

初五日。平明[13]，从天都峰坳中北下二里，石壁岈然，其下莲花洞，正与前坑石笋对峙，一坞[14]幽然。别澄源下山，至前岐路侧，向莲花峰而趋。一路沿危壁西行，凡再降升，将下百步云梯，有路可直跻(jī)[15]莲花峰。既陟而磴绝[16]，疑而复下。隔峰一僧高呼曰："此正莲花道也！"乃从石坡侧度石隙，径小而峻，峰顶皆巨石鼎峙，中空如室。从其中造级直上，级穷洞转，屈曲奇诡，如下上楼阁中，忘其峻出天表也。一里，得茅庐，倚石罅中。方徘徊欲升，则前呼道之僧至矣。僧号凌虚，结茅于此者，遂与把臂陟顶。顶上一石，悬隔二丈，僧取梯以度。其巅廓然，四望空碧，即天都亦俯首矣。盖是峰居黄山之中，独出诸峰上，四面崖壁环耸，遇朝阳霁色，鲜映层发，令人狂叫欲舞。久之，返茅庵，凌虚出粥相饷[17]，啜一盂，乃下。至岐路侧，过大悲顶，上天门。三里，至炼丹台，循台嘴而下，观玉屏风、三海门诸峰，悉从深坞中壁立起。其丹台[18]一冈中垂，颇无奇峻，惟瞰翠微之背，坞中峰峦错耸，上下周映，非此不尽瞻眺之奇耳。还过平天矼(gāng)，下后海，入智空庵，别焉。三里，下狮子林，趋石笋矼，至向年所登尖峰上。倚松而坐，瞰坞中峰石回攒(cuán)[19]，藻缋(huì)[20]满眼，始觉匡庐、石门，或具一体，或缺一面[21]，不若此之闳博富丽也。久之，上接引崖，下眺坞中，阴阴觉有异。复至冈上尖峰侧，践流石，援棘草，随坑而下，愈下愈深，诸峰自相掩蔽，不能一目尽也。日暮，返狮子林。

初六日。别霞光,从山坑向丞相原。下七里,至白沙岭。霞光复至(因余欲观牌楼石,恐白沙庵无指者,追来为导)。遂同上岭,指岭右,隔坡有石丛立,下分上并,即牌楼石也。余欲逾坑溯涧,直造其下。僧谓:"棘迷路绝,必不能行。若从坑直下丞相原,不必复上此岭。若欲从仙灯而往,不若即由此岭东向。"余从之,循岭脊行。岭横亘天都、莲花之北,狭甚,旁不容足,南北皆崇峰夹映。岭尽北下,仰瞻右峰罗汉石,圆头秃顶,俨然二僧也。下至坑中,逾涧以上,共四里,登仙灯洞。洞南向,正对天都之阴,僧架阁连板于外,而内犹穹然,天趣未尽刊[22]也。复南下三里,过丞相原,山间一夹地耳。其庵颇整,四顾无奇,竟[23]不入。复南向循山腰行五里,渐下。涧中泉声沸然,从石间九级下泻,每级一下,有潭渊碧,所谓九龙潭也。黄山无悬流飞瀑,惟此耳。又下五里,过苦竹滩,转循太平县路,向东北行。

[1]戊午:明万历四十六年,即公元1618年。

[2]白岳榔梅庵:白岳山位于黄山西南,榔梅庵为寺庙名,在白岳山上。

[3]旧向黄山路:指作者两年前首次登黄山时所走之路。

[4]天都:天都山,黄山主峰之一。

[5]莲花:莲花峰,黄山最高峰,海拔1860余米,因形似莲花,故名。

[6]岐:歧路、岔路。

[7]罅:裂缝。

[8]玉屏风:玉屏峰,因形状如玉屏得名。

[9]游僧澄源:一个名叫澄源的云游僧人。

[10]挟:与……一道。

[11]峤:尖而高的山峰。

[12]区宇:区域。

[13]平明:天亮。

[14]坞:四面高中间低的山地。

[15]跻:登。

[16]陟而磴绝:登上去后发现石阶没有了。

[17]出粥相饷:用粥款待我们。

[18]丹台:炼丹台。

[19]回攒:环绕聚集。

[20]藻缋:华丽的色彩。

[21]匡庐、石门,或具一体,或缺一面:庐山与石门山或者具有黄山某一部分的特点,或者缺少黄山某一部分的景色。匡庐,庐山。石门,浙江青田石门山。

[22]刊:削减、损失。

[23]竟:最终。

思考题

1. 作者游览山水的目的、意趣为何?
2. 黄山的景色有哪些特点?
3. 作者的游览活动与景色描写如何反映了人与自然的关系?

五、王士性《广游志》选

明朝末年,宋明理学受到质疑,经世致用之说流行。王士性(1547—1598),字恒叔,号太初,临海城关人。明朝万历元年(1573)中举人,万历五年(1577)进士,授朗陵(今河南确山县)知县,历任礼科给事中。后因触犯皇帝被派往四川、广西、云南、山东等地任职。他游迹广泛,所到之处考证山川风物,广事搜访,详加记录。《广游志》包含许多地理学研究方面的内容,表现出天人合一的认识方式。以下选文与注释参考周振鹤点校的《五岳游草·广志绎》(中华书局,2006 年)。

地 脉

自昔以雍、冀、河、洛为中国,楚、吴、越为夷,今声名文物,反以东南为盛,大河南北不无少让何?客曰:此天运循环,地脉移动,彼此乘除之理。余谓是则然矣。要知天地之所以乘除何以故?自昔堪舆[1]家皆云,天下山川起昆仑,分三龙入中国。然不言三龙盛衰之故。盖龙神之行,以水为断。然深山大谷,岂足能遍?惟问水则知山。昆仑据地之中,四傍山麓,各入大荒外。入中国者,一东南支也。其支又于塞外分三支：左支环庬庭[2]阴山、贺兰，入山西，起太行数千里，出为医巫闾[3]，度辽海而止，为北龙。中支循西番，入趋岷山，沿岷江左右。出江右者，包叙州而止；江左者，北去趋关中，脉系大散关，左渭右汉。中出为终南、太华，下秦山起嵩高，右转荆山抱淮水，左落平原千里，起泰山入海，为中龙。右支出吐蕃之西，下丽江，趋云南，绕沾益、贵竹关岭，而东去沅陵。分其一，由武冈出湘江西至武陵止；又分其一，由桂林海阳山过九嶷、衡山，出湘江，东趋匡庐止；又分其一，过庾(yǔ)岭[4]，度草坪，去黄山、天目、三吴止；过庾岭者，又分为仙霞关，至闽止。分衢为大盘山，右下括苍，左去为天台、四明度海止。总为南龙。宋儒乃谓南龙与中龙同出岷山，沿江而分。盖宋画大渡河为守，而弃滇云，当时士大夫游辙未至，故不知而臆度之也。今金沙江源出吐蕃犁牛河，入滇下川江，则已先于塞外隔断岷山矣。故南龙不起岷山也。古今王气，中龙最先发，最盛而长，北龙次之，南龙向未发，自宋南渡始发，而久者宜其少间歇。其新发者，其当垄(bèn)涌[5]何疑。何以见其然也？洪荒方辟，伏羲都陈，少昊都曲阜，颛顼都牧野，周自后稷以来，起岐山丰镐，生周公、孔子，秦又都关中，汉又都之，唐又都之，宋又都汴，故曰中龙先而久。黄帝始起涿鹿，尧都平阳，舜都蒲坂，禹都安邑，其后尽发于塞外，猃狁(xiǎnyǔn)[6]、冒顿、突厥夷狄之王，最后辽、金至元而亦入主中国，故曰北龙次之。吴、越当太伯时，犹然披发文身，楚春秋，尚为夷服，孙吴、司马晋、六朝稍稍王建康，仅偏安一隅，亦无百年之主。至宋高南渡，立国百余年，我明太祖方才混一，故曰南龙王方始也。或谓云、贵、东西广皆南龙，而独盛于东南何？曰：云、贵、两广皆行龙之地。前不云乎，南龙五支：一止于武陵、荆南，一止于匡庐，一止于天目、三吴，一止于越，一止于闽，咸遇江河湖海而止不前，则必于其处涌跃溃出，而不肯遽收，宜今日东南之独盛也。然东南他日盛而久，其势未有不转而云、贵、百粤。如树花先开，比于木末，其体盛而花不尽者，又转而老干内，时溢而成蕚，薇、桂等花皆然。山川气宁与花木异？故中龙先陈、先曲阜，其后转而关中；北龙先涿鹿、先晋阳，后亦转而塞外。今南龙先吴、楚、闽、越，安得他日不转而百粤、鬼方也？或谓齐、鲁亦中龙之委也，乃周、孔而后，圣人王者不生，意先辈秀颖所钟多矣？曰：固然，亦黄河流断其地脉故也。河行周、秦、汉时，俱河间入海。河间者，禹九河之间也，故齐、鲁为中龙。自隋炀帝幸江都，引河入汴，河径委淮，将齐、鲁地脉流隔，尚得泰山塞护海东，王气不绝，故列候将相，英贤不乏，而圣王不与，意以是乎。

然则我朝王气何如？曰：俱非前代之比。前代龙气王一支，惟我朝凤、泗祖陵,既钟灵于中龙之汇,留都王业,又一统于南龙之委,今长安宫阙陵寝,又孕育于北龙之跸(bì),兼三大龙而有之,安得不万斯年也。此余于送徐山人序中已及之,而未详其说。

[1]堪舆:风水学。

[2]房庭:亦称房廷,古时对少数民族所建政权的贬称。

[3]医巫闾:古称于微闾山、无虑山等,今简称闾山,位于辽宁省。

[4]庾岭:大庾岭,南岭五岭之一。

[5]坌涌:涌出。

[6]猃狁:古代北方民族,活动于今陕、甘一带。

思考题

1. 作者是怎样解释历史上的朝代兴衰的?
2. 作者为什么认为"周孔而后,圣人王者不生"? 作者的历史观有何特点?

第二节　生态伦理散文

【导读】

对待生命的态度是衡量人类文明的一个重要因素。中国文化属于农耕文明，历来秉持天人合一、爱物惜命的思想。《尚书·大禹谟》云："好生之德，洽于民心。"儒家的核心思想是"仁"，认为人虽然可以利用动物，但要有"恻隐之心"。儒家对利用动物的生产活动有严格的限制，称为"时禁"，体现了尽量减少伤害的原则。道家主张物无贵贱，生命平等，反对狩猎，对驯养动物也持批评态度。佛教深信因果，提倡戒杀放生，素食成为汉传佛教的特点。爱护生命的思想在古代典籍中随处可见，也在民间广为流传。经典和史书中有大量人与动物相处的故事。有的讲述动物如何知恩报恩，如"义犬""义牛"之类；有的则表现动物之间如何忠贞不渝，如雁丘之类。这些故事打破了人类与动物的界限，表达了悲天悯人、万物平等的思想，是中国传统文化不可或缺的一部分，也与现代的环境保护、动物权利理论不谋而合。

一、《礼记》选

背景介绍

《礼记》具体介绍见第8页。下文选自贾德永的《礼记·孝经译注》（上海，生活·读书·新知三联书店，2013年），注释参考同书。

天子、诸侯无事，则岁三田[1]：一为干豆[2]，二为宾客，三为充君之庖[3]（páo）。无事而不田，曰"不敬"[4]。田不以礼曰"暴天物"。天子不合围，诸侯不掩群[5]。天子杀则下大绥[6]，诸侯杀则下小绥，大夫杀则止佐车，佐车止则百姓田猎。獭祭鱼[7]，然后虞人[8]入泽梁。豺祭兽，然后田猎。鸠化为鹰，然后设罻罗[9]。草木零落，然后入山林。昆虫未蛰，不以火田。不麛（mí）[10]，不卵，不杀胎，不殀夭[11]，不覆巢。

[1]田:打猎。

[2]干豆:祭祀用的供品,"干"指干肉,"豆"指盛肉的器具。

[3]庖:膳食。

[4]无事而不田,曰"不敬":在没有战争和凶丧的情况下却不狩猎,就是不敬。

[5]掩群:杀尽成群的动物。

[6]绥:旌旗。

[7]獭祭鱼:冰融化后水獭开始捕鱼。

[8]虞人:掌管山林湖泽的官员。

[9]鸠化为鹰,然后设罻罗:八月里,鸠化为鹰的时候,人们才可以设下罗网捕鸟。

[10]麛:幼鹿,泛指幼兽。此处为动词,指捕幼兽。

[11]不殀夭:不杀小兽。

天子社稷[1]皆大(tài)牢[2],诸侯社稷皆少牢[3]。大夫、士宗庙之祭,有田则祭,无田则荐[4]。庶人春荐韭[5],夏荐麦,秋荐黍,冬荐稻;韭以卵[6],麦以鱼,黍以豚(tún)[7],稻以雁[8]。祭天地之牛角茧栗[9],宗庙之牛角握,宾客之牛角尺[10]。诸侯无故不杀牛,大夫无故不杀羊,士无故不杀犬豕,庶人无故不食珍。庶羞不逾牲[11]。燕衣[12]不逾祭服。寝不逾庙[13]。

[1]社稷:祭祀土神和谷神。

[2]大牢:祭祀时牛、羊、豕三牲具备为大牢。

[3]少牢:祭祀时只用羊、豕二牲为少牢。

[4]荐:荐礼,比祭礼相对微薄。

[5]庶人春荐韭:庶人春天用韭菜献祭。

[6]韭以卵:韭菜配以鸡蛋。

[7]豚:小猪。

[8]雁:鹅。

[9]茧栗:牛角像蚕茧、栗子那么大。

[10]宾客之牛角尺:招待宾客用的牛其角有一尺(一尺约合三十三厘米)多长。

[11]庶羞不逾牲:平时吃的不能比祭祀的牲牢好。

[12]燕衣:平时穿的衣服。

[13]寝不逾庙:住的房子不能比宗庙好。

二、《尚书》选

《尚书》具体介绍见第7页,下文选自郭仁成的《尚书今古文全璧》。

伊尹乃明言烈祖[1]之成德,以训于王,曰:"呜呼!古有夏先后[2],方懋(mào)厥德[3],罔有天灾。山川鬼神,亦莫不宁,暨鸟兽鱼鳖咸若[4]。"

[1]烈祖:指成汤王,商朝开国君主,施仁政于天下。

[2]有夏:孔颖达疏"有夏先君,总指桀之上世有德之王皆是也"。桀,夏最后一位君王,荒淫无度,他在位时夏朝为商朝所灭。

[3]方懋厥德:勉励修德。

[4]暨鸟兽鱼鳖咸若:孔颖达疏"谓人君顺禽鱼,君政善而顺彼性,取之有时,不夭杀也。鸟兽在陆,鱼鳖在水,水陆所生微细之物,人君为政皆顺之,明其余无不顺"也。

三、《孟子》选

孟子(约前372—前289),名轲,字子舆,邹国人。战国时期哲学家,儒家代表人物。孟子继承了孔子的"仁政"的主张,并提出"民贵君轻"的主张,后被追封为"亚圣",与孔子并称"孔孟"。宋代朱熹将《孟子》列入"四书",《孟子》成为儒家主要经典之一。以下引文与注释参照杨伯峻的《孟子译注》(中华书局,2008年)。

不违农时,谷不可胜食也;数(shuò)罟[1]不入洿池,鱼鳖不可胜食也;斧斤以时入山林,材木不可胜用也。谷与鱼鳖不可胜食,材木不可胜用,是使民养生丧死无憾也。养生丧死无憾,王道之始也。

[1]数罟:细密的渔网。

君子之于禽兽也,见其生,不忍见其死;闻其声,不忍食其肉。是以君子远庖厨也。

四、《道德经》选

《道德经》具体介绍见第11页。以下引文与注释参考陈剑的《老子注》(上海古籍出版社,2016年)。

五色令人目盲,五音令人耳聋,五味令人口爽[1],驰骋畋(tián)猎[2]令人心发狂,难得之货令人行妨。是以圣人为腹不为目。故去彼取此。

[1]五味令人口爽:五味会损害人的味觉。爽,丧失、败坏。
[2]畋猎:打猎。

五、《庄子》选

《庄子》具体介绍见第13页。以下引文与注释参照陈鼓应的《庄子今注今译》(中华书局,2020年)

秋　水(节选)

北海若曰:"以道观之,物无贵贱;以物观之,自贵而相贱;以俗观之,贵贱不在己。以差观之,因其所大而大之,则万物莫不大;因其所小而小之,则万物莫不小。知天地之为稊(tí)米[1]也,知毫末之为丘山也,则差数睹矣[2]。……"

[1]稊米:一粒小米。
[2]差数睹矣:事物之间的大小差别就能看清楚了。

马　蹄(节选)

马,蹄可以践霜雪,毛可以御风寒,龁(hé)草[1]饮水,翘足而陆,此马之真性也。虽有义台路寝[2],无所用之。及至伯乐,曰:"我善治马。"烧之,剔之,刻之,雒之,连之以羁馽(zhí)[3],编之以皂(zào)栈[4],马之死者十二三矣。饥之,渴之,驰之,骤之,整之,齐之,前有橛饰[5]之患,而后有鞭筴之威,而马之死者已过半矣。陶者曰:"我善治埴(zhí)[6],圆者中规,方者中矩。"匠人曰:"我善治木,曲者中钩,直者应绳。"夫埴木之性,岂欲中规矩钩绳哉?然且世世称之曰"伯乐善治马"而"陶、匠善治埴、木",此亦治天下者之过也。

吾意善治天下者不然。彼民有常性,织而衣,耕而食,是谓同德;一而不党,命曰天放,故至德之世,其行填填,其视颠颠。当是时也,山无蹊隧,泽无舟梁,万物群生,连属其乡,禽兽成群,草木遂长。是故禽兽可系羁而游,鸟鹊之巢可攀援而窥。夫至德之世,同与禽兽居,族与万物并,恶乎知君子小人哉,同乎无知,其德不离;同乎无欲,是谓素朴。素朴而民性得矣。

[1]龁草:吃草。
[2]义台路寝:高台大殿。
[3]羁馽:马络头和马缰绳。
[4]皂栈:皂,马槽;栈,马棚。

[5]樧饰：以宝物饰于马衔两侧。

[6]埴：黏土。

六、道宣律师《广弘明集》选

道宣律师(596—667)，即释道宣，俗姓钱，字法遍。中国佛教南山律宗创始人，世称南山律师、南山大师，也是著名的佛教史学家，除《行事钞》等律学著述外，还有《续高僧传》《广弘明集》《集古今佛道论衡》《释迦方志》《大唐内典录》等传世，为研究中国历史文化之珍贵文献。此文是道宣律师为《广弘明集·慈济篇》所作之序，选自清凉书屋校注的《广弘明集》(清凉书屋，2002年)，注释参考同书。

慈济篇序

若夫慈济之道，终古式瞻[1]；厚命之方，由来所重。故蠢蠢怀生，喁（yóng）喁噍（jiào）类[2]，莫不重形爱命，增生恶死。即事可睹，岂待言乎！然有性涉昏明，情含嗜欲。明者恕己[3]为喻，不加恼于含灵。昏者利己为怀，无存虑于物命，故能安忍[4]苦楚，纵荡贪痴，以多残为声势，以利欲为功德。是知坑赵六十余万[5]，终伏剑于秦邦；膳必方丈为常，穷形戮于都市[6]。至于祸作殃及，方悔咎原[7]，徒思顾复，终无获已。然则释氏化本[8]，止杀为先，由斯一道，取济群有。故慈为佛心，慈为佛室。慈善根力，随义而现。有心慈德通明，起虑而登色界[9]。况复慈定深胜，兵毒所不能侵[10]；慈德感征，蛇虎为之驯扰。末代门学，师心者多[11]。不思被忍辱之衣，示福田之相。纵恣饕餮，以酒肉为身先。饮啖不异于流俗，践陟同于贤圣[12]。经诰明示，不得以佛为师，讥丑尘点，灭法在于斯矣。况复蚕衣肉食，闻沈侯之极诫[13]；酝酿屠宰，见梁帝之严惩[14]。观其劝勖（xù）之文，统其殷勤之至，足令心寒形栗，岂临履[15]之可拟乎！故上士闻之，足流涕而无已。下愚详此，等长风之激空林。且夫生死推迁，匪旦伊夕[16]，随业受报，沦历无穷。不思形神之疲劳，而重口腹之快利。终糜碎于大地[17]，何所补于精灵乎？所以至人流恸，常惨戚于狂生；大士兴言，慨怨魂于烦恼。抚膺吊影，可不自怜？一旦苦临，于何逃责？既未位于正聚，何以抵于三途[18]？行未登于初地，终有怀于五怖[19]。辄舒事类，识者思之。

[1]终古式瞻：自古以来为人们所敬仰。式瞻，敬仰、仰慕。

[2]喁喁噍类：喁喁，指动物之间应和的声音；噍类，能吃东西，泛指动物。

[3]恕己：宽宥自己，这里意为将心比心，平等待人。

[4]安忍：此处指冷漠无情。

[5]是知坑赵六十余万，终伏剑于秦邦：指战国秦将白起，坑杀赵国士卒数十万，后被秦王赐死。

[6]膳必方丈为常，穷形戮于都市：指平时吃饭极为铺张。方丈，一丈见方的餐桌，摆满了菜肴。全句意为：今天每餐大摆酒肉，来日众目之下被斩杀。

[7]祸作殃及，方悔谷原：灾难临头，方知悔恨。

[8]释氏化本：佛教化导众生的根本。

[9]有心慈德通明，起虑而登色界：内心有了慈悲的功德，就能够进入色界。色界，佛教讲欲界之上是色界，属于禅定的境界。

[10]况复慈定深胜，兵毒所不能侵：佛入慈心定，魔军射来的箭不能伤到他。

[11]末代门学，师心者多：末法时代的弟子，自己以为已经达到了师的境界，师心自用，自以为是。

[12]饮啖不异于流俗，践陟同于贤圣：贪图酒肉与凡俗之辈没有什么区别，却跻身于圣人之间。

[13]况复蚕衣肉食，闻沈侯之极诫：沈侯，南朝著名的历史学家、文学家沈约，他写有《究竟慈悲论》（见《广弘明集》），主张禁用蚕丝、禁穿皮衣、禁食肉食。

[14]酝酿屠宰，见梁帝之严惩：指梁武帝禁止饮酒食肉，梁武帝的《断酒肉文》是重要的历史文献。

[15]临履：指"战战兢兢，如临深渊，如履薄冰"，出自《诗经》。

[16]匪旦伊夕：匪朝伊夕，指时间极短。

[17]糜碎于大地：指人必会死，死后化为泥土。

[18]既未位于正聚，何以抵于三途：既然没有达到佛的境界，怎能保证不堕入三恶道？正聚，即正定聚，佛教三聚之一，即成圣成佛的境界。三涂，即火涂、刀涂、血涂，意同三恶道之地狱、恶鬼、畜生。

[19]行未登于初地，终有怀于五怖：既然连初果圣人都没有达到，那么常人的怖畏就无法避免。五怖，不活畏、恶名畏、死畏、堕恶趣畏、处众怯畏。

思考题

1. 儒释道对待动物的态度有何不同？原因为何？
2. 道宣律师论证素食的主要理论依据是什么？
3. 试解释这两句话的意思："不思形神之疲劳，而重口腹之快利。终糜碎于大地，何所补于精灵乎？所以至人流恸，常惨戚于狂生；大士兴言，慨怨魂于烦恼。"

第三节　中医经典

一、《黄帝内经》选

中医是中国古代文化不可分割的一部分,集中体现了中华文明注重整体思维、辨证思维的特点,不了解中医就不能完全了解中国文化。中医与西医属于两个不同的体系,中医对健康的认识建立在宏观观察、辨证施治的基础上,认为疾病是多种因素造成的,保持健康需要体内外各种力量的平衡。因此中医认为健康的关键是预防,治病的原理是身心康复。西医以科学简化论为基础,以仪器观察、指标测量为手段,认为疾病来自单一因素,如病原体或基因,主张通过外在的药物或物理化学手段消灭病原体,控制症状和指标。

《黄帝内经》居中医四大经典之首,其余三者为《难经》《伤寒杂病论》《神农本草经》。《黄帝内经》成书时代争议较大,《四库全书》认为,《黄帝内经》成书于战国时期。《黄帝内经》以阴阳五行理论为依据,从整体的角度探讨影响人体健康的各种因素以及诊断、预防和治疗疾病的各种方法。《黄帝内经》是中国古代早期文化智慧的凝结,奠定了中医的理论基础,有"医之始祖"之称。下文选自黄新华的《黄帝内经素问译释》(上海科学技术出版社,2009年)。

上古天真论篇第一(节选)

上古之人,其知道者,法于阴阳,和于术数,食饮有节,起居有常,不妄作劳,故能形与神俱,而尽终其天年,度百岁乃去。今时之人不然也,以酒为浆,以妄为常,醉以入房,以欲竭其精,以耗散其真,不知持满,不时御神[1],务快其心,逆于生乐[2],起居无节,故半百而衰也。

夫上古圣人之教下也,皆谓之虚邪贼风,避之有时,恬淡虚无,真气从之,精神内守,病安从来。是以志闲而少欲,心安而不惧,形劳而不倦,气从以顺,各从其欲,皆得所愿。故美其食,任其服,乐其俗,高下不相慕,其民故曰朴。是以嗜欲不能劳其目,淫邪不能惑其心,愚智贤不肖不惧于物,故合于道。所以能年皆度百岁,而动作不衰者,以其德全而不危也。

[1]不时御神:不知道按照时令气候来养护精神。
[2]逆于生乐:违背了生命健康成长的规律。

四气调神大论篇第二(节选)

夫四时阴阳者,万物之根本也。所以圣人春夏养阳,秋冬养阴,以从其根,故与万物沉浮于生长之门。逆其根,则伐其本,坏其真矣。故阴阳四时者,万物之终始也,死生之本也。逆之则灾害生,从之则苛疾不起。是谓得道。道者,圣人行之,愚者佩之。

从阴阳则生,逆之则死;从之则治,逆之则乱。反顺为逆,是谓内格。是故圣人不治已病治未病,不治已乱治未乱,此之谓也。大病已成而后药之,乱已成而后治之,譬犹渴而穿井,斗而铸锥,不亦晚乎!

生气通天论篇第三(节选)

因于露风,乃生寒热。是以春伤于风,邪气留连,乃为洞泄;夏伤于暑,秋为痎疟;秋伤于湿,上逆而咳,发为痿厥(wěijué)[1];冬伤于寒,春必温病。四时之气,更伤五藏。

阴之所生,本在五味;阴之五宫,伤在五味。是故味过于酸,肝气以津,脾气乃绝;味过于咸,大骨气劳,短肌,心气抑;味过于甘,心气喘满,色黑,肾气不衡;味过于苦,脾气不濡,胃气乃厚;味过于辛,筋脉沮弛,精神乃央。是故谨和五味,骨正筋柔,气血以流,腠理以密,如是则骨气以精。谨道如法,长有天命。

[1]痿厥:病症名。

阴阳应象大论篇第五（节选）

天有四时五行,以生长收藏,以生寒暑湿燥风。人有五脏化五气,以生喜怒悲忧恐。故喜怒伤气,寒暑伤形;暴怒伤阴,暴喜伤阳。厥气上行,满脉去形。喜怒不节,寒暑过度,生乃不固。

调经论篇第六十二（节选）

夫邪之生也,或生于阴,或生于阳。其生于阳者,得之风雨寒暑;其生于阴者,得之饮食居处,阴阳喜怒。

口　问（节选）

夫百病之始生也,皆生之于风雨寒暑,阴阳喜怒,饮食居处,大惊卒恐。

二、张仲景《金匮要略》选

张仲景（约150～154—约215～219）,东汉南阳涅阳县（今河南邓州市穰东镇张寨村）人,著名医学家,被尊为医圣。张仲景的《伤寒杂病论》体现了辨证施治的原则,是第一部将此法则与临床实践相结合的医学专著,同时也记载了大量方剂。《伤寒杂病论》是中国医学史上影响深远的著作之一,在治疗瘟疫和各种疾病方面有突出贡献。《伤寒杂病论》因战乱失散,西晋王叔和广泛搜集,编成《伤寒论》十卷。宋代人在《伤寒杂病论》残简中发现了有关杂病的部分,编成了《金匮要略》,故《金匮要略》相当于《伤寒杂病论》的杂病部分,内容也体现了中医整体论的思维方法。下文选自刘渡舟的《金匮要略诠解》（人民卫生出版社,2013年）,注释参考同书。

脏腑经络先后病脉证第一（节选）

（一）

问曰：上工治未病，何也？师曰：夫治未病者，见肝之病，知肝传脾，当先实脾，四季脾王不受邪，即勿补之[1]。中工[2]不晓相传，见肝之病，不解实脾，惟治肝也。夫肝之病，补用酸，助用焦苦，益用甘味之药调之。酸入肝，焦苦入心，甘入脾。脾能伤肾，肾气微弱，则水不行；水不行，则心火气盛，则伤肺；肺被伤，则金气不行；金气不行，则肝气盛。故实脾，则肝自愈。此治肝补脾之要妙也。肝虚则用此法，实则不在用之[3]。经曰：虚虚实实，补不足，损有余，是其义也。余脏准此。

[1]四季脾王不受邪，即勿补之：有两种说法，一种是"如果在四季脾旺的时候，脾不受肝邪，则勿用补脾之法"，另一种是"一年四季脾脏正气充实而不受邪侵入的，则不必拘泥治肝实脾之说"。

[2]中工：中等水平的医生。

[3]实则不在用之：肝实之时则不用此方法。

（二）

夫人禀五常[1]，因风气而生长，风气虽能生万物，亦能害万物。如水能浮舟，亦能覆舟。若五脏元贞通畅，人即安和，客气邪风，中人多死。千般疢（chèn）难，不越三条：一者，经络受邪，入脏腑为内所因也；二者，四肢九窍，血脉相传，壅塞不通，为外皮肤所中也；三者，房室、金刃、虫兽所伤，以此详之，病由都尽。若人能养慎，不令邪风干忤经络，适中经络，未流传脏腑，即医治之，四肢才觉重滞，即导引吐纳，针灸膏摩，勿令九窍闭塞。更能无犯王法，禽兽灾伤，房室勿令竭乏，服食节其冷、热、苦、酸、辛、甘，不遗形体有衰[2]，病则无由入其腠理。腠者，是三焦通会元贞之处，为血气所注；理者，是皮肤脏腑之纹理也。

[1]五常：五行，指水火金木土，对应天之五气、地之五味、人之五脏。

[2]不遗形体有衰:不使身体衰弱。

三、陈言《三因极一病证方论》选

陈言(1121—1190),字无择,南宋名医。医术高明,长于医理,撰有《三因极一病证方论》。该书属方书一类,记载了治疗各种疾病的处方,同时理论也占很大比例,体现了中医理论与实践结合的精神。"三因极一"继承张仲景的病因理论,将病因归纳为内、外、不内外三因,对中医病因学理论进行系统总结,对后世影响很大。下文选自侯如艳校注的《三因极一病证方论》(中国医药科技出版社,2019年)。

五科凡例(节选)

凡学医,必识五科七事。五科者,脉病证治,及其所因;七事者,所因复分为三。故因脉以识病,因病以辩证,随证以施治,则能事毕矣。故经[1]曰:有是脉而无是诊者,非也。究明三因,内外不滥,参同脉证,尽善尽美。

…………

凡治病,先须识因。不知病因,病源无目。其因有三,曰内,曰外,曰不内外。内则七情,外则六淫,不内不外,乃背经常,《金匮》[2]之言,实为要道。《巢氏病源》[3],具列一千八百余件,盖为示病名也,以此三条,病源都尽,不亦反约乎。

[1]经:指《黄帝内经》。
[2]《金匮》:指《金匮要略》,见上篇介绍。
[3]《巢氏病源》:清代廖平根据隋代巢元方等撰写的《诸病源候论》摘编而成。

三因论(节选)

然六淫,天之常气,冒之则先自经络流入,内合于腑脏,为外所因;七情,人之常性,动之则先自脏腑郁发,外形于肢体,为内所因;其如饮食饥饱,叫呼伤气,尽神度量,疲极筋力,阴阳违逆,乃至虎狼毒虫,金疮踒折(wōshé)[1],疰忤(zhù wǔ)[2]附着,畏压溺等,有背常理,为不内外因。《金匮》有言:千般疢难,不越三条,以此详之,病由都尽。如欲救疗,就中寻其类例,别其三因,或内外兼并,淫情交错;推其深浅,断以所因为病源,然后配合诸证,随因施治,药石针艾,无施不可。

[1]金疮踒折:金疮,中医指刀剑等金属器械所造成的伤口;踒折,意为骨折。

[2]疰忤:中医病名,犹如中恶,即因秽毒或不正之气而突然厥逆,不省人事。

思考题

1. 中医对疾病的认识有什么特点?
2. 中医认为影响健康的因素有哪些?
3. 中医认为对待疾病的最好办法是什么?

第四单元
近代中国的文化比较与探索

【导读】

何为文化？古汉语中广义的"文"指自然万物的形态，"物相杂，故曰文"；狭义的"文"指文字。文所表达的是道，"言之文也，天地之心哉！""化"指变化、化育、教化，"和，故百物皆化""观天文以极变，察人文以成化"。据《现代汉语词典》，文化即"人类在社会历史发展过程中所创造的物质财富和精神财富的总和，特指精神财富，如文学、艺术、教育、科学等"。

不同文化之间的交流是人类历史的永恒主题。中国传统文化提倡礼尚往来，文化之间应相互尊重、和平共处。要认识一种文化，既要读其书、了解其内在精神，还要了解其历史，观察其生活方式与各个方面。只有全面分析才能避免偏见和盲从。

如今，中西方交流越来越多，但深层了解仍有待加强。作为一个文明大国，在西方文化的冲击下坚定文化自信，发挥自身的优势是中国面临的一大挑战，对人类的未来意义重大。

第一节　王韬《漫游随录》选

王韬(1828—1897),苏州长洲(今江苏苏州市)人,清末翻译家、学者、维新思想家。王韬于道光二十五年(1845)中秀才,道光二十九年(1849)到上海西方传教士办的墨海书馆工作,后因上书太平军被清政府通缉,香港避难期间协助英国汉学家理雅各从事汉语经典翻译。1867—1868年,王韬应理雅各之邀漫游西欧,是中国较早接触欧洲社会的知识分子。王韬后来在香港等地办报,宣传维新思想,1884年回到上海,曾任格致书院院长。著作有《漫游随录》《扶桑游记》《蘅华馆诗录》《弢园文录外编》等。下文选自王稼句点校的《漫游随录图记》(山东画报出版社,2004年)。王韬对西方的认识极富理想色彩,反映了最早接触西方的中国文人思想上的局限性。

游博物院

埃丁濮[1]城中设有大书院[2]、藏书数百万册,士人皆可入观,惟不能携取出外。每岁读书子弟约一千四百余人,学成名立而去者,不知凡几。慕君维廉[3],前在上海传道者也,少亦尝肄业于院中,近以给假旋英,家在利的,距城约六七里,闻余至,因来相见,遂与同游,偕往书院。

其日为考试期,掌院者于群学者中甄别其高下,取其优者立为牧师。其论学以论识各国之方言文字为长,而于腊顶、希百来[4]上古之文亦当贯通。知余为中国儒者,延往观试。翌日即以其事刊入报章,呼余为学士,一时遍传都下。

按英例,各省书院皆于夏间给假之时会齐考试,甄别高下,品评甲乙,列于优等者,例有赏赉(lài)[5],如银牌、银表、纸笔、书籍各种,均值重价,以示鼓励。顾所考非止一材一艺已也,历算、兵法、天文、地理、书画、音乐,又有专习各国之语言文字者,如此庶非囿于一隅者可比。故英国学问之士,俱有实际,其所习武备文艺均可实见诸措施,坐而言者,可以起而行也。

余偕理君[6]、慕君游博物院,动植飞潜,搜罗毕备,凡奇珍异物、宝玉明珠、火齐木难之属,悉罗而致之,璀璨错杂,光怪陆离,无不瑰色内含,宝光外露。他若山岳之所蕴藏,渊海之所产贮,俱收并蓄,以供览观而备察核焉。院中有一几,长丈余,黝黑滑泽,光可以鉴,叩之其声铿然,慕君曰:"此何木也?"司院告以矿煤琢成,然谛视之,亦不能辨。其余凡石之自矿中出而内藏金银铜铁者,无不一一品第分别之,司院者皆一一指示,且曰:"闻今中国山东境内,其山矿产金甚多,苟掘取之,国家可以致奇富,足用增课[7],于兵食国饷两有所济,惜官民皆疑以为多事也。"

有埃及古棺,植土为之而颇坚致,敛尸以白布,周裹之,虽已历千年而布色犹隐隐可辨。所有驼、鹿、象、豹,系三千余年以前之物,躯干高大雄伟,迥异寻常。有鳄鱼骨一具,悬于空中,其巨过于海舶十数倍。

其最难制造者,为海中灯塔,用以远照行舶,四周皆用玻璃,一面则令发光至远,一面则令收光返照,此亦光学之一端也。所铸大炮,从尾入药,而用机器转铁以塞炮尾之门,既速且固,其法之便捷精通,无以逾此。炮膛内多用螺丝槽纹,使弹之去路径直不斜,能破空气阻力。倘我国仿此铸造,以固边防而御外侮,岂不甚美?惜不遣人来英学习新法也。司院为讲制炮之法,亦甚精微,并论子母炮各图说。余问以可有制御炮弹之术否?则笑曰无之,其谓以柔制刚之法,亦未必尽然[8]。司院者,长髯伟貌,议论风生,亦一博识之士,索余一名片,曰:"谨当宝藏之,为异日重见左券[9]。"

余之至埃丁濮也,主于纪君家。每莅访友人之舍,悉皆倒屣相迓,逢迎恐后,名媛幼妇即于初见之顷,亦不相避,食则并席,出则同车,觥筹相酬,履舄(xì)[10]交错,不以为嫌也。然皆花妍其貌而玉洁其心,秉德怀贞,知书守礼,其谨严自好,固又毫不可以犯干也。盖其国以礼义为教,而不专恃甲兵;以仁信为基,而不先尚诈力;以教化德泽为本,而不徒讲富强。欧洲诸邦皆能如是,固足以持久而不敝也。即如英土,虽在北隅,而无敌国外患者已千余年矣,谓非其著效之一端哉[11]?余亦就实事言之,勿徒作颂美西人观可也。

注释

[1]埃丁濮:爱丁堡。

[2]大书院:大学。

[3]慕君维廉:慕维廉(William Muirhead,1822—1900),英国传教士、汉学家,长期在华传教,在西方人创办的墨海书院从事圣经翻译,著述丰富。

[4]腊顶、希百来:拉丁文、希伯来文。

［5］赏赉：赏赐,这里指奖品。

［6］理君：指理雅各(James Legge,1814—1897),英国传教士、汉学家,长期在我国香港等地从事传教与教育工作,后任牛津大学汉学教授,潜心翻译儒家经典,是第一个系统研究并翻译儒家经典的英国汉学家,多卷本《中国经典》是他的代表作。

［7］课：赋税。

［8］其谓以柔制刚之法,亦未必尽然：意思是说以柔克刚的道理在这里就用不上了。

［9］左券：古代契约分左右两联,双方各执一联以为凭证,左券即左联,可作为索偿的凭证,这里引申为对日后相见的期许。

［10］履舄：鞋子。

［11］谓非其著效之一端哉：这不正是其制度合理性的证明吗?

思考题

1. 王韬是在怎样的背景下认识西方的?
2. 王韬对西方的总体评价有何特点?有何不足之处?

第二节　辜鸿铭《中国人的精神》选

与王韬不同,辜鸿铭对西方文化的认识更为深入。辜鸿铭(1857—1928),祖籍福建泉州,生于马来西亚槟榔屿。辜鸿铭的父亲是英国种植园主的管家,辜鸿铭幼年被种植园主收为义子,十几岁随义父到英国,就读于爱丁堡大学,成绩优异,精通多种语言。1880年辜鸿铭回到槟榔屿,开始学习中国文化、翻译儒家经典。自1885年起,辜鸿铭任两广总督张之洞的外文秘书,曾参与"自强学堂"(武汉大学前身)的谋划与建立。1915年辜鸿铭任北京大学教授,1924年赴日本讲学三年。辜鸿铭虽然生在南洋,学在西洋,却对祖国一往情深,倾心儒家文化,针砭时弊,对西方进行尖锐批评。辜鸿铭的主要著作有《中国的牛津运动》《春秋大义》(即《中国人的精神》),均以英文写成,在欧洲影响很大。辜鸿铭交际广泛,是一位具有世界眼光的学者和社会活动家。下文译自 The Spirit of Chinese

People(《中国人的精神》,外语教学与研究出版社,1999年)。

序

  本书意在解释中华文明的精神并显示其价值。在我看来,要评价一种文明的价值,最重要的不是这个文明建了多少大城市、房子多么豪华、路修得多好、家具多么美观舒适,各种设备、工具、仪器多么精巧实用,甚至也不是它发明了什么制度、艺术和科学。要评价一个文明的价值,我们必须问一问,这个文明塑造了什么样的人,什么样的男男女女?事实上,一个文明所塑造的男男女女或者人才能真正体现这个文明的本质、性格或者灵魂。如果说文明的本质或灵魂是靠这个文明的男男女女展现的,那么这些男男女女的本质、性格或者灵魂又是通过他们的语言表现出来的。法国人认为,在文学创作中"风格即人"。因此,我将以这三样东西作为本书前三篇文章的主题,展示中国文明的精神和价值。

…………

中国人的精神——"北京东方学会"未能宣读的论文

  请允许我首先向大家说明今天下午我要讲的是什么。我们的论文题目是"中国人的精神"。我的意思并非仅仅讨论中国人的性格或特性。关于中国人的特性,之前已有诸多描述。我想大家都会认同我的观点,这些有关中国人特性的描述或罗列丝毫也没有触及中国人的内在世界。此外,当我们谈到中国人的性格或特性时,不可能一概而论。你们都知道,中国北方人的性格不同于南方人,就像德国人不同于意大利人一样。

  现在,我所说的中国人的精神指的是中国人赖以生存的精神,这是一种在思想、性格和情感上独具特色,使他们有别于其他民族,尤其是现代欧美人的东西。也许,把我们讨论的主题称为"中国式的人性"更贴切地表达了我的意思,用简单明了的话说,就是"真正的中国人"。

  那么,什么是真正的中国人呢?我相信大家跟我一样,都会觉得这是个很有意思的问题,尤其是在目前的情况下。现在,我们似乎都能看到,老式的中国人——真正的中国人——正在消失,取而代之的将是一种新式的人:进步的或者说现代的中国人。因此我提议,在这个真正的中国人——过去的老式中国人从世界上完全消失之前,再好好看他一眼,看看在他身上能不能找到使他整体上不同于所有其他民族、不同于今天正在中国出现的新式人的东西。

我认为老式中国人给人的第一印象是他身上没有粗暴、野蛮或凶狠的东西。如果用一个形容动物的词来形容真正的中国人,可以说他是一种驯化动物。就拿中国社会最底层的人来说,我想大家都会同意,与欧洲社会同一阶层的人相比,他身上所能看到的动物性(也就是德国人所说的野性)更少。实际上,在我看来,最能概括中国式的人性给人的印象的词是英语"温和"(gentle)一词。我所说的"温和"不是天性软弱或无力的顺从。已故的 D. J. 麦高温博士说,中国人的温和不是心灰意冷、虚弱的民族的温和。我所说的"温和"指的是没有生硬、苛刻、粗鲁或者残暴等令人反感的东西。换句话说,真正的中国式的人性具有一种平和、从容、久经磨砺的醇厚,就像一块锻造良好的金属。这种温和的特质即使不能消除一个真正的中国人身体和品德上的缺陷,至少也会使之有所减弱。一个真正的中国人可能粗野,但并不粗鄙。一个真正的中国人可能丑陋,但并不可恨。一个真正的中国人可能庸俗,但他的庸俗中没有咄咄逼人、蛮横无理的气味。一个真正的中国人可能愚笨,但并不荒唐。一个真正的中国人可能狡猾,但他的狡猾中没有恶意。事实上我想说的是,真正的中国人虽然身体、心灵、性格上存在瑕疵,但却不会让你反感。真正的老式的中国人很难让人感到绝对的厌恶,哪怕他来自社会最底层。

我要说的是,中国式的人性给人的总体印象是他很温和,难以形容的温和。当你分析真正的中国人身上的这种难以形容的温和时,你会发现它是两种东西结合的产物,即同情心和智慧。上面我把具有中国式人性的人比作驯化动物。那么是什么东西使得驯化动物如此不同于野生动物的呢?是我们在驯化动物身上所看到的人类特有的东西。那么人类和动物的根本区别是什么呢?是智慧。但驯化动物的智慧并不是思考的产物。它不是由思辨得来的,也不是本能赋予的狐狸式的智慧——诡计多端的狐狸任何时候都知道哪里能找到鸡吃。狐狸所具有的本能的智慧野生动物都有。而驯化动物表现出来的"人"的智慧却与狐狸式的或者动物性的智慧完全不同。驯化动物的智慧既不是来自思辨,也不是来自本能,而是来自同情,来自爱与依恋的感受。一匹纯种阿拉伯马能理解它的英国主人,既不是因为它学过英语语法,也不是因为它有学习英语的天分,而是因为它热爱并依恋它的主人。这就是我所说的人的智慧,它与狐狸式的或者说动物性的智慧不同。正是这种人类智慧将驯化动物与野生动物区分开来。同样,我认为正是这种富于同情心的、真正的人类智慧使得中国式的人性,使得真正的中国人具备了难以形容的温和。

我曾在一本书里读到一位在中国和日本两个国家都生活过的外国人的话。他说外国人在日本生活时间越长就越不喜欢日本人,而在中国生活时间越长就越喜欢中国人。我不知道他对日本人的描述是否正确,但我想所有在中国生活过的人都会跟我一样,认同他对中国人的描写。众所周知,外国人在中国住得越久,这种好感就越强——你可以称之为中国感。尽管中国人可能缺乏清洁文雅的习惯,尽管他们在思想和品格上有许多缺陷,但中国人身上有一种难以形容的东西使得外国人喜欢他们胜于其他民族。我把这种难以形容的东西定义为温和。它即使不能完全消除外国人眼中中国人身体和品格上的缺陷,也能削弱、减缓其影响。正如我想要展示的,这种温和是我称之为具有同情心的,或者说真正的人类智慧的产物。这种智慧既非来自思辨,也非来自本能,而是来自同情的力量。那么,使得中国人具有同情力的秘密是什么呢?

在这里,我想提出自己的解释或者假设,目的是说明中国人的同情力的秘密。我认为,中国人具有这种强烈的同情心是因为他们完全或者说几乎完全过着一种发自内心的生活。中国人的生活完全是情感的生活——这里的情感不是身体器官产生的感觉,也不是你们所说的神经系统产生的流荡的激情,而是来自我们人性最深处——心或灵魂——的感情或人间亲情的感受。实际上我可以这样说,真正的中国人过着一种情感化的或者说人情化的生活,一种灵魂的生活,以至于有时候他可能过于超脱,甚至忽视了生活在肉体与心灵共同构成的尘世间的凡人的感官的需求。这就是中国人为什么对不洁净的环境造成的外在的不适毫不在意、不拘小节的真正原因。但这是多余的话了。

思考题

1. 辜鸿铭认为衡量文明的关键是什么?
2. 与西方近代文化相比,中国传统文化的最大优势是什么?
3. 辜鸿铭认为中国人最突出的品质是什么?这种品质由哪两种因素结合而成?中国人生活的根本特征是什么?
4. 综合评价辜鸿铭对中西文化的看法。

第三节　钱基博《现代中国文学史》四版增订识语

　　钱基博(1887—1957)，著名国学家、教育家，著名学者钱钟书之父。钱基博精通诸部经典，其中"集部之学，海内罕对"。他早年参加辛亥革命，曾任小学、中学教师，无锡县立图书馆馆长。后任教于江苏省立第三师范学校（无锡高等师范学校）、上海圣约翰大学、光华大学（华东师范大学前身）、北京清华大学、南京中央大学（南京大学前身）、浙江大学等多所大学。1928年五卅惨案发生时钱基博为上海圣约翰大学教授，当时担任校长的美国人阻止学生在校内为死者致哀，钱基博痛斥校长，并与其他教师离校以示抗议。1944年，日寇即将进入湖南，钱基博表示要留守师范学院，表现了强烈的爱国主义精神。著作有《〈周易〉解题及其读法》《版本通义》《古籍举要》《明代文学》《现代中国文学史》《骈文通义》《经学通志》等。下文选自钱基博的《现代中国文学史》（吉林人民出版社，2013年）。

　　拙著《现代中国文学史长编》出版以还，自柳诒徵(zhēng)、胡先骕(sù)、郑桐荪、陈瀚(gàn)一、刘麟生、陈毖涛、潘式、王利器、郭斌佳诸君，或识或不识，莫不致书通殷勤，匡我不逮。而胡先骕、郭斌佳两君，更有批评绍介之文，见于报章，纚纚(xǐ)千百言，奖勋交至。刘麟生君则全书校读，拾遗补阙，以校勘记见遗。文章之契，通于性命[1]。博文质无底[2]，常愧无以答诸君厚我之雅。何图万本流传，三版书罄，敢不融贯诸君之意，而就闻见之所及，重为增订；其有不知，盖阙如也[3]。从今岁五月二十日属稿，迄今卒事，历时一月又二十二日。

　　有旧有其人而传改作者：如散文之马其昶(chǎng)、姚永概、永朴、林纾；诗中晚唐之樊增祥，同光体之陈三立、陈衍；白话文之胡适；是也。有旧无其人而今增入者：如魏晋文王闿(kǎi)运之增附廖平、吴虞；骈文孙德谦后之增黄孝纾；散文马其昶之增附叶玉麟，又增王树枏(nán)、贺涛附张宗瑛、李刚己、赵衡、吴闿生；诗中晚唐樊增祥、易顺鼎之增附三多、李希圣、曹元忠，又增杨圻(qí)附汪荣宝、杨无恙；同光体之增附奚侗、何振岱、龚乾义、曾克耑，又增异军突起之金天羽；以及词朱祖谋之增附龙沐勋，曲吴梅之增附卢前；是也。其他诸人，虽仍旧贯，各有增订。以视原书，材料增十之四，改窜及十之五；而要蕲(qí)[4]于详略互见，脉络贯通；神明不减，而翔实过之。

此次增订，有郑重申叙，而为原书所未及者三事：第一、疑古非圣，五十年来，学风之变，其机发自湘之王闿运；由湘而蜀（廖平），由蜀而粤（康有为、梁启超），而皖（胡适、陈独秀），以汇合于蜀（吴虞）；其所由来者渐矣，非一朝一夕之故也。第二、桐城古文，久王而厌[5]，自清末以逮民国初元，所谓桐城文者，皆承吴汝纶以衍湘乡曾文正公之一脉，暗以汉帜易赵帜[6]，久矣；惟姚永概、永朴兄弟，恪守邑先正之法[7]，载其清静，而能止节淫滥耳。第三、诗之同光体，实自桐城古文家之姚萧嬗（shàn）衍[8]而来；则是桐城之文，在清末虽久王而厌，而桐城之诗，在民初颇极盛难继也。此三事，自来未经人道，特拈出之。

方清之季，吴汝纶之在北直，张之洞之在东南，虽用事不用事、得位得势攸异；而开风气之先，绾新旧之枢，则两公如出一辙也。特两公者早死，未可以入现代。兹举贺涛文，以《吴先生行状》为代表作品；马其昶文，以《吴先生墓志铭》为代表作品；而陈衍文，则以《张之洞传》为代表作品；非惟以征数公之文事，亦欲读吾书者知学风士气之有开必先也。其他诸人诗文，代表作品，非有关国家之掌故，即以验若人之身世[9]。廖平论文，谓："欲为有才识之文，宜从史书中所录文观之，然后能详其此文之关系何在，而其文之妙处始可求。但看选本则不能。如屠京山为文，专学《宋书》，是其例也。史书所录之文，非于当时有关系之作，必当时最有名者，读之增人才识。"博虽不敏，请事斯语。其人其文，必择最有关系者。

会稽章学诚论《文史通义》，以谓："文人记叙，往往比志传修饬简净；盖有意于为文也。志传不尽出于有意，故文不甚修饬；然大体终比记事之文远胜。盖记事之文，如盆池拳石，自成结构。而志传之文，如高山大川，神气包举，虽咫尺而皆具无穷之势。即偶有文理乖剌（là）[10]，字句疵病，皆不足以为累。"博草创是书，未能竟体修饬；而自谓大力控抟（tuán）[11]，神气包举，由一人以贯十数人，抟数十人如一人，有往必复，无垂不缩。潘式君贻我书，以谓："此书断自现代，部勒[12]精整，叙次贯串，其宛委相通之法，良得史公之遗。而摘辞雅洁，尤为独出冠时。""雅洁"愧曰未能，"部勒"则所经意[13]，得失寸心，不敢自诬。如云"宛委相通，史公之遗"，虽不能至，然心向往之矣。

余读太史公书商君列传，叙鞅欲变法，备列群臣廷辩之议；又著自叹为法之敝以终于篇，而为后世监戒；可谓有慨乎其言之。是书论列诸公，亡虑[14]皆提倡宗风以开一代之新运；然利未形而害随之，昔贤"一将功成万骨枯"，吾则谓一儒成名，百姓遭殃。我生不辰[15]，目睹诸公衮衮，放言高论，喜为异说而不让，令闻广誉施于身;而不自知公之高名厚实何莫非亿兆姓之含冤茹辛,有以成之。今吾小民,呻吟瞧瘁[16]于新政之下,疾首恫心,求死不得;末学小生,叫嚣跳踉于新学说之中,急言竭论[17],迷复何日。而诸公声名日高,虑无反顾。法国罗兰夫人太息于"自由自由,天下人许多罪恶,假汝以行"!博则深致慨于"维新维新,中国人许多涕泪,随汝以来"!谁生厉阶,至今为梗[18]。然有自始为之而即致其长虑却顾者[19],章炳麟是也。有自始舍旧谋新,如恐不力,而晚乃致次骨[20]之悔以明不可追者,陈三立、王国维、康有为、严复、章士钊是也。有唯恐落伍,兢兢焉日新又新以为追逐;而进退维谷,卒不掩心理之矛盾者,梁启超、胡适是也。博梼昧(táo mèi)[21]无知晓,但掇拾排比诸公之行事及言论,散见于数十年中各报章,而参证之于本集,叙次之以系统。追忆昔年诵说王树枏之抗论诋廖平,朱一新之贻书规南海,马其昶之上疏论新政,方在弱冠,少年盛气以为顽朽,斥其昏庸;及今覆之,何乃不幸言中[22]。生民道尽,验于蓍蔡。然后知"利不百不变法"之为老成瞻言也。时迫事近,其在今日:溺于风尚,中于意气,必有以余论列为不然者。吾知百年以后,世移势变,是非经久而论定,意气阅世而平心,事过境迁,痛定思痛,必有沉吟反复于吾书,而致戒于天下神器[23]之不可为,国于天地之必有与立者。此则硁硁(kēng)之愚,所欲与天下后世共白之者已。嗟嗟诸公,抵拿掀髯,日骜(wù)声气之中;而博则抱朴守愚,寂处声气之外;用敢著旁观之清,昭后车之鉴。金玉尔音,多言多败,无易由言,慎之哉!吾闻严复之殁也,遗书戒子孙,谓:"中国必不亡,旧法可损益,必不可叛。"一言为智,可悬日月。伯尔君子,尚哀吾言。

时在中华民国之二十五年七月十一日
钱基博自识于光华大学

[1]文章之契,通于性命:文章与人格分不开,志同道合者的文章也必然契合。

[2]博文质无底:我的文章不论文采还是内容都不达标。

[3]盖阙如也:不轻易发表意见。

[4]蕲:通"祈",祈求、希望。

[5]久王而厌:长期领先,为人所厌。

[6]汉帜易赵帜:以汉学取代宋代理学。

[7]恪守邑先正之法:恪守根本,没有滥用。

[8] 嬗衍：演变。

[9] 验若人之身世：以其身世为标准。

[10] 乖刺：意为不协调、相违背。

[11] 控抟：控制把握。

[12] 部勒：部署。

[13] "部勒"则所经意：意思是本书的构架是作者刻意为之。

[14] 亡虑：不用说，无疑。

[15] 生不辰：生不逢时。

[16] 瞧瘁：憔悴。

[17] 急言竭论：激进极端之观点。

[18] 谁生厉阶，至今为梗：出自《诗经》，意为罪魁祸首是谁，至今还在作梗。

[19] 自始为之而即致其长虑却顾者：从一开始就对自己行为的后果有所顾虑。

[20] 次骨：刺骨、刻骨。

[21] 梼昧：愚昧。

[22] 及今覆之，何乃不幸言中：现在看来，都被他们说中了（他们都是对的）。

[23] 天下神器：指利器、兵器之类。

思考题

1. 钱基博是怎样评价桐城派的演变的？试概括钱基博学术思想的渊源与特点。

2. 钱基博认为学习传统文化应该从何入手？

3. 钱基博是怎样看待西化派的？

第四节　费孝通《乡土中国》选

费孝通(1910—2005),江苏吴江(今江苏苏州市吴江区)人,著名社会学家、人类学家、民族学家、社会活动家。1928年考入东吴大学医学预科班,1938年获得伦敦大学经济政治学院博士学位。他的博士论文《江村经济》被誉为人类学实地调查和理论工作发展中的里程碑。费孝通曾在云南大学、清华大学任教,并长期担任中国社会科学院社会学研究所所长等职,他积极从事学术研究,投身国家建设,为中国社会改革尤其是乡村改革作出了突出贡献。费孝通著作等身,《乡土中国》从乡土本色、文字下乡、差序格局、礼治秩序、无为政治、长老统治等多个角度剖析中国传统乡村社会,既有宏观的视野,又有详细的一手资料,得出的结论全面、客观,令人信服,体现了中国社会的特色。下文选自费孝通的《乡土中国》(商务印书馆,2019年)。

无为政治

论权力的人多少可以分成两派,两种看法:一派是偏重在社会冲突的一方面,另一派是偏重在社会合作的一方面;两者各有偏重,所看到的不免也各有不同的地方。

从社会冲突一方面着眼的,权力表现在社会不同团体或阶层间主从的形态里。在上的是握有权力的,他们利用权力去支配在下的,发施号令,以他们的意志去驱使被支配者的行动。权力,依这种观点说,是冲突过程的持续,是一种休战状态中的临时平衡。冲突的性质并没有消弭,但是武力的阶段过去了,被支配的一方面已认了输,屈服了。但是他们并没有甘心接受胜利者所规定下的条件,非心服也。于是两方面的关系中发生了权力。权力是维持这关系所必需的手段,它是压迫性质的,是上下之别。从这种观点上看去,政府,甚至国家组织,凡是握有这种权力的,都是统治者的工具。跟下去还可以说,政府,甚至国家组织,只存在于阶级斗争的过程中。如果有一天"阶级斗争"的问题解决了,社会上不分阶级了,政府,甚至国家组织,都会像秋风里的梧桐叶一般自己凋谢落地。——这种权力我们不妨称之为横暴权力。

　　从社会合作一方面着眼的,却看到权力的另一性质。社会分工的结果使得每个人都不能"不求人"而生活。分工对于每个人都有利的,因为这是经济的基础,人可以花费较少劳力得到较多收获;劳力是成本,是痛苦的,人靠了分工,减轻了生活担子,增加了享受。享受固然是人所乐从的,但贪了这种便宜,每个人都不能自足了,不能独善其身,不能不管"闲事",因为如果别人不好好地安于其位地做他所分的工作,就会影响自己的生活。这时,为了自己,不能不干涉人家了。同样的,自己如果不尽其分,也会影响人家,受着人家的干涉。这样发生了权利和义务,从干涉别人一方面说是权利,从自己接受人家的干涉一方面说是义务。各人有维持各人的工作、维护各人可以互相监督的责任。没有人可以"任意"依自己高兴去做自己想做的事,而得遵守着大家同意分配的工作。可是这有什么保障呢? 如果有人不遵守怎么办呢? 这就发生了共同授予的权力了。这种权力的基础是社会契约,是同意。社会分工愈复杂,这权力也愈扩大。如果不愿意受这种权力的限制,只有回到"不求人"的境界里去做鲁滨逊,那时才真的顶天立地。不然,也得"小国寡民"以减少权力。再说得清楚些,得抛弃经济利益,不讲享受,像人猿泰山一般回到原始生活水准上去。不然的话,这种权力也总解脱不了。——这种权力我们不妨称之为同意权力。

　　这两种看法都有根据的,并不冲突的,因为在人类社会里这两种权力都存在,而且在事实层里,统治者、所谓政府,总同时代表着这两种权力,不过是配合的成分上有不同。原因是社会分化不容易,至少以往的历史说,只有合作而没有冲突。这两种过程常是互相交割,错综混合,冲突里有合作,合作里有冲突,不很单纯的。所以上面两种性质的权力是概念上的区别,不常是事实上的区分。我们如果要明白一个社区的权力结构不能不从这两种权力怎样配合上去分析。有的社区偏重在这方面,有的社区偏重在那方面。而且更可以在一社区中,某些人间发生那一种权力关系,某些人间发生另一种权力关系。譬如说美国,表面上是偏重同意权力的,但是种族之间,事实上,却依旧是横暴权力在发生作用。

　　有人觉得权力本身是具有引诱力的,人有"权力的饥饿"。这种看法忽略了权力的工具性。人也许因为某种心理变态可能发生单纯的支配欲或所谓Sadism(残酷的嗜好),但这究竟不是正常。人们喜欢的是从权力得到的利益。如果握在手上的权力并不能得到利益,或是利益可以不必握有权力也能得到的话,权力引诱也就不会太强烈。譬如英国有一次民意测验,愿意自己孩子将来做议员或阁员的人的比例很低。在英国做议员或做阁员的人薪水虽低,还是有着社会荣誉的报酬,大多数的人对此尚且并无急于攀登之意,如果连荣誉都不给的话,使用权力的人真成为公仆时,恐怕世界上许由、务光之类的人物也将不足为奇了。

权力之所以引诱人,最主要的应当是经济利益。在同意权力下,握有权力者并不是为了要保障自身特殊的利益,所以社会上必须用荣誉和高薪来延揽。至于横暴权力和经济利益的关系就更为密切了。统治者要用暴力来维持他们的地位不能是没有目的的,而所具的目的也很难想象不是经济的。我们很可以反过来说,如果没有经济利益可得,横暴权力也没有多大的意义,因之也不易发生。

甲团体想用权力来统治乙团体以谋得经济利益,必须有一前提:就是乙团体的存在可以供给这项利益;说得更明白一些,乙团体的生产量必须能超过他的消费量,然后有一些剩余去引诱甲团体来征服他。这是极重要的。一个只有生产他生存必需的消费品的人是并没有资格做奴隶的。我说这话意思是想指出农业社会中横暴权力的限制。在广西瑶山里调查时,我常见到汉人侵占瑶人的土地,而并不征服瑶人来做奴隶。原因当然很多,但主要的一个,依我看来,是土地太贫乏,而种水田的瑶人,并不肯降低生活程度,做汉人的佃户。如果瑶人打不过汉人,他们就放弃土地搬到别处去。在农业民族的争斗中,最主要的方式是把土著赶走而占据他们的土地自己来耕种。尤其在人口已经很多、劳力可以自足、土地利用已到了边际的时候更是如此。我们读历史,常常可以找到"坑卒几万人"之类的记录,至于见人便杀的流寇,一直到不久之前还是可能遭遇的经验。这种情形大概不是工业性的侵略权力所能了解的。

我并不是说在农业性的乡土社会基础上并不能建立横暴权力。相反的,我们常见这种社会是皇权的发祥地,那是因为乡土社会并不是一个富于抵抗能力的组织。农业民族受游牧民族的侵略是历史上不断的记录。这是不错的,东方的农业平原正是帝国的领域,但是农业的帝国主义是虚弱的,因为皇权并不能滋长壮健,能支配强大的横暴权力的基础不足,农业的剩余跟着人口增加而日减,和平又给人口增加的机会。

中国的历史很可助证这个看法:一个雄图大略的皇权,为了开疆辟土,筑城修河,这些原不能说是什么虐政,正可视作一笔投资。和罗斯福造田纳西工程性质可以有相类之处。但是缺乏储蓄的农业经济却受不住这种工程的费用,没有足够的剩余,于是怨声载道,与汝偕亡地和皇权为难了。这种有为的皇权不能不同时加强它对内的压力,费用更大,陈涉吴广之流,揭竿而起,天下大乱了。人民死亡遍地,人口减少了,于是乱久必合,又形成一个没有比休息更能引诱人的局面,皇权力求无为,所谓养民。养到一个时候,皇权逐渐累积了一些力量,这力量又刺激皇帝的雄图大略,这种循环也因而复始。

为了皇权自身的维持,在历史的经验中,找到了"无为"的生存价值,确立了无为政治的理想。

横暴权力有着这个经济的拘束,于是在天高皇帝远的距离下,把乡土社会中人民切身的公事让给了同意权力去活动了。可是同意权力却有着一套经济条件的限制。依我在上面所说的,同意权力是分工体系的产物。分工体系发达,这种权力才能跟着扩大。乡土社会是个小农经济。在经济上每个农家,除了盐铁之外,必要时很可关门自给。于是我们很可以想象同意权力的范围也可以小到"关门"的程度。在这里我们可以看到的是乡土社会里的权力结构,虽则名义上可以说是"专制""独裁",但是除了自己不想持续的末代皇帝之外,在人民实际生活上看,是松弛和微弱的,是挂名的,是无为的。

长老统治

要了解乡土社会的权力结构,只从我在上篇所分析的横暴权力和同意权力两个概念去看还是不够的。我们固然可以从乡土社会的性质上去说明横暴权力所受到事实上的限制,但是这并不是说乡土社会权力结构是普通所谓"民主"形式的。民主形式根据同意权力,在乡土社会中,把横暴权力所加上的一层"政府"的统治揭开,在传统的无为政治中这层统治本来并不很强的,基层上所表现出来的也并不完全是许多权利上相等的公民共同参与的政治。这里正是讨论中国基层政治性质的一个谜。有人说中国虽没有政治民主,却有社会民主。也有人说中国政治结构可分为两层,不民主的一层压在民主的一层上边。这些看法都有一部分近似;说近似而不说确当是因为这里还有一种权力,既不是横暴性质,又不是同意性质;既不是发生于社会冲突,又不是发生于社会合作;它是发生于社会继替的过程,是教化性的权力,或是说爸爸式的,英文里是 Paternalism。

社会继替是我在《生育制度》一书中提出来的一个新名词,但并不是一个新的概念,这就是指社会成员新陈代谢的过程。生死无常,人寿有限;从个人说这个世界不过是个逆旅,寄寓于此的这一阵子,久暂相差不远。但是这个逆旅却是有着比任何客栈、饭店更复杂和更严格的规律。没有一个新来的人，是在进门之前就明白这一套的，不但如此，到这"逆旅"里来的，又不是由于自己的选择，来了之后又不得任意搬家；只此一家，别无分店。当然，在这大店里有着不同部分；每个部分，我们称之为不同文化的区域，有着不完全一样的规律，但是规律这一点却并无轩轾。没有在墙壁上不挂着比十诫还多的"旅客须知"的。因之，每个要在这逆旅里生活的人就得接受一番教化，使他能在这些众多规律之下，从心所欲而不碰着铁壁。

社会中的规律有些是社会冲突的结果，也有些是社会合作的结果。在个人行为的四周所张起的铁壁，有些是横暴的，有些是同意的。但是无论如何，这些规律是要人遵守的，规律的内容是要人明白的。人如果像蚂蚁或是蜜蜂，情形也就简单了。群体生活的规律有着生理的保障，不学而能。人的规律类皆人为。用筷子夹豆腐，穿了高跟鞋跳舞不践别人的脚，真是难为人的规律；不学，不习，固然不成，学习时还得不怕困，不惮烦。不怕困，不惮烦，又非天性；于是不能不加以一些强制。强制发生了权力。

这样发生的权力并非同意，又非横暴。说孩子们必须穿鞋才准上街是一种社会契约未免过分。所谓社会契约必先假定个人的意志。个人对于这种契约虽则并没有自由解脱的权利，但是这种契约性的规律在形成的过程中，必须尊重各个人的自由意志，民主政治的形式就是综合个人意志和社会强制的结果。在教化过程中并不发生这个问题，被教化者并没有选择的机会。他所要学习的那一套，我们称作文化的，是先于他而存在的。我们不用"意志"加在未成年的孩子的人格中，就因为在教化过程中并不需要这种承认。其实，所谓意志并不像生理上的器官一样是慢慢长成的，这不是心理现象，而是社会的承认。在维持同意秩序中，这是个必需的要素；在别的秩序中也就不发生了。我们不承认未成年的人有意志，也就说明了他们并没有进入同意秩序的事实。

我曾说："孩子碰着的不是一个为他方便而设下的世界，而是一个为成人们方便所布置下的园地。他闯入进来，并没有带着创立新秩序的力量，可是又没个服从旧秩序的心愿。"（见《生育制度》一书）从并不征求、也不考虑他们同意与否而设下他们必须适应的社会生活方式的一方面说，教化他们的人可以说是不民主的，但若说是横暴却又不然。横暴权力是发生于社会冲突，是利用来剥削被统治者以获得利益的工具。如果说教化过程是剥削性的，显然也是过分的。我曾称这是个"损己利人"的工作，一个人担负一个胚胎培养到成人的责任，除了精神上的安慰外，物质上有什么好处呢？"成人"的时限降低到生理上尚是儿童的程度，从而开始"剥削"，也许是可以发生的现象，但是为经济打算而生男育女，至少是一件打算得不大精到的亏本生意。

从表面上看，"一个孩子在一小时中所受到的干涉，一定会超过成年人一年中所受社会指摘的次数。在最专制的君王手下做老百姓，也不会比一个孩子在最疼他的父母手下过日子更难过。"（《生育制度》）但是性质上严父和专制君王究竟是不同的。所不同的就在教化过程是代替社会去陶炼出合于在一定的文化方式中经营群体生活的分子，担负这工作的，一方面可以说是为了社会，一方面可以说是为了被教化者，并不是统治关系。

教化性的权力虽则在亲子关系里表现得最明显，但并不限于亲子关系。凡是文化性的，不是政治性的强制都包含这种权力。文化和政治的区别就在这里：凡是被社会不成问题地加以接受的规范，是文化性的；当一个社会还没有共同接受一套规范，各种意见纷呈，求取临时解决办法的活动是政治。文化的基础必须是同意的，但文化对于社会的新分子是强制的，是一种教化过程。

在变化很少的社会里，文化是稳定的，很少新的问题，生活是一套传统的办法。如果我们能想象一个完全由传统所规定下的社会生活，这社会可以说是没有政治的，有的只是教化。事实上固然并没有这种社会，但是乡土社会却是靠近这种标准的社会。"为政不在多言""无为而治"都是描写政治活动的单纯。也是这种社会，人的行为有着传统的礼管束着，儒家很有意思想形成一个建筑在教化权力上的王者；他们从没有热心于横暴权力所维持的秩序。"苛政猛于虎"的政是横暴性的，"为政以德"的政是教化性的。"为民父母"是爸爸式权力的意思。

教化权力的扩大到成人之间的关系必须得假定个稳定的文化。稳定的文化传统是有效的保证。我们如果就个别问题求个别应付时，不免"活到老，学到老"，因为每一段生活所遇着的问题是不同的。文化像是一张生活谱，我们可以按着问题去查照。所以在这种社会里没有我们现在所谓成年的界限。凡是比自己年长的，他必定先发生过我现在发生的问题，他也就可以是我的"师"了。三人行，必有可以教给我怎样去应付问题的人。而每一个年长的人都握有强制年幼的人的教化权力："出则悌"，逢着年长的人都得恭敬、顺服于这种权力。

在我们客套中互问年龄并不是偶然的，这礼貌正反映出我们这个社会里相互对待的态度是根据长幼之序。长幼之序也点出了教化权力所发生的效力。在我们亲属称谓中，长幼是一个极重要的原则，我们分出兄和弟、姊和妹、伯和叔，在许多别的民族并不这样分法。我记得老师史禄国先生曾提示过我：这种长幼分划是中国亲属制度中最基本的原则，有时可以掩盖世代原则。亲属原则是在社会生活中形成的，长幼原则的重要也表示了教化权力的重要。

　　文化不稳定，传统的办法并不足以应付当前的问题时，教化权力必然跟着缩小，缩进亲子关系、师生关系，而且更限于很短的一个时间。在社会变迁的过程中，人并不能靠经验作指导。能依赖的是超出个别情境的原则，而能形成原则、应用原则的却不一定是长者。这种能力和年龄的关系不大，重要的是智力和专业，还可加一点机会。讲机会，年幼的比年长的反而多。他们不怕变，好奇，肯试验。在变迁中，习惯是适应的阻碍，经验等于顽固和落伍。顽固和落伍并非只是口头上的讥笑，而是生存机会上的威胁。在这种情形中，一个孩子用小名来称呼他的父亲，不但不会引起父亲的呵责，反而是一种亲热的表示，同时也给父亲一种没有被挤的安慰。尊卑不在年龄上，长幼成为没有意义的比较，见面也不再问贵庚了。——这种社会离乡土性也远了。

　　回到我们的乡土社会来，在它的权力结构中，虽则有着不民主的横暴权力，也有着民主的同意权力，但是在这两者之间还有教化权力，后者既非民主又异于不民主的专制，是另有一工的。所以用民主和不民主的尺度来衡量中国社会，都是也都不是，都有些像，但都不确当。一定要给它一个名词的话，我一时想不出比长老统治更好的说法了。

思考题

1. 中国传统社会有几种"权力"？
2. 为什么费孝通说用民主不民主来衡量中国（传统）社会不准确？
3. 费孝通对中国社会制度的分析有何特点？

第二编 西方经典与散文名著

第一单元
西方哲学经典与散文名著

【导读】

哲学与宗教、科学的矛盾一直困扰着西方人。希腊人称哲学为"爱智慧"。《牛津哲学词典》对哲学的定义是:"关于世界最普遍、最抽象的特征以及对思想、物质、理性、证据、真理等各种概念的研究。"西方历史上,哲学一直被夹在神学与世俗文化之间,进退维谷。希腊的柏拉图、亚里士多德以及后来的斯多葛派都试图建立一个完美的道德秩序,但收效甚微。中世纪基督教神学将犹太教、古典哲学及东方思想融合在一起,实现了思想上的统一,统治西欧近千年,直到近代被人文主义取代。

近代西方人文主义提倡思想解放,世俗文学、哲学、科学取代了神学的主导地位。人文主义带来了知识与思想文化的繁荣,但因为否认道德约束,也引起了思想上的混乱。西方人文主义否认体系,缺乏统一的价值观,同时又有强烈的种族意识与排外性,忽视西方以外的哲学传统,限制了自身的视野[①]。西方人文主义流派极多,有唯物论、功利主义、经验主义,也有理念论(唯心主义)、乌托邦主义;有保守派,也有自由派、激进派。虽然功利主义、经验主义占主流,但反对功利主义的各种理念论、非理性主义也十分活跃。

---

① 罗素:《西方哲学史》(上册),何兆武、李约瑟译,商务印书馆,1997。

第一节　古希腊罗马及中世纪哲学经典与散文名著

一、柏拉图《对话录》选

苏格拉底(Socrates,约前469—前399),希腊(雅典)哲学奠基人之一,他的经历和思想主要记录在柏拉图的著作中。柏拉图(Plato,前427—前347),古希腊著名哲学家,苏格拉底哲学的继承人,理念论创始人。柏拉图哲学被称为理念论,将抽象的理念世界与经验中的现象世界对立起来,认为理念世界更真实。柏拉图哲学的总体倾向是道德化的、精神化的,这正是其伟大之处。但苏格拉底的结局似乎说明,不应夸大道德哲学在希腊文化中的地位。另外,希腊哲学有理论化的倾向,带有目的论、人类中心主义色彩,这些都对后来的西方思想产生了巨大影响。下文选自水建馥翻译的《柏拉图对话录》(商务印书馆,2013年)。

"至于那些不是哲学家的、乌七八糟的人,离开人世时,无权跻身神族,只有爱知识者[1]才得以进入诸神之所。亲爱的西米阿斯,刻比斯呀,所以那些真正爱智慧者,是不肯沾染一切肉体的欲念的,他们抵制欲念,他们决不向欲念屈服。这倒不是因为他们像爱钱如命的人,怕倾家荡产,变成穷人,也绝不是因为他们像沽名钓誉的人,怕做了坏事有损尊严身败名裂,因此才对一切欲念敬而远之。"

刻比斯说:"苏格拉底,这一切是和他们格格不入的。"

苏格拉底说:"这一切当然和他们无缘。所以他们最关心的还是自己的灵魂,他们不愿为了伺候肉体而生活。他们不愿和这一切为伍,不愿和那些人同路,他们认为那种人根本不知道自己何去何从。他们深信哲学有解脱苦难净化心灵之功,认为这是他们不应抗拒的,于是他们便转向哲学,追随其后,听任哲学引导他们前往其所指引的地方。"

"苏格拉底,哲学家怎样做到这一点呢?"

苏格拉底说:"我来告诉你。"然后说道:"爱知识者看见,哲学开始占据灵魂时,那灵魂完全被捆绑在肉体上,它看现实,只能通过肉体,像从一个牢房里向外张望,不能运用自由的视觉,只能迷迷糊糊地滚打跌爬。哲学还看见,那牢房中最苦的事是肉体欲望引起的一切，结果囚徒竟成了囚禁自己的主要帮凶。爱知识者看见哲学最初占据灵魂时的处境正是如此。于是哲学便温和地鼓励灵魂，要它解脱出来，并且告诉它一切目之所见，耳之所闻，以及其他感觉都是虚妄骗人的，叫它除非万不得已千万不要利用这些感官。同时还劝它尽量使精神集中于自身，除了相信自己和自己的抽象思维中的抽象存在之外，不要轻信任何其他事物，切不可相信靠其他手段看到的不真实的东西，不要相信随着不同的物体而变化无常的东西，这些东西靠感觉可以看见可以理解，而灵魂却能看见那些看不见而心灵却能领会的东西。因此真正的哲学家的灵魂开始相信，绝不能不求解脱。于是灵魂尽可能对享乐、情欲、痛苦、恐惧敬而远之。它认识到一个人如果受制于强烈的快乐、恐惧、痛苦或欲望，其后果不只是可想而知的疾病缠身以及为了满足欲望而损失钱财，而且还会遭到难以估量的极大灾难。"

刻比斯说："苏格拉底，什么灾难？"

"这灾难就是当一切世人的灵魂被任何事物勾起极大的悲欢的时候，它就会以为引起那悲欢情绪的东西明显无误，十分实在。其实，那东西并不明显，并不实在。这类东西多半都是可以看得见的，不是吗？"

"是的。"

"一旦发生这种情况，灵魂是不是就彻底被肉体束缚住了？"

"怎么会这样呢？"

"这是因为每一种悲痛或欢乐都是一根钉子，把灵魂钉在肉体上，牢牢钉住，使灵魂变成（得）如同肉体，肉体说什么是真实的，它就以为什么是真实的。正因为灵魂和肉体有了同样的想法和喜好，灵魂就不得不和肉体有同样的习气和生活方式，于是灵魂就永远不能以纯洁之身到另一个世界去，而只能沾满污染跟着肉体走。所以它不久便又进入另一个肉体，在那肉体中像一颗种子一样生长。因此之故，那神圣的、纯洁的、绝对的境界它是无缘参加的。"

刻比斯说："苏格拉底，你说的对极了。"

"刻比斯，这就是为什么，真正的爱知识者总是有节制有勇气，和大多数人的想法不一样。你同意吗？"

"我很同意。"

"是的，哲学家灵魂的想法，和别人是不一样的，他并不认为哲学应该使灵魂解脱出来而解脱出来之后又进入种种苦乐的束缚之中，像珀涅罗珀把布拆了又织织了又拆那样[2]，做着永无止境的虚工。相反，哲学家的灵魂相信自己必须从这一切情欲中解脱出来,求得宁静,始终不渝地追求理智,这样,看见的才是真实的、神圣的、确切无疑的事物,这才是灵魂唯一的食粮。它认为有生之年应该依这种方式而生活,在死后则达到与它本身性质相同相等的境地,脱离人间苦难。西米阿斯,刻比斯呀,依照这方式培养起来的灵魂,是不必担心离开肉体后会分解,会被风吹散,会化为乌有的。"

注释

[1] 爱知识者(philomathes)与下文的"爱智慧者"(philosophos)同义,都是指哲学家。

[2] 指荷马史诗《奥德修斯》主人公奥德修斯的妻子珀涅罗珀为了拖延时间以应付求婚者,织布时织了拆,拆了又织,不断反复。

思考题

1. 苏格拉底认为哲学家追求的是什么?
2. 哲学家是如何看待欲望的?
3. 人如果受制于欲望,会有什么"灾难"?

二、亚里士多德《尼各马科伦理学》选

背景介绍

亚里士多德(Aristotle,前384—前322),古希腊哲学集大成者。他将古希腊自然哲学、柏拉图哲学与博物学、政治学等诸多领域相结合,形成了无所不包的思想体系,对中世纪经院哲学产生了深远影响。亚里士多德认为,世界万物的存在是有目的的、动态的、有原因的;神是事物存在的根本动力,灵魂是高等生命存在的标志。但他又试图调和形而上学与现实生活,认为政治是人类道德生活的体现,政治的目的是通过培养高尚的行为使人们获得完美的幸福。亚里士多德的伦理学是传统的、以道德哲学为核心的,但又着眼于尘世,缺乏苏格拉底、柏拉图哲学的超脱精神。他的哲学体系过于庞杂,有关科学的内容假设过多,大部分被近代科学推翻。另外他的伦理学将事物划分等级,为奴隶制和人类中心主义辩护,有很大局限性。尽管如此,亚里士多德的哲学具有博学、折中、保守的特

点，与近代以来西方盛行的功利主义哲学有根本不同。下文由编者翻译，注释参考苗力田翻译的《尼各马科伦理学》(中国社会科学出版社，1999年)。

第一卷　总目的

接着上面的讨论，既然所有的知识和目的都是为了某种善，那么我们所说的政治的目的是什么呢？换句话说，在所有能够实现的各种善当中，最高的善是什么呢？

我想几乎所有人，不论是大众还是有教养的人都同意，这个最高目的叫幸福。而且他们都认为，"活得好""过得好"就是"幸福"。但是，幸福到底是什么，大众跟哲学家的说法就不一样了。

…………

如果只有一个终极目的，这当然就是我们所要追求的；如果有多个目的，那我们追求的就是其中最终的那个。

自身就是目的的东西比只是作为达到别的目的的手段的东西更高；不是手段的东西比既是目的又是手段的东西更高；始终被作为终极目的，从来也不被作为手段的东西最高。

幸福似乎比任何其他东西更符合上面的描述：因为我们追求的是幸福本身，而不是为了别的东西才追求它。比如说荣誉、快乐、理性，还有美德或者才能，我们选择这些东西部分是为了得到幸福，前提是它们能帮助我们获得幸福。不会有谁为了获得这些东西或者别的东西才选择幸福。

…………

但是，真正的价值在许多伟大使命的举动中都能大放光彩，不是通过冷漠，而是通过灵魂的高尚。如果决定一个人品格的是他的所作所为，那幸福的人就不会穷困潦倒；因为他不会做愤怒和卑鄙之事。我们认为，一个真正善良和智慧的人能够以高贵的姿态接受命运的赐予，总是去尽量利用自己的处境，就像一个好将军会最大限度地发挥手下部队的力量，一个好鞋匠会尽量利用手中的皮革一样，其他职业也不例外。

如果真是如此，幸福的人永远也不会穷困潦倒。虽然在命运乖舛时他也许会很沮丧，但他不会心慌意乱、魂不守舍，他不会轻易离开自己内心的幸福，不会被小小的不幸打乱。他只会被严重的不幸打乱。一旦被打乱，则很难回到原来的幸福状态,或者要花很大气力才能回到原来的幸福状态。这种幸福状态是完美的,能够成就伟大而高尚的事业。

....

既然幸福是完美德性或优秀品质指导之下的生命能力的运用,那么探讨一下美德或者优秀品质是什么将有助于我们了解幸福。

确实,因为政治家希望公民成为遵纪守法的良民,所以真正的政治家似乎特别关心美德。这方面的例子有克里特岛和斯巴达的立法者以及他们的同类。但是我们讨论的角度属于政治或政治学,这跟我们的初衷是一致的。

当然,我们所关心的是人的美德或者优秀品质,因为我们的讨论是从人的善良和幸福开始的。我所说的优秀品质指的不是身体方面而是灵魂方面的,因为我们认为,幸福是灵魂的行动。

如果真是如此,显然政治家必须对灵魂有所了解,就像治疗眼睛或者全身的医生必须对这两个东西有所了解一样。而且因为政治的艺术比医学更高、更善,所以政治家需要了解的知识也要比医生更多。就像有教养的医生都会努力了解人体知识一样,政治家也应该研究灵魂的本质,只不过这样做的时候必须牢记总目标,适可而止。过分关注细节徒劳无益。

第二卷　美德

毋庸赘言,好的道德品质就是中庸或者恪守中道,也就是说:第一,在两个极端——一个是过度、一个是缺乏——之间保持居中;第二,在感受和行为上追求中道或者适度。

由此看来,做到善实属不易,因为不论在哪种情况下,找到中点都不容易。就像找到圆形的中心并非人人都能做到,只有具备专业知识的人才能胜任。

因此人人都会发火,这很容易;人人都会捐钱或者花钱。但要行为对象合适、时间合适、目的正确、方法得当就不是人人都能做到的了,也就是说这绝非易事。这就是为什么正确的行动很罕见,因而值得赞美、应该赞美。

追求中道的人首先要避免与之相对的极端,就像卡里普索对尤利西斯说的:

让船只躲开雾气缭绕的浅浪[1]

因为在两个极端中一个危险性大,一个危险性小。因为很难准确保持中道,所以我们必须像谚语里说的那样"不能乘风破浪时就划桨前进",也就是说在两个恶里面选稍微好点的那个。至于如何做到,上面已经说过了。

其次,每个人都必须考虑自己的习惯,因为人天性不同、爱好不一样。这可以从我们对快乐或者痛苦的感受中了解到。接着,我们就要朝相反的方向努力,因为远离错误就能进入中道,就像把一根弯曲的棍子朝相反的方向拉一样。

但是,任何时候我们都要特别警惕快乐的诱惑,避免过分享乐。因为我们很难客观地判断它。因此,在享乐面前我们应该模仿那些长老在海伦[2]面前的行为,并牢记他们的话:让她走吧,这样我们犯错误的可能性会减少。

这就是我们能够顺利找到中道的纲领。得承认,这是一项艰巨的任务,尤其是在具体事例中。比如发火时要确定如何发火、对谁发火、为何发火、发多长时间绝非易事。因为公共舆论有时会称赞那些行为不到位的人,说他们很温柔,有时则称那些脾气暴躁的人勇敢无畏。

事实上不论是太多还是不够,小小的偏差不会受到谴责,只有较大的偏差才会遭到指责,因为大的偏差人人都能看到,不会看错。但是从理论上确定一个人犯多大的错误才应遭到谴责几乎是不可能的。用这种方法来判断感觉范围内的东西是行不通的。这些东西属于具体情况具体对待一类,只能通过感受来决定。

那么有一点很清楚,中庸的品格在任何情况下都值得称赞,但我们有时需要多一点,有时需要少一点,因为这样最容易找到中道,达到举动得当。

注释

[1]据苗力田翻译的《尼各马科伦理学》,此句为荷马史诗《奥德赛》主人公奥德修斯所说。

[2]海伦:荷马史诗《伊利亚特》中的美女,是宙斯与勒达的女儿,她与特洛伊王子帕里斯私奔,引发了特洛伊战争。

思考题

1.亚里士多德是怎样认识幸福的?他的幸福观与现代人的幸福观有何不同?

2.什么是美德?幸福与美德的关系是什么?

3.亚里士多德认为政治的本质是什么?亚里士多德的伦理学与儒家有何相通之处?

三、奥勒留《沉思录》选

《沉思录》的作者是古罗马皇帝马克·奥勒留（Marcus Aurelius，121—180），他属于斯多葛派哲学家。以下译文由编者翻译。

（一）最后，以愉快的心情静候死亡，因为死亡只不过是构成生命体的元素的分解而已。如果一种元素变成了另一种元素你不会在意，那为什么这些元素组成的整体改变了你却要苦恼呢？这是事物的本性使然，凡是顺应事物本性的都不是恶的。（第二章）

（二）事物消失得多么快啊，不仅宇宙中的物体如此，而且对这些物体的记忆也一样。有感知的生命的本质是什么呢？尤其是那些追求享乐、惧怕痛苦，或者被外在的虚名所引诱的人：他们毫无价值、令人鄙视，肮脏、易逝、无生命。（第二章）

（三）哲学家说，如果你想要清净，生活就要简单。但这样说是否更好些：恪守本分，凡是社会性的动物必须做的事情都应该去做。因为这样不仅能获得尽心尽职的平静，也能得到事情少的平静。因为我们说的和做的事情绝大部分都不必要，如果把这些事情去掉，就会得到更多的悠闲，不安就会减少。（第四章）

（四）看看每件事物都是转眼就被遗忘，看看除了此刻，过去和未来无穷无尽，一片混沌，赞誉多么空洞，恭维者多么善变、浅薄，赞誉传播的空间多么有限，最终一切都归于沉寂。

整个地球只是一个点，你所居住的地方何等渺小，那里的居民何等稀少，那些称赞你的都是些什么人呢？（第四章）

（五）时间是一条事件构成的河，一条湍急的河；一件事刚刚发生，就被冲走了，另一件事紧随其后，但也很快被冲走了。（第四章）

（六）尽己所能具备如下品质：诚实、严肃、坚持不懈、厌恶享乐、乐天知命、少欲知足、仁慈、坦诚、不喜奢华、摆脱无意义之事、宽宏大量。（第五章）

（七）即使（遇到）不愉快的事物也要随遇而安，因为这有利于宇宙的健康，有利于宙斯（宇宙）的繁荣与幸福。因为如果对整体不利，他是不会让人遇到所发生的事情的。（第五章）

（八）有的人为别人效劳后像记账一样牢记不忘。还有人虽然不会牢牢不忘,但仍然把对方当自己的债务人看待,自己是债主。第三种人甚至不知道自己做了什么,他就像葡萄藤一样,在结果之后毫无所求。(第五章)

(九)此时此刻,观点建立在理解之上,行为的目的是改善社会,心态随遇而安、知足常乐,这就足够了。消除幻想:克制欲望、消灭贪婪,时刻保持清醒的头脑,掌握主动。(第九章)

(十)一个人如果能够不带丝毫谎言、虚伪、奢侈与傲慢离开人世,他就是最幸运的人。(第九章)

思考题

1. 斯多葛派是怎么看待死亡与命运的?
2. 斯多葛哲学所追求的美德有哪些?
3. 斯多葛哲学与儒家和道家有哪些相似之处?

四、阿奎那《神学大全》选

背景介绍

中世纪时期的西方基督教神学一统天下,经典以《圣经》为代表。神学对宇宙的起源、人生的意义以及人的行为准则进行系统的阐释,基本概念包括上帝的属性、上帝存在的证据及人与上帝的关系等。中世纪著名神学家包括早期的奥古斯丁以及后期的托马斯·阿奎那等。奥古斯丁(354—430)最有影响的著作是《忏悔录》和《上帝之城》,托马斯·阿奎那(1225—1274)所著的《神学大全》被称为中世纪神学的集大成之作。阿奎那试图融合亚里士多德哲学与基督教神学,从逻辑上用"五义"(Five Ways)来证明上帝的存在。但正如罗素所指出的,阿奎那的论证是站不住脚的,"因为要达到的结论,在事前早已被确定了"①。下文由编者翻译。

第三:上帝存在吗?
我的答案是,可以从五个方面来证明上帝的存在。

---

① 罗素:《西方哲学史》(上册),何兆武、李约瑟译,商务印书馆,1997,第561—562页。

第一个比较明显的理由是运动。对我们的感官来说,有的事物显然而且确定无疑处于运动之中。任何运动的东西都是由另一个东西推动的。因为除非一样东西具有朝着目标前进的潜力,否则它不可能运动;事物的运动是可见的行动。运动就是从潜在转向现实的状态。但只有处于现实状态的东西才能将潜在之物转成现实。现实的火使得潜在的木变热,推动它、改变它。所以一样东西在同一方面不能同时既是潜在的又是现实的,只能在不同方面是如此。一样东西不能同时既是现实的热,又是潜在的热,但可以是潜在的冷。所以一样东西不可能在同一方面既是推动者又是被推动者,也就是说它不能推动自己。所以任何运动的东西都需要被另一个推动。推动者本身也需要被推动,以此类推。但这个过程不能无休止延续,因为那样的话就没有最初推动者了,因此也就没有其他推动者了,因为所有其他推动者都靠第一推动者而动,就像手杖听手指挥一样。所以必须有一个不被他推动的第一推动者;人人都知道,这就是上帝。

第二个原因是动力因。感觉世界有一个动力因构成的秩序。没有事物是自己的动力因,因为那样的话这个东西就要先自己而存在,那是不可能的。动力因不可能无限延伸,因为在动力因的秩序当中,第一因产生中间因,中间因又产生终端因,中间因可多可少。没有因就没有果,因此如果动力因中没有第一因,也就没有终端因和中间因。如果动力因可以无限延伸,就没有第一动力因了,从而也就没有终端因或中间因了,这显然是错误的。所以必须有一个第一动力因,即人们所称的上帝。

第三个证明来自可能性与必然性。一切自然物可能存在也可能不存在,因为事物有生有灭,因此事物可能存在也可能不存在。但事物不可能永远存在,因为从来不存在的事物不存在。因此如果某一时间段一切事物都不存在,则过去也不会存在任何事物。那样的话现在也不可能有事物存在了。因为不存在的事物是由已经存在的事物产生的。如果某一时间段一切事物都不存在,任何事物都不可能存在,现在也不可能有事物存在。这显然是荒谬的。所以不仅所有的事物可能存在,而且必须肯定有必然存在的事物。有些事物的必然性是由其他事物造成的,有些则不是。这在动力因部分已经证明。所以我们只能假设一种自身必然存在之物,其存在不依赖他物,却是他物必然存在之因。这个东西就是上帝。

第四个论证来自事物的等级排列。生命体中善、真、高尚等品质参差不齐。美德的判断需要与最完美的标准相比较,就好像说一样东西很热,是与最热的东西比较而言。所以存在着最高的真、善、高尚,最完美的生命。这样的生命是最高的真理,它的每一种品质的最高点就是同类事物的因。就像火是热的极限,是所有热的东西的因。所以必须有一个所有生命存在的因,也即善等美德的因。这个因即上帝。

第五个论证来自世界的管理。我们看到,无理性的自然物的存在是有目的的,这从其行为与目标相一致这一点可以证明。显然,事物达到自己的目标不是偶然的,而是有预谋的。没有理智的东西不可能有目标,除非它被有知识、有智慧的存在者引导,就像箭需要射手才能飞向靶子。因此所有自然物都是在一个智慧者的引导下达到目标的,这个智慧者就是上帝。

思考题

1. 试在英语词典或西方哲学词典中查阅以下名词的含义:神学(theology),哲学(philosophy),科学(science)。

2. 阿奎那《神学大全》的逻辑推理有什么问题?亚里士多德的哲学有何不足之处?

第二节　近代西方名著

【导读】

　　文艺复兴之后,西欧经过宗教改革、启蒙运动、科学革命及工业革命实现了文化的转型。启蒙运动后,神学让位于科学,理念论逐渐被经验论、功利主义取代。中世纪神学告诫人们要克制欲望、追求天堂中的永生,近代人文主义则把自然人放在首位,将人的欲望合理化,认为人应追求现世幸福,物质享受的增加是文明与进步的标志。①

　　功利主义在方法上以科学简化论为代表,用局部观察和分析取代了整体论。在社会方面,民族利益、国家利益取代了世界一体的理想,进步论、种族主义、西方优越论盛行。人与人、人与自然之间的矛盾加剧。如学者所言:"此后,冲突更多发生在国家之间,而不是教派之间,所涉及的更多是政治与权利的平衡,而不是人与神的内在关系。到处都是政治与经济之战以及民族主义示威游行。"②在所有新兴的民族国家中,英国影响最大,可以说是新式欧洲文明的先锋。

　　本节挑选了三位西方思想家的作品,即霍布斯的《利维坦》、斯密的《国富论》,以及达尔文的《物种起源》。霍布斯宣扬国家利益至上;斯密认为自由贸易是人类幸福的保障;达尔文的进化论出现在功利主义之后,认为生存竞争是自然界的最高法则,对西方社会产生了深刻影响。西方近代主流思想多数忽视道德的作用,鼓励竞争与冲突,为西方殖民扩张提供理论依据,负面作用明显。

一、霍布斯《利维坦》选

　　托马斯·霍布斯(Thomas Hobbs,1588—1679),早年就读于牛津大学,游

---

① 唐纳德·沃斯特:《在西部的天空下:美国西部的自然与历史》,青山译,商务印书馆,2014,第249页。
② Randall J. H., *The Making of the Modern Mind*: *A Survey of the Intellectual Background of the Present Age* (New York: Columbia University Press, 1976).

历欧洲各国后,回到英国潜心研究古典哲学。1651年霍布斯的《利维坦》出版,引起轰动。在这本书中霍布斯提出,国家对内能维持秩序,对外能防御侵略者,因此是文明社会存在的基础。没有国家权力的约束,人就会为所欲为,社会就会陷入混乱。他认为国家是人民订立契约形成的,并反对君权神授,主张君主专制。他的理论为西方民族国家的形成提供了理论基础。译文选自黎思复、黎廷弼翻译的《利维坦》(商务印书馆,2017年)。

论国家(节选)

因为各种自然法本身[诸如正义、公道、谦谨、慈爱,以及(总起来说)己所欲,施于人[1]],如果没有某种权威使人们遵从,便跟那些驱使我们走向偏私、自傲、复仇等等的自然激情互相冲突。没有武力,信约便只是一纸空文,完全没有力量使人们得到安全保障。这样来说,虽然有自然法(每一个人都只在有遵守的意愿并在遵守后可保安全时才会遵守),要是没有建立一个权力或权力不足,以保障我们的安全的话,每一个人就会,而且也可以合法地依靠自己的力量和计策来戒备所有其他的人。在人们以小氏族方式生活的一切地方,互相抢劫都是一种正当职业,绝没有当成是违反自然法的事情,以致抢得赃物愈多的人就越光荣。在这种行径中,人们除开荣誉律以外就不遵守其他法律;这种律就是禁残忍,不夺人之生,不夺人农具。现在的城邦和国王不过是大型的氏族而已。当初小氏族所做的一切它们现在也如法炮制。在危机、畏惧入侵、恐怕有人可能帮助入侵者等等的借口下,为了自己的安全而扩张领土,他们尽自己的可能,力图以公开的武力或秘密的阴谋征服或削弱邻邦;由于缺乏其他保障,这样做便是正义的,同时还因此而为后世所称道。

少数人联合也不能使人们得到这种安全保障。因为在少数人中,某一边人数稍微有所增加就可以使力量的优势大到足以决定胜负的程度,因而就会鼓励人们进行侵略。人们确信能充分保障安全的群体大小不决定于任何一定的人数,而只决定于与我们所恐惧的敌人的对比。只有当敌人超过我方的优势不是显著到足以决定战争的结局并推动其冒险尝试时,才可以说是充分了。

群体纵使再大,如果大家的行动都根据个人的判断和个人的欲望来指导,那就不能期待这种群体能对外抵御共同的敌人和对内制止人们之间的侵害。因为关于力量怎样运用最好的意见发生分歧时,彼此就无法互相协助,反而会互相妨碍，并且会由于互相反对而使力量化为乌有。这样一来，他们就不但会易被同心协力的极少数人征服，而且在没有共同敌人的时候，也易于为了个人自己的利益而互相为战。因为我们如果可以假定大群体无须有共同的权力使大家畏服，就能同意遵守信义和其他自然法，那么我们便大可以假定在全体人类中也能出现同样的情形；这时就根本既不会有，也无须有任何世俗政府或国家了，因为这时会无须服从就能取得和平。

....

如果要建立这样一种能抵御外来侵略和制止相互侵略的共同权力，以便保障大家能通过自己的辛劳和土地的丰产为生并生活得很满意，那就只有一条道路——把大家所有的权力和力量托付给一个人或一个能通过多数的意见把大家的意志化为一个意志的多人组成的集体。这就等于是说，指定一个人或一个由多人组成的集体来代表他们的人格，每一个人都承认授权于如此承当本身人格的人在有关公共和平或安全方面所采取的任何行为或命令他人做出的行为，在这种行为中，大家都让自己的意志服从于他的意志，让自己的判断服从于他的判断。这就不仅是同意或协调，而是全体真正统一于唯一人格之中；这一人格是大家人人相互订立信约而形成的，其方式就好像是人人都向每一个其他的人说：我承认这个人或这个集体，并放弃我管理自己的权利，把它授予这个人或这个集体，但条件是你也把自己的权利拿出来授予他，并以同样的方式承认他的一切行为。这一点办到之后，像这样统一在一个人格之中的一群人就称为国家，在拉丁文中称为城邦。这就是伟大的利维坦的诞生——用更尊敬的方式来说，这就是活的上帝的诞生；我们在永生不朽的上帝那里所获得的和平和安全保障就是从它那里得来的。因为根据国家中每一个人的授权，它就能运用托付给它的权利与力量，通过其威慑组织大家的意志，对内谋和平，对外互相帮助抗御外敌。国家的本质就在于它身上。

注释

[1]己所欲，施于人：推己及彼，善待他人是基督教的"黄金法则"，"你想让别人怎样待你，你就应怎样待人"。

思考题

1.霍布斯认为国家存在的根本目的是什么？

2. "利维坦"一词的原意是什么?霍布斯如何看待"利维坦"?
3. 霍布斯对西方文化的影响表现在哪些方面?

二、斯密《国富论》选

亚当·斯密(Adam Smith,1723—1790),英国古典经济学的代表人物。斯密毕业于牛津大学,后执教于爱丁堡大学、格拉斯哥大学。1776年斯密出版《国富论》,奠定了资本主义自由经济的理论基础。《国富论》探讨国民财富的性质和原因,认为自由放任的市场经济体制是增加财富、提高人类生活水平的最佳体制。斯密的哲学是功利主义的,有很大的局限性,例如,他假设竞争是平等互利的、公正的,竞争所带来的物质繁荣是人类幸福的决定性因素,历史证明这些都与事实不符。下文由编者译自《国富论》原文。

在文明社会中,一个人时刻都需要别人的协同与帮助,但他一辈子能交到的朋友却没几个。几乎所有其他动物的个体长大后都能自食其力,一般不需要同类的帮助。但是,人却一刻也离不开同胞的帮助,而且不能指望别人是纯粹出于爱心提供这种帮助。两个人做生意,开始时都是这样的:你给我我没有的东西,我给你你没有的东西。这是所有此类交换的意义。我们的大部分需求都是经过这样的交换获得的。我们能吃上晚餐,并非因为屠夫、酒匠或面包师有爱心,而是因为他们有获利之心。我们能指望的不是他们仁慈,而是他们的私心;我们不会对他们讲我们需要什么,而是告诉他们,帮助我们的话,他们自己能得到什么利益。只有乞丐才会让自己全然依赖他人的好心。即使是乞丐也不能事事依靠他人。好心人的布施确实为乞丐提供了他全部的生活所需。即便这样,布施之人也不会,更不可能事事满足他的需求。和其他人一样,乞丐的大部分具体需求是通过契约、商讨和交换完成的。他用一个人给他的钱买食物,把另一个人送给他的旧衣服换成适合他穿的衣服,或者换成住处、食物,或者换成钱,然后再用钱购买他需要的食物、衣服或住处。

我们通过签订协议、物物交换、购买从对方那里获得我们的大部分所需。同样,正是这种交换的习惯促成了最初的劳动分工。例如,在狩猎或畜牧部落中,有一个人能又快又好地制作弓和箭。他经常用他的弓和箭换取同伴的牲畜或兽肉。最后他发现,用这种方法得到的牲畜和兽肉比他自己亲自到野地里去捕猎得到的还要多。因此,为了自己的利益,制造弓箭就成了他的主业,他成了一名武器制造者。另一个人擅长制造房屋的框架和顶棚,或者善于建造移动性房屋,他经常帮邻居们盖房子,邻居们则给他提供牲畜和兽肉,直到最后他发现专门从事这项工作获利更大,就成了建筑师。以同样的方式,一部分人成了铁匠、铜匠,还有皮匠。皮匠会把兽皮做成衣服,因为原始人穿的主要是兽皮。劳动者可以用自己劳动产出的多余部分换取其他人产出的多余部分,这种可行性使得人人都去从事某种特定的职业,并努力培养和完善自己这方面的才能。

事实上,人与人之间的天赋差异比我们所认为的要小得多;从事不同职业的成年人,看起来天赋各有差异,实际上与其说是差异造成了劳动分工的不同,不如说是劳动分工造成了差异。即使是截然不同的人之间,比如哲学家和普通的街头搬运工之间的差别也更多源于习惯、风俗和教育的不同,而不是因为天赋不同。在刚刚出生以及随后的六年、八年间,他们也许没什么差别。不论是他们的父母还是同伴都看不出他们之间有什么显著的不同。大约在六岁、八岁,或者在那之后不久,他们就开始从事非常不同的职业。这时候,他们才能上的差别才会引起人们的注意,而且这些差别还会越来越大,直到哲学家的虚荣心不再允许他承认自己与搬运工有任何相似之处。然而,如果没有运输、议价、交换活动,每个人就都要亲自生产所有生活必需品或者其他商品。每个人都必须履行同样的职责,做同样的工作,也就不会存在职业差别,而职业的不同才是造成人与人之间巨大的才能差异的唯一因素。

交换活动形成了才能的差异,这种差异在不同职业之间表现得非常明显,也正是交换活动把这种差异变成了好事。在自然赋予的能力方面,许多公认的同种动物之间的差别,远远大于未受到习俗和教育影响之前人类之间天赋能力上的差别。就本性而言,哲学家与街头搬运工在天赋和性情上的差别不及獒犬与灰狗之间差别的一半大,或者说没有灰狗与西班牙猎犬之间差别的一半大,或者说没有西班牙猎犬与牧羊犬之间差别的一半大。然而,这些不同的动物虽然属于同一个物种,但彼此之间提供不了什么帮助。獒犬的力量不会因为灰狗的敏捷,或是西班牙猎犬的机灵,抑或牧羊犬的温顺而得到丝毫加强。由于缺乏交换的能力或可能,这些天赋和能力不能被积聚起来共享,不能用于改善整个物种的居住和生活条件。

....

每一动物个体依然不得不独立生活、自食其力、自我防护,而无法从大自然赋予其他动物的独特才能中获得任何好处。相反,人的不同天赋却能对同类有益。他们各显所能,这样不同的产品通过运输、议价以及交换形成一种共同财富,每个人都可以根据自己的需要购买其他人利用自己的才能所产出的任何物品。

需要指出的是,也许只有在社会发展的情况下,也就是社会正处在积累财富的过程中,而不是已经完成了财富的积累时,人口基数巨大的劳动阶层的生活状态似乎最幸福、最惬意。而当社会停滞时,劳动人民生活艰难,经济衰退时他们苦不堪言。实际上,对社会各阶层来说,发展的状态总是令人振奋、愉快的,停滞的状态则是令人忧愁的。

劳动产生的慷慨回报不仅激励人们生育,还使普通人更加勤奋。劳动报酬激发干劲,所以人得到的鼓励越多就越努力,这是人性使然。充足的食物能增强劳动者的体力,使他对未来充满希望,相信自己最终能过上安逸富足的生活,这会激励他拼命工作。因此,高工资地区的工人都比低工资地区的工人更积极、更勤劳、效率更高。英格兰与苏格兰、大城镇周边与偏远的乡村的差别即是如此。也确实有一种可能,如果四天赚的钱足以维持一周的生活,有的工人就会虚度剩下的三天,无所事事。但大部分人都不会这样。

思考题

1. 亚当·斯密认为,职业的不同是人与人之间才能差别的唯一因素。你认为这个观点合理吗?人与人之间的差别是先天形成的还是后天形成的?人与人之间的差别是好事还是坏事?

2. 亚当·斯密对商业的态度有何局限性?

3. 亚当·斯密对人性以及对社会发展的看法有什么特点?他的思想有哪些局限性?

4. 亚当·斯密的思想与霍布斯的思想有何关系?

三、达尔文《物种起源》选

背景介绍

查尔斯·罗伯特·达尔文(Charles Robert Darwin,1809—1882),英国生物

学家,进化论创始人之一。达尔文曾历时五年环球航行,赴南美洲等地从事地质学和博物学考察,后出版《物种起源》《人类起源》,提出生物进化论,推翻了神造论与物种不变论。进化论对人类思想产生了深远影响,也引发了众多争议。《物种起源》有多种汉译本,在我国最早出版的是中华书局1920年出版的谢蕴贞的译本,较新出版是有苗德岁的译本(译林出版社,2013年)等。以下译文选自谢蕴贞译本(《物种起源》,中华书局,2018年),个别地方根据原文有改动。

生存斗争(节选)

生存斗争中动植物之间的复杂关系

生物的依存关系,有如寄生物之于寄主,常发生于自然地位相距极远的生物之间。但是远缘的生物有时也会发生,严格地说是彼此之间的生存斗争,如蝗虫与食草兽之间就是如此。不过最剧烈的斗争差不多总是发生在同种个体之间,因为它们居住在同一地域,需要同样的食料,遭受同样的威胁。在同种的变种之间,斗争的剧烈程度大概与此相等,并且有时在短期内即见胜负。例如:把几个小麦的变种同植于一处,把它们的种子混合后播种,其中最适宜于该地土质或气候或者自然生殖率最高的变种将战胜其他变种,结实最多,因此在数年之内就会挤掉其他的变种。即使是极相近的变种,如颜色不同的芳香豌豆,若混合种植也必须分别收获,重新将种子依适当比例混合播种,否则较弱的变种必然会逐渐减少,直至消失。绵羊的变种也是如此,有些山地变种如与其他山地变种混居,必将使一种饿死,所以不能畜养在一处。将医用蚂蟥的不同变种畜养在一处也会有同样的结果。假如让一些家养动植物变种像在自然状态下一样自由斗争,它们的种子或幼体每年不依适当比例保存,这些变种作为一个混合群(阻止杂交)是否能持续六代并保持原来的比例和与原来完全(相同)的体力、体质和习性是值得怀疑的。

生存斗争在同种个体及变种间最为剧烈

因为同属的物种通常在习性和体质方面很相似(虽不绝对如此),所以它们如果为生存而斗争的话要比异属物种之间更为剧烈。我们可以从以下事实看到这一点。最近有一种燕子在美国一些地方的分布范围扩大了,这就使其他的燕子减少了。在苏格兰的一些地方,槲鸫数量近来增加很快,因而使歌鸫的数量减少。我们时常听说在极端不同气候下，一种鼠代替了另一种鼠。在俄国，亚洲小蟑螂入境后到处驱逐同属的大蟑螂。在澳洲，蜜蜂的引入竟导致本地无刺小蜜蜂灭绝。我们知道，一种野芥菜可以排挤另一种田芥菜。诸如此类的事实不胜枚举。由此我们可以隐约看到，亲缘接近，而且在自然界处于相似的经济地位的物种之间的斗争肯定最剧烈。可是我们还没有一个例子可以确凿无疑地证明，在生存大战中，为什么一个物种能战胜另一个物种。

根据以上所述，我们可以得到一个极其重要的推论，即每一种生物的构造以最基本又常常隐蔽的方式跟那些与它们争夺食物或住所，或者是需要躲避，或者是它们的捕食对象的其他生物的构造相联系。这种情形在虎齿与虎爪的构造以及附着于虎体皮毛上的寄生虫的足和爪的构造上表现得很明显。蒲公英美丽的具有茸毛的种子和水生甲虫的扁平的饰有缨毛的足初看似乎仅仅和空气及水有关系。可是种子具有茸毛的好处和陆地上已经长满其他植物这一事实有关，因为这样的种子才可以传布得广，到达未被占据的地面。水生甲虫的足的构造非常适于潜水，使它能和其他水生昆虫斗争，猎取食物，并逃避其他动物的捕食。

许多植物的种子内部富含养料，初看这似乎和其他植物没有什么关系。但是从这些种子，如豌豆、蚕豆等即使播在草丛之间其幼苗亦能强壮发育可以知道，养料在种子中的主要用途是为了便于幼苗的生长，使之能与四周丛生的其他植物竞争。

观察那些生长在适合于自己的地区的植物，为什么它的数量不会成倍增长？我们知道它完全能抵抗稍暖、稍冷、稍干、稍湿的气候，因为它也能在气候稍微不同的地方生长。在这种情况下，我们可以明显看出，如果我们想使这种植物的数量增加，就必须使它具备若干优越条件，使它能够压倒它的竞争者，或使它能够抵抗吃它的动物。在它的分布范围内，如果它的体质能够适应气候的变化，这对于这种植物本身是有利的。不过我们有理由相信，只有很少数的动植物分布过远，以致被严酷的气候所消灭。因为除非到了生物分布的极端界限，如北极地带或荒漠边缘，竞争不会停止。即使在极寒冷或极干旱的地方，在少数物种间，或在同种的个体间仍然会为占据最暖或最湿的地点发生竞争。

由此可见，一种植物或动物，当它到了新的地方，置身于新的竞争者之间，即使气候和以前生长的地方完全一样，生存的基本情况往往已经发生了变化。所以要想使它的平均数量在新安家的地区增加，就必须采用与原产地不同的方法对它加以改变，因为它需要战胜一批新的对手或敌人。

这样设想一种生物战胜另一种生物无可厚非。但是到底怎样做才能取得成功,恐怕一个例子也找不到。这一点将使我们承认自己对所有生物之间的关系很是无知。这种认识虽然不容易得到,但很必要。我们所能做的就是要牢牢记住,每一种生物都在争取以几何比率增加;每一种生物在生命的某一时期内,在某年、某季,在每一代或隔代之间都要为生存而竞争,并遭遇重大的失败。当我们想到这种竞争时,也许可以聊以自慰的就是坚信自然界的战争并不是没有间断的,恐惧是感觉不到的,死亡往往很快,强者、健康者、幸运者不断繁衍生息。

思考题

1. 达尔文进化论的基本观点是什么?
2. 从伦理学的角度来看,进化论的最大问题是什么?
3. 达尔文的理论适用于人类社会吗?用达尔文的理论解释人类历史有何弊端?
4. 选文最后一段的结论是什么?这个结论合理吗?

第三节　近代西方哲理散文

【导读】

　　大多数人认为,近现代西方的核心价值观是启蒙运动时期形成的。据《剑桥哲学词典》:"启蒙运动自诩是对古希腊,尤其是古罗马经典思想的回归,实际上却是18世纪末震撼欧洲与美洲的多种革命的源头,并为流行的科学世界观和自由民主社会奠定了基础;虽然屡遭攻击,但作为文化理想持续至今。"①启蒙运动确立了理性、自由、民主、幸福(功利主义)等在西方文化中的地位。但启蒙运动一开始就伴随着质疑。许多西方思想家、文学家从精神自由、道德伦理角度对其进行批判,并以散文的形式表达出来。本节选文均侧重对西方功利主义、经验主义文化进行批判。

一、蒙田《蒙田随笔》选

　　米歇尔·德·蒙田(Michel de Montaigne,1533—1592),文艺复兴时期法国思想家、散文家。他出生于法国波尔多一个富有的商人家庭。其父思想开放,蒙田六岁以前寄宿在农村家庭,由讲拉丁文的老师教导,因此精通拉丁文。蒙田少年时代学习希腊文、法文、修辞术,后来又学习法律。1557年蒙田在波尔多最高法院任职。1568年父亲离世,蒙田继承了家族领地,从1571年起隐居家中,潜心写作。法国宗教战争期间,蒙田在天主教与新教之间调停,发挥了重要作用,备受尊重,后出任波尔多市市长。《蒙田随笔》影响广泛。下文选自马振聘翻译的《蒙田随笔》(中华书局,2018年),个别地方根据原文有改动。

---

① *The Cambridge Dictionary of Philosophy* (London: Cambridge University Press, 1999), p. 266.

探讨哲学就是学习死亡（节选）

我们生命的终点是死亡，我们必须注视的是这个结局；假若它使我们害怕，怎么可能走前一步而又不发愁呢？凡人的药方是把它置之脑后。只有愚蠢透顶，才会这么懵然无知！真是把马笼头套在了驴子尾巴上。

  因为他决定了往回走。

——卢克莱修

他经常跌入陷阱也就不足为奇了。这让我们这些人一说到死亡就害怕，大多数人像听到魔鬼的名字一样画十字。由于遗嘱中必然提到这件事，就别指望在医生给他们宣读终审判决以前，他们会动手立遗嘱。在痛苦与惊慌之间，他们会以怎样清晰的判断力，给你凑合出一份遗嘱，只有天知道了。

由于这个词听在他们的耳朵里太刺激，这个声音对他们又像不吉利，罗马人学会了用婉转的说法来减弱或冲淡它的含意。不说：他死了，他停止了生命；只说：他活过了。只要是"活"，即使是过去式也感到安慰。我们的"故人某某"就是从他们那里借来的。

说到这里，是不是像俗语说的，时间就是金钱？我生于1533年1月的最后一天，是按现行的以1月为一年之始的年历来说的[1]。恰好十五天前刚过了三十九岁，至少还可以活那么久，可是急着去考虑那么远的事不是发疯吗？但怎么说呢，年轻人与老年人同样都会抛下生命。刚刚出生的人照样可以随即离去。再衰老的人，只要还看到玛士撒拉[2]走在前面，都相信自己的身子还可以撑上二十年。

再说，你这个可怜的傻瓜，谁给你规定了寿限啦？你这是根据医生的胡说八道。还不如瞧一瞧事实与经验吧。按照事物的常规，你活到今天已是鸿运高照了。你已超过了常人的寿数。为了证明这一点，算一算你的朋友中间有多少人在你这个年龄以前已经谢世，肯定比达到你的年龄的人要多。再来列一张表，记上一生中名声显赫的人，我敢打赌在三十五岁前死的要比在这以后多。把耶稣基督作为人类的楷模，也是十分理智与虔诚的，因为耶稣在三十三岁就结束了人生。亚历山大是最伟大的凡人，也是在这岁数去世的。

死亡又有多少种袭击方式？

  时时刻刻需要提防危险，

> 人是难以预料的。
>
> ——贺拉斯

且不说高烧和胸膜炎病人。谁能想到一位布列塔尼公爵会在人群中被挤死？我的邻居克莱芒五世教皇进入里昂也是这样。你没看到我们的一位国王在比武游戏中被误伤丧了命吗？他的一位祖先竟会被一头公猪撞死！埃斯库罗斯眼看一幢房子要坍塌，徒然躲到空地上，有一只苍鹰飞过空中，从爪子里跌下一块乌龟壳，把他砸死了。还有人被一颗葡萄核梗（噎）死；一位皇帝在梳头时被梳子划破头皮而死；埃米利乌斯·李必达脚绊在门槛上；奥菲迪乌斯进议院时撞上了大门。还有死于女人大腿间的有教士科内利乌斯·加吕，罗马巡逻队长蒂日利努斯，曼图亚侯爵吉·德·贡萨格的儿子吕多维可。

更糟糕的例子是柏拉图派哲学家斯珀西普斯和我们的一位教皇。可怜的伯比乌斯法官给诉讼一方八天期限，自己却突然得病，没有活到那个时候。凯乌斯·朱利乌斯是医生，在给病人上眼药膏时，死神来给他闭上了眼睛。我还该说一说我自己的弟弟，圣马丁步兵司令，年二十三岁，早已显出大胆勇敢，打网球时球击中他左耳上方，表面看不出挫伤和破裂，他甚至没有坐下来休息。但是五六小时后，他死于这次球击引起的中风。

这些都是发生在我们眼前的例子，稀松平常，怎么还能够不去想到死亡呢？怎么能不觉得死神每时每刻都在我们身边呢？

你们或许会对我说，既然不管怎样总是要来的，大家就不用去操这份心了吧？我同意这个看法。若有什么方法可以躲过死亡的袭击，即使是藏在一张牛皮底下，我也不是个会退缩回避的人。因为我只要过得自在就够了。我尽量让自己往最好方面去做，至于荣耀与表率则不在我的考虑之内。

> 我宁可被人看成傻子与呆子，
> 只要我的古怪令我痛快，叫我开心，
> 也不去当个聪明人愤愤不平。
>
> ——贺拉斯

以为这样就能做到了，这也是妄想。他们来了，他们去了，他们骑马，他们跳舞，闭口不谈死亡。这一切多么美好。毫不注意，毫不防范，当死亡降临到他们身上，或者他们的妻儿朋友身上，则悲痛欲绝，抢地呼天，愤怒失望！你们几曾见过如此萎靡、恍惚、混乱！我们必须及早防范。在一个明白人的头脑里，对待死亡时却像动物似的混混沌沌，我认为这是要不得的，也会让我们付出沉重的代价。如果死亡是个可以躲开的敌人,我建议大家不妨拿起胆小鬼的武器。但是既然它是不可避免的,既然退缩求饶和勇敢面对,它都是要把你抓走的。

  他对逃跑中的壮汉穷追不舍,
  也不放过胆怯的后生
  露出的腿弯与背脊。
——贺拉斯

  既然没有铁甲保护你,
   躲在盔甲下也是枉然,
   死神会让他露出后缩的脑袋。
——普罗佩提乌斯

  我们必须学习挺身而出,面对着它进行斗争。为了打落它的气势,我们必须采取逆常规而行的办法。不要把死亡看成是一件意外事,要看成是一件常事,习惯它,脑子里常常想到它。时时刻刻让它以各种各样的面目出现在我们的想象中。马匹惊跳,瓦片坠落,针轻轻一刺,立即想到:"要是这就是死亡呢?"这时候我们要坚强,要努力。

  欢天喜地的时候,总是想到我们的生存状态,不要纵情而忘乎所以,记得多少回乐极会生悲,死亡会骤然而至。埃及人设宴,席间在上好菜时,叫人抬上一具干尸,作为对宴客的警告。

  照亮你的每一天都当作最后一天,
  赞美它带来的恩惠与意外的时间。
——贺拉斯

  死亡在哪里等着我们是很不确定的,那就随时恭候它。事前考虑死亡也是事前考虑自由。谁学习了死亡,谁也学习了不被奴役。死亡的学问使我们超越任何束缚与强制。一个人明白了失去生命不是坏事,那么生命对他也就不存在坏事了。可怜的马其顿国王当了波勒斯·伊米利厄斯的俘虏,差人求他不要把他带到凯旋仪式上,伊米利厄斯答复说:"让他向自己求情吧。"

注释

[1]西方有些地方原先以复活节为一年之始。

[2]《圣经·旧约》中的人物,据说活了九百六十九岁。

思考题

1. 蒙田认为应该怎样看待死亡？
2. 蒙田的思想与近代功利主义有何不同？这种思维方式有什么优点？

二、梭罗《瓦尔登湖》选

亨利·戴维·梭罗（Henry David Thoreau，1817—1862），毕业于哈佛大学，美国作家、哲学家、博物学家与自然保护先驱，超验主义代表人物。1845年在康科德瓦尔登湖旁独居两年，尝试简朴而独立的生活。《瓦尔登湖》一书反对主流工商业文化，提倡简朴的农耕生活、回归自然，强调个人道德自律、独立自主，成为美国文学经典。梭罗生平事迹可见第二编第二单元第三节索尔特的《瓦尔登湖的隐士：梭罗传》选。

我生活的地方，我的追求

我到林中去，因为我希望谨慎地生活，只面对生活的基本事实，看看我是否能学到生活要教给我的东西，免得临死时才发现自己根本就没有活过。生命如此宝贵，我不希望过一种不是生活的生活。除非万不得已，我也不想舍弃世间，过隐退的生活。我要活得深刻，吸到生命的所有精髓，活得稳稳当当，像斯巴达人一样铲除一切与生活无关的东西，像割草一样割出一大片土地，干净利索；要把生活逼到绝路，把日常需求降到最低。如果发现生活是卑微的，就彻底接受事实，并将之公之于世。如果认识到生活是高尚的，就亲自体验其伟大，并在下一次旅途中作出真实的报道。因为在我看来，大多数人犹犹豫豫，不知道生活到底属于魔鬼还是属于上帝，却轻率得出结论，认为活着的主要目标是"赞美神，永享其乐"。

实际上我们的生活依然如蚂蚁[1]般卑微；虽然神话中说我们早已变成人了，但我们仍然像与鹤群作战的俾格米矮人[2]；真是错上加错，一败涂地：美德成了累赘，成了不应有的苦难。我们的生命消耗在琐碎之中。一个诚实的人用不着比十个手指更多的数字,特殊情况下顶多再加上十个足趾,其余的可以忽略不计。简朴,简朴,再简朴!我说,你做的事情最终只有两三件,而不是百件或者千件。不必数一百万,数半打就够了,把账目记在大拇指指甲上好了。在汹涌澎湃的文明生活中奔波,一个人要经历多少风云变幻、暴雨流沙和一千零一种变故才能不被击败、不沉入海底!要安全抵达港口,要成功,他得是一个多么精明的计算者。简朴,简朴!不必一日三餐,如果必要,一顿就够了;不需要一百道菜,五道就够了;其他方面也要做相应调整。我们的生活就像德意志联邦,由许多小邦国组成。联邦的边界永远在变动,一个德国人也无法告诉你现在边界在哪儿。国家所从事的内部改造实际上全是些表面的、肤浅的东西,它成了一个笨拙、臃肿、庞大的机构,里面塞满了家具。它作茧自缚,毁于奢侈和挥霍,毁于既不会精打细算又没有崇高的目标,成千上万的国民也一样。解除这个国家及其国民的灾难的唯一办法是紧缩经济,过一种比斯巴达人更严厉,又比斯巴达人更高尚的简朴生活。国家的生活节奏太快了。人们以为国家必须有商业,必须出口冰块,必须用电报来沟通,必须一小时旅行近五十千米,却从不考虑是否真是如此。我们应该活得像狒狒还是像人?人们好像不太清楚。如果我们不制作枕木,不轧制钢轨,不夜以继日地工作,而是想方设法改善我们的生活,谁还想建铁路呢?如果没有铁路,我们如何能准时去天堂呢?可是,如果我们足不出户,管好自己,谁还需要铁路呢?我们不是坐火车,是火车在坐我们。你想过没有,铁轨底下躺着的枕木是什么?每一根都是一个人,一个爱尔兰人或北方佬。铁轨就铺在他们身上,身上又盖着沙子,列车平稳地从他们身上碾过。我告诉你,他们睡得真熟啊。每隔几年就换上一批新的枕木[3]被车辆碾过。所以,幸运者在上面奔驰,倒霉的家伙则被碾在底下。如果火车碾过一个梦游者,一根离开了自己位置的枕木,把他弄醒了,这时整个火车都会停下来。人们大惊小怪,议论纷纷,好像这纯属意外。我很高兴,当我听说每八千米铁路都要派一队人巡查,保证那些枕木平稳地躺在路基上时。由此可见,他们有时候还是会醒来的。

为什么我们要活得这样匆忙,这样浪费生命,决意在还没有饥饿时就饿死呢?常言说,及时缝一针,将来少九针。现在,人们为了明天少缝九千针,今天就缝一千针。我们所从事的工作毫无意义。我们患了圣维特斯舞蹈症,无法保持脑袋静止不动。我只需要拉一拉本地教堂的钟绳,发出急促的火警信号,我敢说康科德附近的农夫,尽管他早晨一再说如何如何忙,没有一个不放下手中的工作而朝着钟声而来的,孩子和妇女也一样。说实话,他们主要不是来抢救财产,而是来看热闹的。因为火已经烧着了,反正不是他们放的。或者说他们是来看别人怎么灭火的,方便的话也可以帮帮忙;是的,即使教堂着火了也是如此。一个人饭后小憩半小时,刚一醒来就问:"有什么新闻吗?"就好像全人类都在为他站岗。有人还让人每隔半小时就叫醒他们一次,也没有什么别的原因。然后,作为回报,他们讲述自己的梦。睡了一夜之后,新闻就像早餐一样必不可少。"请告诉我发生在这个星球上任何地方、任何人的新闻。"——他一边喝咖啡、吃面包卷,一边读报纸,知道这天早上瓦奇多河上有一个人的眼睛被挖掉了,却不知道自己生活在这个世界上深不可测的大黑洞里,跟瞎子差不多。

············

什么新闻!要知道永恒之物更重要!蘧伯玉(卫大夫)派人去见孔子。孔子与之坐而问焉:"夫子何为?"对曰:"夫子欲寡其过而未能也。"使者出。子曰:"使乎,使乎。"一个星期过去了,疲倦得直打瞌睡的农夫们到了休息的日子,——用礼拜日来结束过得糟透了的一周是再恰当不过了,它绝不是新的一周的勇敢的开端——牧师与其用冗长的布道词烦扰农民的耳朵,还不如大声呼喊:"停下!停下!为什么看起来很快,事实上却慢得要命呢?"

[1] 出自希腊神话中宙斯将蚂蚁变成人的典故。
[2] 出自荷马史诗《伊利亚特》,特洛伊人被比作仙鹤,跟俾格米矮人作战。
[3] "枕木"的英语原文是 sleepers,字面意思是"睡着的人",此处一语双关。

1. 梭罗的思维方式有什么特点?他是怎样看待物质生活的发展与进步的?
2. 梭罗为什么一再强调"简朴"?
3. 梭罗的观点与亚当·斯密有何不同?

三、爱默生《论大自然》选

背景介绍

拉尔夫·沃尔多·爱默生(Ralph Waldo Emerson,1803—1882),美国哲学

家、文学家,超验主义奠基人,早年供职于哈佛大学神学院,后来辞职,以演说、写作为生。思想深受浪漫主义、德国唯心主义、东方哲学影响,宣扬个人独立与精神自由,批判功利主义、经验主义和科学的局限性。爱默生企图调和精神与物质、宗教与科学、个人与社会的关系。他的作品文采斐然,挥洒自如,但晦涩难懂,不乏矛盾之处。代表作有《论大自然》《论自立》《美国学者》《神学院致辞》及《英国特色》等。下文由编者翻译。

前 景

当前,人们认识自然只是浅尝辄止。他只会用自己掌握的知识来了解世界。他活在世上,靠雕虫小技支配世界;最努力的人也只能顶半个人。虽然他有强壮的臂膀、健康的肠胃,他的精神却像个动物,一个自私的野蛮人。他与自然的关系以及对自然的控制都来自他的知识。就像往地里施肥;就像知道火、风、水、航海罗盘的经济用途;或者像牙科医生和外科医生治病。这样使用权力,就像一个被流放的国王不是一举登上王位,而是去一寸一寸买回他的国土。不过,黑暗中仍有一丝曙光——偶然也有人全身心投入对自然的了解,既用理性,又用知识。这样的例子包括各民族远古时代的神迹传说;耶稣基督的历史,宗教革命、政治革命,如废奴运动中某个原则的力量;有关诸如斯威登堡、霍恩洛赫与颤抖派[1]感应道交的神奇经历的报道;现在统统被冠以"动物感应"的含混不清、颇具争议的事实;祈祷;口才;自我治愈;儿童的智慧。这是一些靠理性暂时掌握权杖的例子,所发挥的力量不受时空的限制,是一种即时不断输入的力量。人所具备的实际能力与理想能力之间的区别已经被学者表达得恰到好处,即人的知识是傍晚的知识,上帝的知识是清晨的知识。

如何使世界恢复其本来的永恒之美,这个问题可以通过灵魂的救赎得以解决。我们观察大自然时看到的荒凉衰败实际上来自我们自己的眼睛。视觉的轴心与事物的轴心没有吻合,所以看到的东西不是透明的,而是模糊的。世界缺乏统一、破碎不堪的原因是人与自己没有达到统一。人必须满足自己所有的精神需求,否则不可能成为一个博物学家。精神不仅需要认知,也需要爱。的确,二者并存才能完美。就其本质而言,思想就是情感,情感就是思想,心照不宣。但在现实生活中,人们并不重视这种统一。虽然天真者按照父辈的传统崇拜上帝,但这种虔诚并没有被运用到所有的活动中。虽然有严肃认真的博物学家,但他们把自己的研究对象局限在冰冷的认知范围内。难道祈祷不是对真理的研究，不是灵魂对无穷的未知的探索吗？心诚则灵。如果一个虔诚的思想家坚持从纯理性的角度看待每一件东西，不夹杂任何个人情感，同时以最神圣的热情点燃科学之火，那么上帝就会再次参与创造的过程。

对一个充满好奇的人来说，不用为没有研究对象发愁。智慧的一个不变特征就是在平凡中见神奇。何为一天？何为一年？何为夏季？何为妇女？何为儿童？何为睡眠？因为我们愚昧无知，这些东西似乎无关紧要。我们用寓言来掩盖赤裸裸的事实，使之符合更高的精神规律。但是，当我们从思想角度审视这个事实时，华丽的语言黯然失色，枯萎干瘪。我们看到了真正的更高的规律。因此，对智者来说，事实是真正的诗，是最美的寓言。奇迹就在我们家门口。你也是人。男人、女人、他们的社交生活，贫穷、劳动、睡眠、恐惧、财产，这些你都知道。要知道这些东西都不简单，每一个现象都根植于我们的精神与感受之中。智慧忙于解决抽象的问题，大自然则以具体的形式使之表现出来，激发你的动手能力。一人独处之时常常反省，对照自己身心的变化，尤其在生活遇到危机时，这才是智者所为。

所以说，我们应该用新的眼光审视世界。世界将自己呈现给学者，顺从他的意愿，它将回答各种认识问题（何为真）及情感问题（何为善）。这使我们想起了诗人的话："大自然奔流不息，并非一成不变。精神在改变、塑造、创造大自然。没有精神的大自然死板、野蛮；纯粹的精神是流动的、变化无常的、顺从的。每一个精神都有自己的房子，房子外面有世界，世界之外有天堂。要知道世界为你而存在，事物因你而完美。我们是什么，只有我们自己知道。亚当曾拥有的一切你都能拥有，恺撒所做的一切你都能做到。亚当以天地为家，恺撒以罗马为家。也许你的职业是制鞋，是在土地上耕作，或者闭门读书。然而，虽然名不见经传，但不论在哪方面你的世界都跟他们一样伟大。所以，建造你自己的世界吧！一旦你使自己的生活与内心纯洁的想法相符，它就会展示它的伟大。事物的转变是精神变动的反映。丑陋的东西，猪、蜘蛛、蛇、害虫、疯人院、监狱、敌人都将消失，它们短暂易逝。阳光可以晒干、风可以吹散大自然的污秽与肮脏。随着夏季的到来，冰雪融化，大地变绿，不断前进的精神也在一路创造自己的风景，携带着它所看到的美景和它喜欢的歌曲。一路上它吸引着美丽的面孔、好心肠的人、睿智的交谈和英雄的举动，直到邪恶完全消失。目前看来，自然王国超出了想象中的上帝。人类征服大自然的过程是神奇的，就像一个盲人恢复了视力，这个过程并非来自肉眼观察[2]。"

[1] 斯威登堡(Swedenborg，1688—1772)，瑞典哲学家和神学家；霍恩洛赫(Hohenlohe，1794—1849)，神父、作家；颤抖派，也称"千禧年教会"，1747年创立于英国。

[2] "肉眼观察"出自《圣经新约·路加福音》"神的国度非肉眼所见"。这里说的是人与大自然的统一靠的不是科学，而是精神哲学，这是超验主义的核心观点。

1. 爱默生认为怎样才能真正认识自然界？
2. 爱默生研究大自然的方法与达尔文的进化论有何不同？
3. 爱默生是怎样看待自然科学的？

四、卡莱尔《过去与现在》选

托马斯·卡莱尔(Thomas Carlyle，1795—1881)，苏格兰哲学家、评论家、史学家，是维多利亚时代英国最重要的社会评论家，对流行的功利主义文化进行尖锐批评。卡莱尔思想上深受德国唯心主义的影响，主要作品有《法国革命》《论英雄、英雄崇拜和历史上的英雄业绩》《过去与现在》等。下文选自《过去与现在》，根据杨自吾主编的《英国文化选本》(上册，华东师范大学出版社，1999年)所选原文翻译。

所有工作，甚至纺棉花也是高尚的。只有工作是高尚的，这就是我要在这里反复强调的。同样，尊严是痛苦的。悠闲自在的生活既不属于人，也不属于神。诸神的生活在我们看来是一种庄严的悲哀——是全心全意与无穷的劳作展开的永无休止的战斗。我们最高的信仰即"崇拜苦难"。对人子[1]来说，没有什么高贵的皇冠——不论是旧的还是新的——只有荆棘之冠[2]！在过去，这些东西或者以外在的语言表达出来，或者秘而不宣，但人人皆知。

难道现在人类处世之道的可悲状态——我将其概括为无神论——不是表现在他那难以启齿的生命哲学,那被他大言不惭地称为"幸福"的东西上吗?连最卑劣的无赖的脑子里也充满了这样的思想:他现在、将来,按照人间和上天的公理应该"幸福"。这个可怜的无赖希望能得到连诸神也无法得到的东西:永远沉浸在享乐之中。预言家们告诉我们,你将幸福,你将喜欢并找到快乐之物。众人大声疾呼,为什么我们还没有找到快乐之物呢?

我们有关人类责任的理论不是建立在"追求高尚"的原则之上,从未如此。不,我们的理论建立在"最大幸福"的原则[3]之上。"灵魂"一词对我们来说就像某些斯拉夫方言里说的,它与"胃口"同义。不论是在议会还是在其他地方,我们的号召、讲演不是发自灵魂深处,而是来自肚皮;怪不得我们的呼吁收效甚微。我们不是祈求上帝的公正,而是为自己谋"利益",为自己的租金、贸易利润挺身而出、大声疾呼,毫无愧疚。我们自称这些利益都是"众人"的利益,我们多么渴望得到这一切。我们要求自由贸易,喊的都是仁义道德,声称要让那些处境悲惨的贫穷阶层买得起廉价的新奥尔良腊肉。新奥尔良腊肉!主张自由贸易的人说,没有足够的腊肉怎么能维持英国人的英雄气概呢?我们的民族不就完了吗?!朋友,有充足的腊肉固然很好、很必要,不过我以为仅仅追求腊肉恐怕很难得到腊肉。你们是人,不是食肉动物,姑且不论其好坏。你们的"最大幸福原理"在我看来快要变成不幸原理了。我看还是停止谈论什么"幸福",还是让它回到自己的位置,恢复它原来的样子吧!

才子拜伦怒不可遏,切实感到自己并不"幸福",他用激烈的言辞大声宣布,好像这是什么有趣的新闻。显然,这使他感到很震惊。谁也不愿意看到一个男人、诗人竟然沦落到在大庭广众之下宣布这种事情[4]的地步。不过这还不是最可怕的。在这个问题上拜伦的确说了"真话"。他拥有大量听众,这说明人们对此确有同感。

幸福吗,老兄?首先,你幸福不幸福无关紧要!光阴似箭,今天转眼就成了昨天,明天接踵而至,也将变成一个个昨天。那时"幸福"将毫无意义,将换成另一个问题。既然今日将成为昨日,那么至少要给自己留下一点高尚的悲悯之情,以便过去的苦难能变成快乐。还有一点,你也不知道这些苦难是否饱含上天的美好祝福以及不可缺少、滋养身心的美德。这只有经过岁月的磨炼,随着智慧的增长才会发现!记得我们曾经拜访一位仁慈的老医生,这个医生刚刚检查完一个暴饮暴食的病人,病人觉得老医生诊断得太快。当时我们跟医生谈兴正浓,这个愚笨的病人却不断打断我们的谈话,语气愤懑且不耐烦,像是在斥责:"可是我食欲不振啊!我没有胃口,吃不成了!"——"亲爱的先生,"老医生极其温和地说,"这个一点也不重要。"并继续我们的哲学讨论!

[1]"人子"指耶稣。
[2]传说耶稣受难时被戴上荆棘之冠。
[3]"最大幸福"的原则指英国功利主义哲学的基本原则。
[4]应指拜伦与妻子离异事件。

思考题

1.英国功利主义的主要观点是什么?代表人物有哪些?
2.卡莱尔是如何看待幸福与苦难的关系的?

五、拉斯金《芝麻与百合》选

约翰·拉斯金(John Ruskin,1819—1900),19世纪后期英国著名作家、艺术家、文艺评论家。拉斯金生活的时期正值维多利亚时代的鼎盛时期,英国经济飞速发展,称霸世界,盛极一时。但物质的繁荣也带来了种种社会问题及庸俗文化的泛滥。拉斯金希望通过文学艺术来纠正工业化带来的种种弊病。他对流行的功利主义给予猛烈抨击,对社会、环境问题十分关注,是一个具有社会改良意识的思想家。拉斯金的作品以散文为主,许多以演讲形式出现。代表作有《现代画家》《威尼斯之石》及《芝麻与百合》。本文由编者译自《芝麻与百合》原文,译文与注释参考了王青松等翻译的《拉斯金读书随笔》(上海,生活·读书·新知三联书店,1999年)。

那么,一本一时流行的好书——姑且不谈坏书——只不过是把某个不能见面的人说的有用或悦耳的话印出来了而已。这些话可能很有用,会告诉你一些需要知道的东西,往往像与一位通情达理的朋友聊天一样令人开心。轻松愉快的游记、幽默而机智的见解、生动或悲伤的小说、历史人物亲身经历的故事——随着教育的不断普及,所有这些流行之书正在成倍增加,可谓这个时代特有的财富。我们应该由衷地感谢这些书,并且为自己不能充分利用它们而感到无比惭愧。可是,如果让它们取代了真正的书,那可就大错特错了。因为严格来说,它们根本不算书,只不过是一些印刷精美的信件或报纸而已。朋友的来信固然令人愉快,甚至不可缺少,但是否值得保存则须斟酌。早餐时看报无可非议,但不能一整天都在读报。因此,如果有一封内容轻松愉快的长信,讲的是去年在这儿住过的什么小酒店、那儿的道路和天气如何,或者讲个趣闻逸事,记录一些事件的来龙去脉,如果把这封信装订成册,即使有参考价值,从严格的意义上来说它可能算不上书,阅读它也不能算作真正的阅读。从本质上说,书不是闲聊的产物,而是创作的产物;创作的目的不仅仅是为了交流,而是为了名垂千古。闲谈之书印刷成册是因为其作者无法同时跟成千上万人讲话;如果能,他就会去讲——装订成册只不过是传播了他的声音而已。你无法跟远在印度的朋友交谈,如果能,你就会去跟他交谈;你改而写信:信只不过是传递你的声音而已。但书是创作出来的,它不只是声音的放大,不只是为了传递声音,而是要使之永存。作者对真实、有用或者美丽而有益的东西有所发现,想要说出来。就他所知,这些东西还不曾有人说过;就他所知,也没有人能说出来。他必须说出来,说得有条理、悦耳动听,一定要说清楚。不论多少,这是他整个一生的感悟,是他一辈子沐浴阳光、接受大地滋养而得到的真知。他要将这些东西记下来,使之永存,可能的话要刻石以志:"这是我的精华所在。除此之外,我吃、喝、睡、爱、恨,与人无异。命如朝露,我已不复存在。如果我的一生有什么价值,值得被人记忆,就是这些所见所知。"这就是他的文字,是他微不足道的一生的感悟、他的铭刻或经典。这才是书。

也许你要问:没有这样写成的书吧?

那么请问,你相信世界上有真诚、善良吗?难道你认为智者身上没有一点真诚与善良吗?我希望我们当中没有谁堕落到持这样的想法。那么,智者作品中真诚与善良的部分便是他的书、他的艺术。虽然其中难免夹杂低劣的成分——粗糙、啰唆、造作之处——但如果你会读的话,就能轻易地发现使之成为书的精华部分。

各个时代最伟大的人物——伟大的领导者、政治家和思想家——都写过这样的书。所有这些书任你挑选,只是人生苦短。这是老生常谈了——然而你可曾计算、规划过这短暂的一生和它的可能性？你可知道，你读了这个，就不能读那个——今天失去的明天无法弥补？如果能跟王后、国王们交谈，你还愿意跟女仆或马夫闲聊吗？当永恒的宫殿始终向你敞开，里面有从古至今来自四面八方的名人，你还会自以为是、沾沾自喜、怀着虚荣心争先恐后地与那些凡庸之辈挤作一团吗？你可以随时进入书的世界，随意挑选自己的同伴或位置。而且除非因为自己的失误，你永远也不会被抛弃。与这些精神贵族为伴，你内在的高贵品质将受到检验；你在活着的人当中努力向上的动机，其中有多少真诚，取决于你想与哪些古人为伴。

还有一点，"你想得到的"正是最适合你的。因为请注意，这座历史的宫殿不同于所有现有的贵族社会——它只向勤劳与美德敞开，除此之外别无要求。任何财富、名声、手段都不能贿赂、威吓或欺骗那些天堂大门的守卫者。从深层意义上说，卑鄙或粗俗之人根本进不去。巴黎市郊幽静的圣日耳曼的守门人只有一个简单的问题："你认为自己有资格进去吗？请进吧。你想成为高贵者的伙伴吗？使自己高贵就行了。你渴望倾听智者的谈话吗？领悟其中的道理，机会自然会来到。还有别的条件吗？——没有。你只有提升自己。现实中的主人会讲面子，活着的哲学家会给你耐心解释他的思想，但在这里，我们既不恭维，也不解释。如果你想从我们的思想中得到快乐，就必须把自己提升到相应的水平；如果想分享我们的感受，就必须承认我们的存在。"

这就是你要做的，我承认这绝非易事。一句话，假如你想成为这些人当中的一员，就必须热爱他们。任何野心都无济于事。他们蔑视你的野心。你必须热爱他们，并以下面两种方式[1]表现你的爱。

首先，要有向他们求教、进入他们思想的真诚愿望。要进入他们的思想，请虚心观察，而不是借他们之口来表达你的思想。如果书的作者没你聪明，你就不需要读他的书了。如果他比你高明，他的思想将在许多方面与你不同。

我们评论一本书时总是说："这书多好啊——跟我想得一模一样！"然而，正确的感觉应该是："太奇特了！我从未想到这一点，但我看到事实确实如此。或者，我现在还不懂，但我希望将来有一天会懂。"是否要做到如此谦卑不必强求，但至少有一点可以肯定，即读书是去理解作者的意思，而不是去印证你的想法。等你觉得自己有资格时再对他作评判吧！先要把作者的意思搞清楚，而且还应注意，如果作者有真才实学，你不可能马上完全理解他的意思。更准确地说，你必须花很长时间才能领会他的全部意思。不是因为他词不达意，或者表述不够有力,而是因为他不会和盘托出。更奇怪的是,他不会和盘托出,而是以隐晦的方式,用寓言的形式说出他的意思,因为他要肯定你的确想了解他的思想。我不太清楚他这样做的理由,也不敢随便推测智者心中残忍的缄默的原因,为什么他们总是深藏不露。他们不会把思想随便施舍给你,而是把它作为对你的努力的奖赏送给你。在允许你获得它之前,他先要确定你值得拥有它。这跟有形的智慧——黄金是一样的。对你我来说,地球内部的电子力毫无理由不把所有的金子立刻移到山顶,这样国王和人民都能知道所有金子都在那里。这样,他们不用挖、不用担心找不到、不必靠运气、不必浪费时间,可以随意开采,想造多少金币就造多少金币。但大自然没有这样安排。她把金子藏在地下无人所知的狭小缝隙里,你可能挖了很久却一无所获,即使想挖到一点儿都要历尽艰辛。

人类最优秀的智慧也一样。当你拿到一本好书时,你应当问问自己:"我愿意像一个澳大利亚矿工那样去工作吗?我的镐头和铁锨准备好了吗?我准备就绪了吗?袖子挽到胳膊肘,呼吸平稳,情绪高昂,做到了吗?"而且,请允许我不厌其烦地继续使用这个比喻,因为这个比喻很有用。你要寻找的金属就是作者的智慧或思想,他的词语就像矿石,你必须将其碾碎、熔化才能得到金子。你的镐头就是你的渴望、智慧和学识;你的熔炉就是你思索的灵魂。不要指望没有工具和火就能理解一位优秀作者的思想。你往往需要用最锋利、最精细的凿子去钻探,然后经过最耐心的熔炼才能得到一点金子。

[1]两种方式:第二种即"忠实地聆听了那些伟大教师的教导之后,你可以进入他们的思想。但是,你还应该追求更高的目标——进入他们的心",在原文的后半部分,此处未摘录。

思考题

1.为什么一时流行的书不算书?真正的书有什么特点?
2.作者认为读好书的原因是什么?
3.读好书的方法有哪些?
4.请将此文与《文心雕龙·知音》中读什么书、如何读书的观点进行比较,指出相似与不同之处,并分析原因。
5.此文与《文心雕龙·知音》中所使用的比喻有何不同,它们各有何特点?

第二单元
西方人物传记

【导读】

　　西方近现代人物传记可根据被立传人物及写作风格分为几种类型。首先是彰显个人英雄主义的文学性传记,如著名传记作家罗曼·罗兰的《名人传》以及安德烈·莫洛亚、斯蒂芬·茨威格与达纳·李·托马斯的传记作品都属于这一类。此类传记渲染个人才能,突出个人与社会的冲突,往往带有悲剧色彩。其次是学者型传记,相当于中国的史传,所描写的对象一般是有社会影响力的正面人物,如华盛顿·欧文的《华盛顿传》、包斯威尔的《塞缪尔·约翰逊传》、卡耐基的《林肯传》、莫里森的《哥伦布传》等。学者型传记的标准虽然没有中国古代的史传稳定,但人物的选择和内容比文学性传记慎重、严谨。另外,西方自传兴盛,风格和内容也多种多样。有的如《富兰克林自传》《亨利·亚当斯的教育》哲理性强,富有教育意义;有的如卢梭的《忏悔录》则文学色彩更浓。总的来说,西方自传兴盛、文学性传记兴盛,善于铺陈,细致入微,生动感人,但往往过于突出个人主义,总体消极悲观,不太注重道德标准。以下所选传记属自传和学者型传记。

第一节 《富兰克林自传》选

本杰明·富兰克林(Benjamin Franklin, 1706—1790), 美国著名政治家、思想家、科学家、作家、社会活动家、发明家, 曾做过印刷商和出版商, 以多才多艺著称。富兰克林是美国《独立宣言》的起草者之一、制宪会议成员, 曾代表美国出使法国, 代表作有《穷理查年鉴》《富兰克林自传》。

富兰克林出身于新教家庭, 同时深受启蒙运动思想影响。他的政治观点及人生态度都体现了启蒙运动的理想。但他身上也具有调和、折中的品质, 被认为是美国实用主义的早期代表人物之一。本篇由编者根据原文翻译, 汉语译本参考姚善友翻译的《富兰克林自传》(北京, 生活·读书·新知三联书店, 1985年), 注释参考《富兰克林自传及其他作品》(世界图书出版公司, 2015年)。

第一部分（节选）

1771年写于特维福德, 圣·阿萨弗主教家中

一、我的父辈及我在波士顿的少年时期

我想你也许有兴趣了解我父亲是个什么样的人, 性格如何。他体格匀称, 中等身材, 非常健壮; 他生性聪颖, 画得一手好画, 也通些音律, 歌喉清亮悦耳。有时在晚上, 一天的工作结束了, 他会用小提琴拉起《诗篇》中的乐曲, 边拉边唱, 相当美妙动听。父亲还有机械方面的天赋, 有时使用其他匠人的工具也很得心应手。而他最卓越的品质在于审慎地处理棘手的事务, 不管是私务还是公务, 他都有着透彻的理解, 并能作出较好的判断。事实上, 他从未受雇于公共管理行业, 因为家里有一群孩子要教育, 窘迫的生活条件也使他不得不专注于本职工作。但我清楚地记得领导们常来拜访他, 就小镇或他所在教会的事务向他咨询意见, 并对他的判断和建议表示莫大的尊重; 也有人找他商量私事, 出现双方争执不下的情况时, 人们总是找他去评理。父亲经常宴请一些通情达理的朋友或邻居, 在

餐桌上他会特意和大家聊一些有利于孩子们思想成长的新颖、有益的话题。在这样的聊天中，大家集中探讨如何为人处世才能合理、公正、审慎，很少甚至毫不留意餐桌上的饭菜，如菜品是否美观、美味或应季，或者哪道菜口味更佳。因此，在我的成长经历中从未关注食物优劣这样的问题。我在餐桌上不挑食的习惯一直延续至今，以至于当有人问我几个钟头之前吃了什么时，我都答不上来。不挑食的习惯对于出远门的我来说是件好事。而我那些同伴们就不行了，他们对饮食十分讲究，所以出门时常因食物不好吃、不合胃口而抱怨不已。

开始做印刷工

我对读书的爱好终于使父亲下决心让我成为一名印刷工，尽管他已有一个儿子（詹姆斯）从事这个行业。1717年，我哥哥詹姆斯带着印刷机和铅字从英国回到波士顿，创办了他的公司。跟我父亲从事的行业相比，我更喜欢印刷业，但仍然向往航海。为了避免这个爱好（航海）可能产生的令他担心的后果，父亲迫不及待地要把我送到哥哥那里去工作。我抵制了一段时间，最后还是被说服了，年仅十二岁就签了实习合同，答应二十一岁之前一直当学徒，最后一年才能拿到熟练工的工资。很快我就熟悉了印刷业，成了哥哥的得力助手。我有机会读到更好的书了。我认识一些书商的学徒，有时候从他们那里借到本小书，就抓紧时间赶快读完，并保证书本整洁。晚上我常常在自己的房间里读书，一读就是大半夜。因为书是在傍晚借的，为了避免让人发现它不见了，或担心有人需要这本书，第二天一大早就要还回去。有一位睿智的书商马修·亚当斯先生经常光顾我们的印刷厂，过了一段时间，他注意到了我。他藏书丰富，邀请我去他的书房，非常友好地把我想读的书借给我。这时我喜欢上了诗歌，写了一些小诗。我哥哥觉得我写的诗也许能派上用场，就鼓励我，时不时让我写几首叙事诗。其中有一首名叫《灯塔悲剧》，讲述了沃西拉克船长和他的两个女儿溺亡的故事；另一首是水手歌，讲述了海盗迪奇（或黑胡子）被抓获的故事。两首都是格拉布街民谣风格的粗俗之作，印好后哥哥让我拿到镇上去卖。《灯塔悲剧》卖得很好，因为它讲的是不久前发生的事情，当时引起了很大的轰动。这满足了我的虚荣心。但我父亲劝我不要写诗，告诉我写诗的人往往穷得像乞丐。所以我就没当诗人，也许使得世界上少了一个蹩脚的诗人。不过，散文写作在我的一生中至关重要，是我个人发展，进而取得成功的主要手段，所以我想告诉你们在当时的情况下，我是如何获得这方面的那点能力的。

七、费城创业

在开始讲述我步入商界的经历之前,有必要告诉你当时我的人生观和处世原则,这样你就知道这些对我后来的人生经历产生了多么大的影响。小时候父母给我灌输了宗教思想,使我从小就成了虔诚的非国教信徒。但是,快到十五岁时,我对其中的一些观点逐渐产生了疑问。我发现,我所读的各种书中对这些问题存有争议,因此我逐渐对神的启示产生了怀疑。我碰到了一些批判自然神论[1]方面的书,据说这些都是波义尔[2]布道讲演的内容。但是这些书对我产生了反作用。本来作者是想否定自然神论的观点,但我却感到后者(自然神论)的观点更具说服力。简单点说,我很快成了一个彻头彻尾的自然神论者。我还用我的观点误导他人,尤其是科林斯与拉尔夫。不过这两个人后来都厚颜无耻地把我害惨了,再加上另一位自由主义者科斯对我的不公,还有我自己对待沃能和里德小姐的恶行给我带来的不安,这些使我开始思考,自然神论也许对,但用处不大。我在伦敦发表的小册子里曾经引用了德莱顿[3]的诗:

存在的都是正确的

半瞎的人只能看见

离他最近的锁链

他的眼睛看不到

高高在上的公平之光

在那本小册子里,我从上帝的属性与他无穷的智慧、善良、力量中得出结论:世界上没有错误的东西,善恶都是毫无意义的空洞之词,根本就不存在。现在看来,这个小册子并非我当时所认为的那样,是什么聪明之举。我怀疑是不是某种错误的思想悄悄混入我的观点,污染了我后面的推论,这在哲学思维里面是经常发生的。我开始相信,若想在人与人的交往中获得幸福,真理、诚意、正直至关重要。我写了一封决心书,要自己终生遵守。这个决心书至今还保存在我的日记本中。《启示录》本身对我来说并不重要,但我有这样一个观点:虽然某些行为不是因为被神禁止才是恶的,或者不是因为被神称赞才是善的,但是,在其他条件相等的情况下,恶行被禁止可能是因为其本身对我们有害,善行之所以被称赞可能是因为其本身对我们有益。也许是神力或者某位善良天使的保佑,也许是种种机遇的巧合,使我好运不断,也许是所有这些因素的结合,这种观点使我度过了这段危险的青春期。虽然身处陌生人当中,处境险恶,又没有父亲的监督和指导,我却没有贸然做出毫无信仰的人容易犯的伤天害理的恶行。我之所以用"贸然"这个词是因为我前面提到的例子对毫无经验、被恶友围绕的年轻人来说必犯无疑。所以我步入社会时人品还算说得过去,对此我视若珍宝,谨慎保护。

……

第二部分(节选)

1784年开始写于巴黎附近的帕西

九、修身养性计划

大约就在这时,我设想出一个大胆而艰巨的计划,要让自己在道德上成为一个完人。我希望在生活中做到尽善尽美;我要克服自身性格、社会习俗以及友伴的种种不良影响。我自以为能明辨是非,不认为自己会有任何闪失、好坏不分。但我很快发现这比我想象得难得多。当我小心防范某种错误时,经常无意间又犯了另一种错误;稍不注意,旧的坏习惯就占了上风;习惯有时过于顽固,理智无能为力。最后,我得出结论,仅仅理论上坚信完美的品德能给我们带来好处并不足以阻止犯错;坏习惯必须打破,好习惯要学习并建立起来,然后才有可能拥有一种稳定、一致、正直的行为。为此,我想出了以下方法。

我曾在书中读到各种各样的美德目录,因为不同作者对同一个美德包含哪些内容意见不一,所以这些目录长短不一。例如,有人认为节制只适用于饮食,有人则把它扩展到克制所有的享受、欲望、爱好或激情,既有肉体的,也有精神的,甚至包括贪婪和野心。为了清楚起见,我决定多使用几个名称,每个名称包含的内容少一点,这要比使用少量名称,而每个名称包含的内容太多好;我把当时认为必要或可取的美德列成十三种,每一种都附有简短的说明,明确所指的范围。

这些美德的名称和内涵是:

1. 节制。食无过饱,酒勿过酣。
2. 寡言。不说对自己或别人无益的话;避免琐碎的闲聊。
3. 条理。所有的物品各归其处;做每件事都有时间安排。

4. 决心。应当做的事坚决做,做事不折不扣,有始有终。

5. 节俭。花销一定要能给别人或自己带来益处,也就是说不浪费。

6. 勤勉。不浪费时间。永远做有用的事,避免不必要的行为。

7. 真诚。不做害人欺人之事;思想单纯公正,说话也一样。

8. 公正。不伤害、亏待他人,能有益他人的分内事不要忘记做。

9. 适度。不走极端;勿因受伤害而起怨恨心,要克制。

10. 洁净。身体、衣物、住处要尽可能洁净。

11. 平静。不为琐事所扰,不让经常发生或难以避免之事搅乱心神。

12. 节欲。除非为了健康或生育后代,勿行房事,勿因房事过度伤害身体、损害自己或他人的安宁或名誉。

13. 谦逊。以耶稣和苏格拉底为榜样。

为了把所有这些美德变成习惯,我认为最好不要试图同时获得所有美德,那样会分散注意力。应该花一段时间专注于其中的一项;掌握了一项后再继续另一项,如此类推,直到十三项全部通过。由于排在前面的美德可能有助于后面的其他美德的培养,所以我把它们按上面的顺序排列出来。第一项是节制。它有益于保持头脑的冷静和清醒,在需要保持警惕时非常必要,因为旧习惯会牢牢地吸引我们,并用各种方法引诱我们犯错,我们必须提防。做到了节制,寡言就容易多了。我想在养成美德的同时也能获取知识,考虑到在与人交谈中获得知识主要靠听取别人的观点而非只说出自己的观点,我想打破我喜欢絮絮叨叨、爱说俏皮话、爱开玩笑的习惯,因为这样做的结果是只有轻浮的人愿意与我为伍。所以我把寡言放在第二位。我希望寡言以及下一项美德条理的养成能让我有更多时间专注于我的修身计划和学习。决心一旦成为习惯,它将使我更坚定地努力获得其余的美德。节俭和勤勉能使我摆脱拖欠的债务,实现富裕和经济独立,还能使真诚和公正等美德的实践更加容易。按照毕达哥拉斯在《金诗句》中提出的建议,我认为日日检查是必要的,于是我想出了下面的办法。

我做了一个小本子,记录美德的养成过程。我把每页纸用红墨水分成列,一列代表一周中的一天,用代表这一天的字母标出来。我还用红线将这些列分成行,每行的开头标上每一种美德的首字母。如果当天发现在这一美德上犯了错误,就在对应的空格里标上一个小黑点。

节制:食勿过饱,酒勿过酣

	周日	周一	周二	周三	周四	周五	周六
节 制							
寡 言	•	•		•		•	
条 理	•	•	•		•	•	•
决 心			•				
节 俭					•		
勤 勉		•					
真 诚							
公 正							
适 度							
洁 净							
平 静							
节 欲							
谦 逊							

  我决定一周专注于一种美德,然后持续不断。这样在第一周,我要严防节制方面的任何细微过失,其他的美德顺其自然,每天傍晚把这一天的毛病记录下来。因此,如果第一周我能让"节制"这一行干干净净,没有黑点,我就认为我在节制方面的习惯增强了,不节制行为得到了控制,那么我就敢于在下一周开始关注第二项美德,并争取在接下来的一周前两行都能干干净净,不出现黑点。这样一直进行到最后一项,我可以在十三个星期内完成一轮自我检查,那么一年时间内我可以做四轮自我检查。需要给花园除草的园丁不会试图一次性除掉所有的野草,因为他的能力和体力都不允许他这样做。他会先处理好一个花坛,然后再处理下一个。修身跟给花园除草是一个道理。我希望通过不断清除表格上的黑点,几轮之后就能够像园丁一样,看到自己在培养美德方面取得的进步而深受鼓舞。每完成一轮十三周的自我矫正之后,我看到干干净净的记录本,甚感欣慰。

  在记录本的箴言页,我写下了艾迪生[4]《卡托》中的几行诗:

    我要坚守在这里。如果我们的头顶之上有一种超然的力量

  (他确实存在,整个大自然都在用他创造的万物呼喊)

    他一定是赞赏美德的;

他所赞赏的一定幸福。

另一首诗来自西塞罗:

啊!哲学!生命的指南!

啊!美德的探索者,罪恶的驱逐者呀!

照您的指示活一天,胜过虽长生不老却作恶多端。

——《塔斯库兰询问录》第五卷

还有一首来自《所罗门箴言》,是谈论智慧和美德的:

她右手握着岁月,左手拿着财富和荣誉。她的道是快乐,她的路是和平。(第三章,16~17节)

我认为上帝是智慧的源泉,所以向他寻求帮助是对的,也是必要的。为此,我把下面这个小小的祈祷文贴在自我检查表的前面,每天念诵。

啊!全能至善的上帝!慈悲的天父!仁慈的指路人!

增添我的智慧,使我能够看清我真正的利益所在。增强我的意志力,使我能够跟随智慧的指引。请接受我为您的其他子民的祈祷,作为我力所能及的、对您不断福佑的唯一报答。

我有时候还会选用汤姆森[5]诗歌中的一小段作为祈祷文:

光明与生命之父,至高之神!

啊!教我认识美,认识您!

使我摆脱错误、虚荣和恶习,

脱离一切低俗的追求;

用知识、内心的平静、纯洁的德行,

用圣洁、真实、永不衰退的极乐将我的灵魂填满!

条理要求我做每件事都有安排,所以我的小本子里有一个二十四小时作息表。

早晨 早晨的问题:我今天要做什么?	5点至7点:起床、盥洗、念祈祷文、计划好一天要做的事情、实施计划、开始当天的学习、吃早饭 8点至11点:工作
中午	12点至13点:阅读,或检查账目,吃午饭
下午	14点至17点:工作
傍晚 傍晚的问题:我今天收获了什么?	18点至21点:所有物品各归其位;晚餐、听音乐或休闲,或聊天;回顾一天的表现
夜晚	22点至4点:睡觉

开始实施这个计划时我坚持不懈,只有偶尔间断。我吃惊地发现,自己的缺点比想象中多得多,但我看到它们逐渐减少,感到很满意。在新一轮自我检查开始前,我要擦掉记录本中上一轮的标记。这样擦来擦去,本子上全是破洞。为了省去频繁更换记录本的麻烦,我转而用备忘录本来记录。我在备忘录本的高级乳白色纸页上用红墨水画线,这些线就擦不掉了;然后在表格里用黑色铅笔记下所犯的错误,这些很容易被抹掉。过了一段时间,我一年内只完成了一轮检查,再往后好几年才完成了一轮,直到最后因为出国旅行、做生意干扰太多,完全停止了。但我总是随身携带着我的小记录本。

条理这一美德让我很是困扰。我发现,条理对于工作性质允许其自由安排时间的人,比如一个熟练的印刷工来说是容易做到的。但对一个老板来说就行不通了。因为老板要和周围的世界打交道,要接待客户并根据客户的时间来做安排。我还发现要做到将物品、文件放得井井有条是很难的。我以前没有养成这个习惯,因为我的记性好得出奇,所以没觉得乱放东西会给我带来什么不方便。因此,我在这一条美德上花了很多精力。在条理方面犯的错误多得让我心烦,而修正的效果又非常差。我经常故态复萌,几乎要放弃努力。我跟自己说,在这方面留个缺憾算了,顺其自然吧,这样就挺好。我就像那个从隔壁铁匠那里买了一把斧子,想把斧子的整个表面都磨得像刀刃一样光亮的人。铁匠答应了他的要求,条件是他得去转动磨斧子的磨。当这个人转动磨轮时,铁匠把宽宽的斧头重重地压在石头上,这样他需要使很大劲才转得动,劳累不堪。那人不时停下来看看进展如何,最后决定把斧子按原样拿回去,不磨了。"不,"铁匠说,"接着转,接着转;我们很快就把它磨亮了,现在还只有星星点点的亮光。""是的,"那人说,"但我想我还是更喜欢只有星星点点亮光的斧头。"我相信这是很多人的情况。他们没有我的方法,所以发现要练习弃恶扬善,养成好习惯、改掉坏习惯太难了,所以最后放弃努力,告诉自己有星星点点亮光的斧子就很好了。因为有一种看似理性的东西时不时在暗示我,对自己的极端苛求也许是一种道德上的愚蠢之举,别人知道了可能也会觉得我很可笑;一个拥有完美品格的人难免会给自己招来妒忌和憎恨,所以一个仁慈的人应该允许自己有一些缺点,给朋友们留点面子。

说实在的,我发现自己在条理方面已经无可救药了。现在我老了,记性也不行了,我清楚地意识到很需要它了。但是,总的来说,虽然我从未达到我所渴望的完美,甚至远远达不到,然而通过努力,我有所改进,更为幸福。如果从未尝试过的话就不会是现在的样子。就像有些人想通过临摹字帖来练书法,尽管他们的书法永远无法达到如字帖般美妙,但他们通过不断练习,书法有所长进,字写得更清楚、更容易识别了,这就很不错了。我的子孙们应该知道,上帝保佑他们的祖先用这个小方法幸福地活到七十九岁,还写了这部自传。这之后如果有何不测,那是天意。即使厄运真的来了,回想过去享有的幸福也能帮助他安然接受。他将自己长期保持的健康和现在仍然保有的良好体质归功于节制;将自己早年事业的顺利、财运归功于勤勉和节俭,是这两种美德使他具备了成为一个有用的公民的所有知识,并在博学之士中获得了一定的声誉;他将国家对他的信任、给予他的荣誉和使命归功于真诚和正义;将自己与人交谈时表现出来的和气和愉悦归功于所有这些美德的共同影响。即使他自我改正的结果并不完美,却仍然能让他人,甚至年轻的朋友愿意跟他在一起,并感到愉快。因此,我希望我的子孙后代可以效仿我,并从中受益。

需要指出的是,虽然我的修身计划并非完全没有宗教信仰,但里面却没有任何特殊教派教义的痕迹。我是故意避开它们的,因为我完全相信我的方法的效用和优点,相信它对持任何宗教信仰的人都有用,并打算在某个时候将它公之于世。我不希望因宗教原因让任何人、任何教派对它产生偏见,反对它。我本打算对每一种美德都写一点评论,说明拥有这种美德的好处以及与其相对应的缺点的坏处。我本想把这本书命名为《美德的艺术》,因为它会讲述获得美德的途径和方法,与单纯劝善的说教不同。单纯的说教不能指导你,也不会告诉你从善的方法。就像在使徒年代做嘴上慈善功夫的人,他们告诉没衣服穿的人要穿衣服,告诉饥饿的人要吃东西,却不告诉他们哪里能找到衣服,哪里能找到食物(《新约·雅各书》第二章,15~16节)。

我写作并出版这本书的愿望至今未能实现。我确实还不时地简单记录了一些感想和论证,以供写书时使用,有些至今还保留着。但我早年在私人事务以及后来在公共事务上的投入使我推迟了此项计划;因为在我心目中这是一项宏伟的工程,需要全力以赴才能完成。但我总有许多临时出现的事情要办,所以一直无暇专门完成此事,以致到目前为止尚未完成。

在这本书中,我本打算解释并强调这一信条:单纯从人性的角度来看,恶行并不是因为被禁止才有害,而是因为有害才被禁止;因此,一个人如果想得到现世的幸福,就要努力行善;基于这种情况(世界上总是有许多富商、贵族、国家和君主需要诚实的人帮他们管理事务,而这样的人又很少见),我应该努力说服年轻人,除了正直和诚信,没有哪种品质可以让一个穷人变得富有。

我的美德清单起初只包括十二项。但是一位教友会的朋友好心告诉我,别人都认为我很傲慢,这种傲慢常常表现在谈话中;他还说我并不满足于仅仅证明自己是正确的,还要完全压倒别人,非常无礼。他列举了几个例子给我看。我下定决心,除了实现其他那些美德外,要努力改掉这个愚蠢的恶习。于是我在自己的清单上加了谦逊这一条,并作了详细说明。我不敢夸口已经成功地具备了这条美德,但至少表面上做到了谦逊。我给自己定了一条规矩,尽一切可能避免直接反驳别人的意见或者直接肯定自己的意见。我甚至采用过去我们读书会[6]的规则,禁止自己使用"必定""毫无疑问"等语气绝对的词语。相反,我会使用"我想""我认为""我猜想",或者"目前我觉得"之类的词语。当我确定别人的话有误时,我不再乐于贸然反驳并立即指明他的观点的荒谬之处。在回答他的时候,我会先说,在某些情况下他可能是对的,但在目前的情况下我觉得可能有些问题,等等。我很快发现,我态度上的这种转变对我很有利;此后,我跟别人的交谈变得更愉快了。我谦虚地提出我的意见时,他们更容易接受,不怎么反驳;如果别人发现我的观点是错误的,我也不会像以前一样无地自容;如果我碰巧是对的,则更容易说服别人放弃他们的错误,认同我的观点。开始练习谦逊时,我是强迫自己采用这种方式交谈,后来渐渐习惯成自然,以至五十年来没有人听到从我口中冒出武断之辞。早年我提出的建立新机构或改造旧机构的建议在同胞中颇有分量,我当选议员后在议会中也有很大的影响力,这些都要归功于谦逊这一美德(当然最重要的还是正直)。我是个不善言辞的人,从来不善于雄辩,讲话吞吞吐吐,语病很多,然而因为态度谦逊,大家基本上都会赞同我的观点。

实际上,也许没有哪一种与生俱来的情感像骄傲那样难以制服。虽然你掩饰它、与它斗、打压它、想方设法阻止它,它仍然不会消失,并且会不时冒出头来。在这本自传中你可能经常看到它。因为即使我以为自己已经完全克服了骄傲,我可能还会为我的谦逊而感到骄傲。

注释

[1] 自然神论:一种哲学观点,认为神创造了世界和自然规律,但不参与后来世界的运行,不相信宗教奇迹或神明的启示。自然神论在17～18世纪流行,具有反对传统神学的特点。

[2] 波义尔:罗伯特·波义尔(Robert Boyle,1627—1691),英国物理学家、

化学家,曾任东印度公司总裁,也是福音传教会会长,"波义尔布道讲演"为神学辩护,影响很大。

[3]德莱顿:约翰·德莱顿(John Dryden,1631—1700),英国诗人、剧作家,引文出自他的剧作《俄狄浦斯》,但并不准确。

[4]艾迪生:约瑟夫·艾迪生(Joseph Addison,1672—1719),英国散文家、诗人。

[5]汤姆森:詹姆斯·汤姆森(James Thomson,1700—1748),英国诗人,诗歌《四季》为其代表作。

[6]读书会:原文Junto,指富兰克林早期在费城建立的读书会。

思考题

1. 富兰克林的父亲对他有哪些影响?
2. 富兰克林为什么相信"自然神论"? 后来为什么又放弃了?
3. 富兰克林是怎么磨炼自己的性格与品德的?
4. 富兰克林对待宗教的态度是怎样的?

第二节　包斯威尔《塞缪尔·约翰逊传》选

塞缪尔·约翰逊（Samuel Johnson，1709—1784），英国作家、文学评论家、诗人。1728 年进入牛津大学学习，因家贫中途辍学。后前往伦敦以写作为生，自编周刊《漫步者》，历时九年完成《约翰逊词典》（下文中称《英语词典》）的编撰工作。文学作品有长诗《伦敦》《人类欲望的虚幻》《阿比西尼亚王子》《诗人传》等。《塞缪尔·约翰逊传》为西方现代传记之代表作。约翰逊是 18 世纪英国文化界的一座高峰。虽然他没有留下什么不朽的文学或哲学巨著，但他的影响力远远超过同时代的其他文学家、哲学家和科学家。约翰逊的魅力主要来自他不媚权贵、不追逐名利的品格，他的博学、机智，以及融会贯通的能力。在功利主义、经验主义与各种专业知识流行的时代，高尚的品格显得尤其可贵。当然，包斯威尔撰写的传记也是约翰逊影响力巨大的一个重要辅助因素。詹姆士·包斯威尔（James Boswell，1740—1795）与约翰逊往来密切，对约翰逊钦佩不已，这也是该书成功的一个重要原因。

1737—1738 年

约翰逊当时想在伦敦碰碰运气，因为伦敦是施展才华、大展宏图之地，各种各样的才能都能在这里充分显露，进而得到最大的回报。值得一提的是，他的学生大卫·加里克碰巧也是那时到伦敦的。加里克打算先读书，然后当律师。但由于他特别喜爱演出，很快就转行了。

在约翰逊步入伦敦文坛之前，他已经开始注意和仰慕《绅士杂志》。该杂志由爱德华·凯夫[1]先生以西尔韦纳斯·厄本的化名创办并经营。约翰逊告诉我说，当他第一次看见圣约翰城门时，内心充满了"敬畏之情"，因为这本名副其实的大众化杂志最初就是在这里印刷的。

┄┄┄┄┄

但让他初露锋芒并"令世人刮目相看"的是《伦敦——模仿维纳第三首讽刺诗》。这首诗于 1738 年 5 月一经发表，立刻光芒四射，使他名声大震。

┄┄┄┄┄

蒲柏[2]当时在诗界独占鳌头,无人能及。可以想象,这样一位新秀的出现一定使他颇为震惊。值得称赞的是,他表现得坦率而大度。他让画家理查逊的儿子帮他打听这位新秀是何人。理查逊先生经多方探询,告诉蒲柏,此人叫约翰逊,是个无名之辈。蒲柏回答说:"他很快就会名震四方。"后面从蒲柏写的一封短简中我们看到,蒲柏后来还亲自多方打听,知晓了更多有关约翰逊的情况。

虽然约翰逊就这样一举成名,意识到自己非凡庸之辈,但他并没有那种雄心勃勃的自信。更确切地说,他没有那种躁动的野心,这种野心也许能使他不断努力,飞黄腾达。但约翰逊生性耿直,不肯趋炎附势,而没有这套本领想出人头地几乎不可能。他无法接二连三地写出《伦敦》那样的作品,所以深感笔墨谋生之艰难。他想谋个专业教师[3]的职位,薪水不高但比较稳定。他收到了担任某校专业教师的邀请,但条件是要有艺术硕士头衔。经朋友引荐,他向亚当斯博士询问牛津大学授予他名誉学位的可能性。虽然约翰逊在文学界已崭露头角,但在当时的情况下,这个要求还是过高了。

虽然蒲柏对约翰逊的了解仅限于《伦敦》一诗,他还是将约翰逊推荐给高尔伯爵,后者试图请都柏林大学赠给约翰逊学位(结果未成)。……此事对约翰逊一定打击不小。不过不论从个人还是国家的角度看,此事值得庆幸。因为假如他如愿以偿,很可能就会默默无闻地忙碌一生,无暇创作出那些无与伦比的作品了。

1755 年

约翰逊曾经满怀崇敬地把《英语词典》的编撰计划呈现给切斯特菲尔德伯爵。但伯爵的表现激起了他的蔑视和愤怒。多年来人们对此津津乐道,擅自添加了许多情节。据说,有一天约翰逊去拜访伯爵,因为伯爵正在会客,所以他在外厅等了很久。后来门终于开了,走出来的是科利·锡伯。当约翰逊发现使自己在外面久等的竟是此人时,便愤然而去,再也没回来。我记得曾向乔治·洛德·利特尔顿讲过这个故事。他告诉我说,他跟伯爵很熟,他承认这个故事人人皆知,确有其事,但他为伯爵辩护说:"锡伯经常来,是由后门进去的,他待了大概不到十分钟。"这个故事流传已久、广为人知,其中部分情节已被知情人证实,对此表示怀疑可能会显得不通情理。然而约翰逊亲自告诉我,这个说法毫无依据。他说他与切斯特菲尔德伯爵的反目并非因为某一件事。他与伯爵绝交的原因是后者长期怠慢他。在《英语词典》行将出版之际,据说切斯特菲尔德伯爵以为约翰逊会把这本书献给他，曾彬彬有礼地试图安慰、讨好这位哲人，因为他意识到自己过去对约翰逊过于冷漠。伯爵还在《世界报》上专门发表了两篇文章推荐该词典，希望能与作者和解。必须承认，那两篇文章字斟句酌、委婉得体，不乏恭维之词。若非先前的冷遇，约翰逊也许会欣然接受。一般来说，他喜欢听人恭维，尤其当恭维者身份高贵、情趣高雅时。

…………

然而这种高雅的表白没有起作用。因为约翰逊认为一切都是"虚情假意"，他对那些甜言蜜语不屑一顾，甚至为切斯特菲尔德伯爵竟然以为他会屈从于这种伎俩而感到愤怒。关于切斯特菲尔德伯爵他当时是这样对我说的："老弟，我曾经一片真心，他却多年不予理会。而当我的词典行将出版时，他却在《世界报》上为之评论。我给他写了一封信，措辞礼貌，告诉他我并不在乎他说什么、写什么。我跟他已经结束了。"

这就是那封被传得沸沸扬扬的信。很久以来人们对之充满好奇，却苦于无缘拜读。多年来我一直请求约翰逊给我一份此信的副本，希望这样一篇精彩的文章不会淹没于世。他迟迟不肯给我，直到1781年，当我们在贝德福郡索希尔的迪利先生家做客时，他很高兴地凭记忆向我复述了那封信。后来他在他的文件中找到了那封信的副本，是他向贝里兹先生口授的，信的标题和修改之处都是约翰逊的笔迹。他把这封信交给了兰顿先生，并叮嘱他假如要发表的话，希望以此为准。经兰顿先生允许，我得以将这封世人如此急于披览的信完整地放入此书，使之增色。

致切斯特菲尔德伯爵阁下的信，1755年2月7日

伯爵大人：

蒙《世界报》发行人告知，该报所载两篇评介拙著《英语词典》的文章均为阁下所撰。承蒙推举，不胜荣幸。我向来不习惯得到贵人的青睐，真不知如何领受或答谢您的这般厚意。

还记得当年经人推荐，我首次拜访贵府，与世人一样为您高贵的身份所震慑，多么希望自己能赢得世间胜利者的青睐——获得世人梦寐以求的殊荣。但此番经历却令我失望，不论是自尊还是自卑都无法令我继续下去。我曾当众向您致意，为了取悦阁下极尽一个清贫书生逢迎之能事。我已竭尽全力，虽然身价卑微，但也不愿被全然忽视。

阁下，从当初我在尊府外厅徒然等候接见，吃了闭门羹到现在已经七个年头

了。这期间我埋头词典编纂,历尽无数艰难,这没有什么可以抱怨的。现在词典总算完稿,即将问世。过去我从未得到帮助,也未听到一句鼓励的话,甚至连一丝表示赞许的微笑也没看到。这些非我所奢望,因为我从未受到恩主的眷顾。

维吉尔作品中的牧羊人终于认识了爱神,没想到她是铁石心肠。

阁下,对拼命挣扎的溺水者漠然置之,不肯伸出援助之手,而当溺水者已经上岸时却急忙向他伸出救援之手,这样的人堪称恩主吗?承蒙阁下称赞我的辛勤努力,这般好意如果早一点到来的话该多好。可惜此番美意为时已晚,我早已心灰意冷,无法享受;我早已孑然一身,无人分享;我已薄有声名,无此需要。既然没有受惠于人,则无须表达感激之情;本来天意委任我自己完成的东西,则不应让公众以为曾受助于某位恩主,我想这不能算是尖酸刻薄吧。

既然词典编纂工作从未得到任何学术赞助人的恩惠,所以在这一工作即将告竣之际,理应顺其自然,实事求是,而不应为此而感到遗憾。因为我早已从梦想与期待中觉醒,不再像昔日那样自视清高。

您最谦卑恭顺的仆人
塞缪尔·约翰逊谨拜
1755年2月7日

1763 年

翌日上午,我看见他独自一人,以下是我们谈话的一些片段。谈到一位绅士时,他说:"我很久没有遇到使我如此周身不愉快的人了。他毫无原则,而且还要以此误导他人。"我说此人的原则被一位著名的不信教的作家毒害了,他本人倒是个心地善良的好人。约翰逊说:"我们可不能相信那种本能的、生来就有的、不是建立在原则之上的善良。我承认,这样的人可以成为和睦的社会成员,可以想象他在一定的场合不会犯错。因为人人都追求美德,只要没有非常强烈的违反道德的刺激,我能想象他行为端正。不过如果这样一个人手头拮据的话,我不会信任他;我当然更不会把年轻姑娘托付给他,因为在那儿往往有诱惑。休谟等怀疑论革新派都是些虚荣心很强的人,他们不惜一切满足自己。真理不能给他们的虚荣心提供充足的粮食,所以他们选择了谬误。老弟,这些人从真理这头母牛身上挤不出牛奶,因此他们就跑到公牛身上去挤。假如我不惜牺牲真理来满足我的虚荣心,我早就名扬四海了。休谟反对基督教的所有观点,早在他写书之前我就思考过。永远记住:当一个系统已经建立在正当的理由之上时,不应以几个片面的批评而动摇它。人的思想十分有限,它不能考虑一个问题的方方面面,所以任何事情都有可能遭到反对。有反对'有'的,也有反对'无'的,然而它们之中只能有一方是正确的。"

....

与充满生机的伦敦相比,乌得勒支[4]给我的第一印象是单调无味,我的精神也受之影响。我给约翰逊写了一封满腹牢骚、意志消沉的信。他没有理睬我。后来,当我的精神振作起来时,我又给他写了第二封信,说很想听到他的答复。后来我收到了下面这封信,此信对我来说意义重大,我想对许多人也是如此。

致乌得勒支的包斯威尔先生:

亲爱的先生,不要因为没有收到我的回信,就以为你已被遗忘,或者被无情地忽略。我喜欢见到我的朋友,得到他们的消息,与他们交谈,或谈到他们。不过,我总要狠下一番决心才能使自己提笔写信。但是,我不会忽视重要的责任,不会敷衍了事,而一味沉浸在懒惰之中。

告诉你我身体是否健康,是否曾到乡下去,是否曾在我们过去相聚的房间为你的健康干杯,还有,你的老相识是不是还像往常那样满怀好意地提到你,一般人的信中满篇都是此类话题。这样为了写信而写信,我不认为有什么价值。但是,如果我的话能消除他人的不安与烦恼,能激发高尚的愿望,能纠正重要的观点,强化宏伟的决心,请不要怀疑,我至少更愿意帮助一位哪怕不如你这样可敬的朋友。我以此为乐,而不会无所事事,死守寂寞。不过很难说我能否轻易做到准确无误地按时回信。就目前来说,我想你可以将这封信作为对你的前两封信的答复。第一封信所表达的精神状态着实消沉,简直无法答复,也不值得答复。我更高兴看到第二封信,而且如果你能讲讲自己学习方面的进展,说明你如何持之以恒,不断地、冷静地钻研有用的学问,我将更高兴。

也许你想请我推荐应该学些什么。我不想谈神学,因为你是否应努力了解神的意志,这不是个问题。

所以,我只谈我们可以自由选择的科目。在这些科目中,我认为听从令尊的告诫,学习民法,并按你自己的意愿学习古代语言是再好不过的选择了。只要有安定的住所,每天至少要花若干小时读书学习。你抱怨说自己注意力不集中,这只不过是心神不定、目标不一、朝三暮四而已。如果集中精力,专心致志于某一具体目标,胡思乱想就会散去,你的行为不会受到影响,一般来说你的记忆中也不会留下什么痕迹。

每个人的心中可能都藏着出人头地的想法。他先是希望如此,然后真的自命不凡。这种虚荣心使一些人麻木不仁,使另一些人蠢蠢欲动,狂妄自大,难以自持,愈演愈烈。开始只不过是自以为是,炫耀一下,后来则不能自制。每一种欲望都是深藏于内心的毒蛇。它在因严寒被冻僵的时候并不可怕,而一旦有了温暖,有了活力,就会伤害人。一名绅士刚刚踏入这个花花绿绿的世界,准备尽情享受一番,他认为冷漠无情和心不在焉是青年的最佳状态,也是风度和机智的最好表现。他目空一切,激情满怀,认为勤奋的举止有失天才的称号,窃以为自己在无所事事、灯红酒绿中仍能技压群雄,不像那些凡夫俗子,需要孜孜不倦、默默苦干才能有所成就。他尝试着这样生活了一段时间,理智和道德终于使他对这种生活感到厌倦。他想重新做人,却发现长期养成的好逸恶劳的习惯比他预料得更难克服。他仍然坚信自己与众不同,终于使不确定的后果成为不可改变的命运,最后得出结论:造化最初就没有赋予自己使用理性的能力。

把所有这些虚无缥缈的、有害的胡思乱想从你的脑海中永远摒弃掉吧。下定决心,坚定不移。先选好目标,然后朝之奋斗。只要今天学习一天,你就会发现自己明天更会学习。这并不是说你应该期待一蹴而就、一劳永逸。恶习不易克服,意志有时会松懈,勤奋有时会被打断。但是,不要让突如其来的事件或干扰——不论长短——使你堕入消沉。将这些缺点作为人类共有的东西。在哪里跌倒,就从哪里爬起,努力避免那些曾经击败你的诱惑。

亲爱的包斯威尔,这样的忠告你经常听到,然而没有起作用。但是,如果你不愿听取这样的忠告是因为它出自他人之口,那就必须让它经过你自己的深思熟虑,假如你想完成上天给你安排的使命和责任的话。

尽快给我回一封长信。我希望你能继续写日记,多记些你对所在地区的观察。如果能给我搞到一些弗利西克语的书籍,并打听一下七省地区穷人的生活状况,我将不胜感激!

我是你最诚挚的仆人
约翰逊
伦敦,1763年12月8日

1766年

我们下一次在米特尔酒馆会晤是在2月15日,星期六。我把最亲密的老朋友,剑桥大学的牧师坦普尔先生介绍给他。我说我曾与卢梭在他的山林隐居地

共度时光,并提到在意大利遇到威尔克斯[5],相处甚欢,谈到他说的一些话。约翰逊用挖苦的口气说:"先生,卢梭和威尔克斯,这就是你在国外结交的好友啊!"我想只要为他们之中的一个辩护就够了,所以没有提及性格活泼的威尔克斯。我笑着对他说:"亲爱的先生,总不能说结交卢梭不好吧。难道您真的认为他是个坏人吗?"约翰逊:"先生,如果你只是随便说说,我不想跟你多费口舌。如果你当真,那么我认为他是世界上最坏的人之一,一个应该被社会驱逐,而且确实已经被社会驱逐的坏蛋。三四个国家已经把他驱逐出境了,而在英国他竟然受到庇护,真是可耻。"我说:"先生,我不否认他的小说也许有危害,但我认为他的意图并不坏。"约翰逊又说:"老弟,那种说法是不对的。我们不能证明任何人的意图是坏的。你可以开枪射穿一个人的脑袋,却说你不想打中他,可是法官将下令把你绞死。干了坏事却说不是有意为之,这在法庭上是站不住脚的。老弟,卢梭是一个很坏的人。将卢梭流放国外,比近年伦敦中央刑事法庭判处重罪犯人流放国外更合适。是的,我很想罚他在种植园劳动。"我说:"先生,难道您认为他跟伏尔泰一样坏吗?"约翰逊说:"哦,老弟,很难确定他们之间哪个更坏。"

约翰逊喜欢谈论"服从"这个话题,他说:"人人生来平等这句话跟事实相距甚远。两个人在一起,只要半小时,没有分不出胜负的。"

我提到一条哲理名言聊以自慰,意思是每当我们身处不幸或痛苦之中时,应该想想那些处境比我们更差的人。我说,这并不适合所有人,因为肯定有些人找不到比他们更差的人。约翰逊说:"唔,一点儿不假,老弟,有这种人。不过他们自己并不知道。一个人如果认为世界上没有人比自己更可怜、更卑下,这个人就是最可怜、最卑下的。"

1776 年

我给他讲述了前一天我跟库克船长[6]在约翰·普利格尔爵士家吃晚饭时的对话。他对著名的环球航海家库克船长一丝不苟的精神甚为赞赏。库克船长纠正了我从霍克斯沃思博士写的《库克环球航行记》中知晓的许多夸张不实之处。我告诉约翰逊,跟库克船长在一起激发了我的好奇心与探险欲,我很想在他下一次航行时跟他一起出航。约翰逊说:"先生,如果你考虑一下其实从这种旅行中学不到什么,你就不想去了。"我说:"可是人们很容易被环球航行这个伟大而模糊的字眼打动。"约翰逊:"是的,应该防止这种泛泛而论的习惯。"我说我敢肯定旅行家写的有关南海的报道大部分都是臆想的,因为这些探险家并没有掌握足够的当地语言,对他们所讲的内容并不了解。感官所及的东西固然可以了解,但思想方面的内容,比如政治、道德、宗教就只能乱猜了。约翰逊博士表示同意。另有一次,当一个朋友讲到他从一些环球航海家那里听到的奇闻逸事时,约翰逊俏皮地说:"我这才知道这些人对我很敬重,他们从不告诉我这些东西。"

…………

他说为了提高自己的总体修养,一个人应该阅读当下最感兴趣的东西。当然,如果一个人要掌握某一学科,他必须持之以恒、坚持不懈。他又说:"读感兴趣的东西印象深刻。如果对阅读的东西没有兴趣,一半精力都花在集中注意力上了,真正用来读书的只剩下一半精力了。他告诉我们,他是一口气读完菲尔丁的《阿莫里亚》的。他说:"如果一个人是从书的中间部分开始读的,但读得很投入,那就不要打断他,不要让他重新从头读,那样的话他可能就没有兴趣了。"

1781 年

我问约翰逊,他财产那么少,又没有人们所追求的显赫地位,会不会心怀不满呢?他只有 300 英镑的年薪,为什么不改善一下自己的处境,可以有自己的马车呢?为什么没有体面的办公室呢?约翰逊说:"老弟,我从未抱怨过这个世界,我想我也没有理由抱怨。我现在能得到这么多已经很奇怪了。据我所知,我拿政府补贴有点不合常规。人人都知道我跟政府的关系不怎么样;我从未请求政府补贴,是他们要给我的。我从来不巴结权贵,是他们来找我的。不过我想现在他们已经放弃我了,他们已经受够了,他们对我已经厌烦了。"我说,这话我可不相信,他们一定很想跟他交谈。"没有的事,"约翰逊很自信地回答说,"不会的。那些大人、贵妇,谁愿意总是被人教训呢?"这话很生动,展示了他惊人的悟性和想象力所能产生的效果。的确,有他在场,人们就会觉得相形见绌。我兴奋地说,我听他说话总是很高兴。"不错",他说,"可是如果你当了议员和大法官就不会这样喽,那时你会考虑自己的尊严的。"

1784 年

约翰逊身材高大,他的面容就像古代的塑像,但他看上去却给人古怪和不舒服的感觉。这有以下几个原因:突发性的肌肉痉挛、曾经希望被女王的手触摸而得以治愈的那种疾病[7]留下的疤痕,以及衣着的邋遢。他只有一只眼睛能用,但他的意志力如此之强,能够战胜,甚至弥补器官上的缺陷,凡能看得见的东西,他的观察力极其敏捷准确。他性格忧郁，从不知道轻松自如地使用四肢的快乐。他的步态就像戴着脚镣挣扎的人；他骑马时不能驾驭和指挥马匹，身体就好像气球一样随风乱飘。在这样的身体状况和生活习惯下他竟然能活到七十五岁，这证明内在生命力对维护人的身体健康至关重要。

一般来说，人的性格中有许多矛盾的因素。假如没有经过长期的精神修炼，学会自我克制，性格中的不同倾向就会交替出现。天生个性越强，性格的矛盾就表现得越突出，越难以协调。约翰逊就是一个突出的例子，因此我们不必感到惊奇，为什么在不同时间里他似乎判若两人。但在他思考过的重大原则问题上，在已经形成了自己的行为准则的问题上却并非如此。他性格上的矛盾性主要表现在行为举止、辩论技巧和想象力方面。他容易迷信，但不轻信。他的想象力使他容易相信种种奇特神秘之事，但发达的思辨力使他能小心翼翼地考证每一个证据。他是一位虔诚、热切的基督教徒，属于英格兰高教会派，拥护君主政体，不会轻易容忍别人质疑他的信念，也许在宗教和政治方面他的思想过早地封闭起来了。虽然他很有独立精神，却深知在宗教和政治方面极端放任的危险，因此对当时盛行的伟大的自由主义显得多少有些抵触。不可否认，他有许多偏见，但就像他的许多警句所展示的，这些多是即兴的调侃，为了博人一笑，并无恶意。他在维护宗教和道德义务方面坚定不移。他关心社会、敬畏神灵。他有公正或者说严肃的审美标准，不喜欢取悦于人。他易怒、脾气暴躁，但内心仁慈，尽其所能慷慨好施、助人为乐的例子不胜枚举。他因疾病缠身常常心情烦躁。天生的忧郁给他活泼的想象力蒙上了一层阴霾，使他的思想总体上带着阴郁的色调。因此，我们不应对他时而爆发的怒气和激情感到惊奇，尤其是当这些情绪是由愚昧粗鲁和傲慢无礼引起时。必须承认，他经常只管一时痛快，说话尖酸刻薄，甚至对自己最要好的朋友也是如此。是的，考虑到他身心承受着巨大的"痛苦与忧伤"，却仍然在许多著作中大展才华，造福人类，尤其是完成了备受人们敬仰的巨著《英语词典》，所表现出的毅力令人惊叹。《圣经》中说："上天给你的恩惠越多，对你的要求也越高。"这句话似乎一直在他的脑海中闪现，光芒四射，使他不论多么出色也从不满足于自己的劳动成果和善举。强烈感知到自己的才能成了他内心不安的一大原因。优越感与终身缠绕他、令他惧怕孤独的忧郁使他备受折磨。可以这样说："只有他最有希望，只有他受苦最重。"每当有人称赞他时，他都很高兴；不过他傲视一切，并不贪求名声，只是稍稍会被恭维话打动。他研究的范围广阔无限，虽然他并非某一学科的大师，却积累了各种知识和学问，这些知识在他的脑海中井然有序,使他能够从容应对各种难题。他胜过其他学者的优势主要在于运用思想的技巧方面。他能够始终抓住他所掌握的知识的要领,并以清晰而有力的方式表达出来。因此我们看到,对理解力迟钝的人来说知识就像木头,而对他而言知识则成了真正的、显而易见的、真实的智慧。他的道德准则是实事求是,这些都来自他对人性的洞悉。他的名言警句令人心悦诚服,因为这些都是建立在常识和对生活的细密观察之上的。他头脑中充满无数意象,本可以成为一位成功的诗人。然而值得注意的是,尽管他的散文意象丰富,他的诗歌却没有那种光彩,而以浓郁的情感和敏锐的观察见长,和谐悦耳、铿锵有力,他的英雄体诗句尤其如此。虽然他通常表情严肃,甚至有点可怕,但却具有罕见而独有的机智和幽默。他喜欢运用生动的口语表达,令身边的朋友开心不已。具备了这样的优点,而且因为他没有丝毫恶意或不敬,所以使享受这种快乐的人都很受益。他平时说话喜欢准确无误,表达思想总是掷地有声、措辞优雅,加上他洪亮的嗓音以及不慌不忙、从容不迫的语调,效果极佳。在他身上,善于思辨的头脑与丰富的想象力得到完美结合,使他在辩论中处于极有利的位置。因为他的思想既缜密又广阔,所以善于随机应变。以他的智力和辩术,如果他愿意的话,本可以成为最杰出的诡辩家。他的好辩与好胜使他经常在为错误的观点辩护时跟为正义辩护时一样满怀热情、聪明机智。所以当有听众在场时,很难从他的谈话中了解他的真实想法。但是当他和一个朋友单独在一起时,他会以极其公正的态度讨论问题。他认真负责,不会将错误的观点诉诸文字,从而造成持久而有害的影响。在他的众多作品中,他一心一意灌输他认为是真理的东西。他的虔诚之心坚定不移,这是他为人处世的准则。

这就是塞缪尔·约翰逊,他才华横溢,学识超群,品行高尚。不论是现在还是未来,人们越是想到他的人品,就越是对他充满钦佩和尊敬。

[1]爱德华·凯夫:Edward Cave,1691—1754,英国出版商,创办《绅士杂志》(*The Gentleman's Magazine*),是第一本现代意义上的通俗性杂志。

[2]蒲伯:亚历山大·蒲柏(Alexander Pope),1688—1744,18世纪英国古典主义诗人。

[3]专业教师:原文是 master,有校长、专业教师多种意思,此处译为专业教师。

[4]乌得勒支:荷兰城市。

[5]威尔克斯:约翰·威尔克斯(John Wilkes),1727—1797,政治激进分子,曾任英国议会议员,创办《北不列颠人》周刊。

[6]库克船长:詹姆斯·库克(James Cook),1728—1779,18世纪英国著名探险家。

[7]被女王的手触摸而得以治愈的那种疾病:指麻风病。过去欧洲人认为,女王的手抚摸一下能治愈麻风病。

思考题

1. 约翰逊所处时代盛行什么思想?同时代的名人有哪些?为什么约翰逊不喜欢卢梭?

2. 约翰逊的思想有什么特点?举例说明他在哪些方面与英国主流文化格格不入。

3. 约翰逊身上的哪些学者品质使他享誉文坛,为后世所称赞?

4. 试分析《塞缪尔·约翰逊传》广受欢迎的原因。

第三节　索尔特《瓦尔登湖的隐士：梭罗传》选

新英格兰是美国哲学与文学的摇篮，可谓群星荟萃、名家辈出。在众多新英格兰文人当中，梭罗影响深远。表面上看，梭罗的一生平淡而短暂——他不到四十五岁就去世了，一辈子几乎没有离开家乡，出版的两本书也销路不佳。然而，去世后不到一百年，梭罗却声名远播，《瓦尔登湖》已成为美国乃至世界文学的经典，无数现代人灵感的源泉。

一部好的传记不仅取决于主人公所达到的高度，也取决于传记作者对主人公认识的深度。亨利·H. 索尔特（Henry H. Salt，1851—1939）是 19 世纪后期、20 世纪上半叶英国学者、作家，"仁慈主义者同盟"的奠基人，曾对印度领袖甘地产生影响，受到后者的敬重。索尔特是最早认识到梭罗的重要性，并为梭罗立传的作家。他的《瓦尔登湖的隐士：梭罗传》虽然部头不大，但对梭罗生平、思想、性格以及影响力的把握全面、深刻、准确，其中许多预见被历史所印证。该书采用的基本上是传统史传的写法，正义凛然，有理有据，一气呵成，是了解梭罗不可缺少的资料。原文引用资料较多，翻译时保留了引号，具体出处从略。

第一章　家庭出身

同乡们注意到，在梭罗的性格当中，母亲撒克逊血统的影响尤其突出。他是个地道的新英格兰人，骄傲地自称"死也是康科德的鬼魂"。梭罗母亲的一个密友说："凡是认识梭罗夫人的人，对她的最深印象就是思维活跃、心胸开阔、富有同情心，是一位贤妻良母。虽然家境贫寒，但她的孩子在成长过程中什么也不缺。即使只有一小块面包，晚餐也要郑重其事。不论多穷、多忙，她也没有忘记去帮助那些比自己更穷的人。"

我们发现，梭罗身上一些最优秀的品质来自父母双方——母亲的机智、对自然的热爱；与此相对的是父亲的安详、理智、勤奋和对目标与行动的执着。"性格沉静的约翰·梭罗与朝气蓬勃的辛西娅·敦巴的婚姻是截然不同的性格、品德以及纯朴习惯的完美结合"，人们经常这么说。他们的身体没有被奢侈的习气污染,心灵没有被虚伪的社会礼节掩盖,虽属贫寒之家,却宛若香气缭绕的殿堂,保佑着子孙的福祉。还要说一句,他们满怀热情投入废奴运动,当马萨诸塞州开始辩论这一问题(是否要废奴)时,他们主动把自己的家变成废奴主义者的秘密聚会处。

梭罗家的孩子个个意志坚强,目标高远。梭罗的姐姐海伦和哥哥约翰分别比他年长五岁和三岁,为人诚实可爱,妹妹索菲亚也不例外。据与梭罗家交往密切的好友说,他们家的每个孩子都天资聪颖。当时新思潮弥漫着美国社会,人们正在为即将到来的思想与社会大觉醒做准备,梭罗一家以他们的仁慈、智慧、淳朴赢得了康科德同乡的普遍尊重。

第二章　与爱默生的友谊

前面说过,爱默生是1834年来到康科德的。来到康科德以后,出于仁慈,他马上对这个比他年轻十五岁、正在哈佛读书的同乡产生了兴趣。他们之间期待已久的会面大概发生在1837年。会面是通过爱默生家的亲戚,同时也是梭罗家的朋友,一位名叫布朗夫人的女士牵头的。梭罗年轻时有一首题为《如此生命》的诗就是献给她的。布朗女士从海伦·梭罗处得知,她弟弟亨利的日记中有一段话跟爱默生最近一次讲演的内容很相似。她将此事报告给了爱默生,并在爱默生的请求下带着梭罗去见他。从此爱默生开启了与梭罗一生从未间断的交往,不论是年长的爱默生还是年轻的梭罗都从中获得诸多快乐和益处。"我的这个年轻朋友令我开心",爱默生于1839年写道,"他可能是我曾见过的精神最自由、最正直的人了。"

对梭罗来说,这件事的意义之大怎么说也不过分,因为进入爱默生的圈子时正是他能够从中得到最大的利益和鼓励之时。因为爱默生的圈子不仅激发了梭罗本性中的潜力,而且给他提供了表达、发表思想的机会。出版一种代表自己新思想的刊物的想法早已在超验主义"研讨会"成员间酝酿。1840年,这项计划终于以季刊《日晷》的出版得以实现。刊物的管理主要由爱默生、玛格丽特·富勒、乔治·里普利负责。从商业的角度看,刊物的前景一开始就很暗淡,因为最初的订阅者很少,且一种超验主义期刊未来也不太可能获得太高的名声。但是,《日晷》是联合新哲学倡导者的工具,也为许多不为人知的优秀作家提供了一个窗口。刊物于1840年7月创刊,延续了四年,其中前两年的编辑工作由玛格丽特富勒、乔治·里普利负责。撰稿人包括爱默生、奥尔科特、玛格丽特·富勒、里普利、西奥多·帕克、伊丽莎白·皮博迪、洛厄尔、梭罗、埃勒瑞·钱宁、琼斯·维利、W.H.钱宁等许多有名之士或无名之辈。四卷《日晷》中每一卷都有梭罗的散文和诗歌,第一期中的《同情》一诗是他第一次公开发表的作品。不过,他只是初涉文学,有好几篇散文被玛格丽特·富勒拒绝了,当时富勒担任编辑,她坦诚地指出了她看到的其中的不足和缺陷。

……

第四章　隐居瓦尔登湖

选好了环境,接下来就可以自由选择最适宜的生活方式了。他起得很早,先到湖中洗个澡,认为这不亚于一种"宗教体验"。洗完澡后,他开始一天的工作或者说享受。夏季开始时,屋子还没盖好,他已经在木屋旁耕种了大约两英亩半(约合一公顷)略带沙质的土地,作物主要是豆子、一点儿土豆、豌豆和萝卜。在瓦尔登湖的头一个夏天,豆田成了他的主要工作地点。从早上五点到中午,他一直在这里埋头耕作。日复一日,从康科德赶往林肯的路人会勒住马匹,停下来好奇地观看这个奇怪的农夫在一片野地中开垦田地。他不用肥料,别人已经开始除草了,而他仍然在播种。

这个农夫从简单粗放的劳动中得到了高尚而庄严的享受;他将农业与神秘主义相结合,奉献着自己的体力与心力。收获时他算了一下这一季的收入和支出,发现只有八美元的净收入。这就是他一年耕作的结果吗?是又怎么样呢?难道他不是比村里的农民更轻松、更快乐吗?下一季他做了改进,只种了三分之一英亩(约合十分之一公顷)地,用的是铁锹而不是锄头。当他需要钱买粮食或者生活用品时,就到村里打点儿零工,因为他是个多面手,能从事的行业"跟手指头一样多"。

上午的工作要么是体力活儿,要么是文学创作。结束后,他又到湖里洗个澡。整整一个下午无事可做,他随心所欲到河边或者林间漫步,走到哪儿是哪儿。有时他一整天什么也不干,舍不得"把当下美好的时光献给任何工作,不论是脑力的还是体力的"。他说:"有时,夏天早上在湖里照常洗过澡后,我坐在阳光照耀的门口,从日出一直坐到中午,沉浸在幻想里。周围松树、山核桃树、漆树环绕,万籁俱寂,一片宁静,只有鸟儿在歌唱,或者静静地穿过屋子。直到阳光照入西窗,或者远处路上传来马车的声音,我才注意到时光的流逝。"梭罗很清楚,在勤奋努力的同乡们眼里,他的幻想纯属懒散。不过他自己是这一方面唯一的、最好的裁判。月光皎洁的傍晚,他在湖边沙岸上散步,他的笛声唤醒了周围的树林,在空中回荡。

....

两个夏季与冬季一晃而过,虽然没有什么引人注目的事件,却满是沉思默想的果实和成熟的体验。1847年夏天到来时,梭罗感到在瓦尔登湖隐居的目的已经实现,是返回村中,进入社会的时候了。他没有因为隐居而浪费或者滥用时光,他从这个实验中学到了关于现实生活与精神生活的两条训诫。第一,"如果你活得简单、明智,活在这个世界上不是苦难,而是快乐。"他以亲身经历说明,只需要工作六星期就能满足全年的花销。第二,"如果一个人满怀信心追求自己的梦想,努力去过他憧憬的生活,他就会获得平日意想不到的成功。一个人能多大程度简化自己的生活,宇宙法则就会变得多么简单,寂寞将不再是寂寞,贫穷不再是贫穷,缺点也不再是缺点。"他用实验检验自己的超验主义哲学,结果没有令他失望。他不再是年轻时写的诗中说的"一堆徒劳无获的挣扎",而是脚踏实地,面向未来,胸有成竹。

第五章　东方经典与博物学

梭罗的作品中没有丝毫的地方偏见。的确,他真诚务实的心灵无法欣赏玄妙的形而上学、枯燥的道德说教,或者小说的华丽辞藻。他一般不喜欢看流行期刊,他感兴趣的是报纸不报道的"新闻"。但他阅读量很大、面很广,他的判断力从未减弱,从未变成只专注细节或者偏向一边。毫无疑问,他最珍重的书籍是波斯和印度诗人、哲人的"神圣经典"——薄伽梵歌、毗湿奴·萨尔玛、摩奴法典、萨迪的著作,以及其他东方古老的宗教"经典"。他读的主要是这些书的法语、德语译本,他满怀热情地搜集这些经典,据说他拥有全美最棒的东方藏书。1855年,他年轻的英国朋友乔尔蒙·德雷慷慨地赠送给他一批英文、法文、拉丁文、希腊文和梵文典籍。梭罗经常在他的著作中引用这些古书中的话。他对这些书籍极其恭敬,坚决认为,它们具有与犹太经典相同的地位。当一位年轻的哈佛客人告诉他,自己在研究"经典"时,梭罗马上反问:"你指的是哪一种?"

....

正如埃勒瑞·钱宁说的,梭罗基本上是一个"诗人博物学家",而不是一个科学家。的确,他是波士顿博物学会的名誉会员和通信员。不过他始终拒绝撰写博物学方面的回忆录,理由是他无法将观察到的外部事实与这些事实在他心中形成的内在联系分开来。简单点说,因为他无法将博物学与诗意分开来。如前所述,他的方法与科学解剖学家的方法完全不同。他观察,但从不杀生,在研究鸟类时坚持用"爱心"观察,而不是用手捕捉。据说一些康科德的游手好闲之辈不无轻蔑地问他,为什么研究鸟类时不用枪,他回答道:"你认为我为了研究你,可以用枪射你吗?"

第八章　废奴主义战士

父亲去世后,梭罗代母亲和妹妹索菲亚开始操持家庭企业——铅笔厂和石墨厂——的工作。1859年注定将成为他一生中最无法忘记的一年。我们已经看到,他从一开始就是一个热烈的废奴主义者,曾经因为马萨诸塞州支持奴隶制而拒绝效忠州政府,并顶着舆论,冒险发表反对奴隶制的演讲和文章。他曾帮助奴隶逃往加拿大。虽然他是一个地道的美国人,但对那些自诩热爱自由,同时又支持黑人奴隶制的所谓爱国同胞很不以为然。当州政府将一名被俘奴隶交还给原来的主人时,据说他曾向康科德的居民建议,把镇上纪念美国独立的纪念碑涂上黑色。

当他于1857年初见约翰·布朗[1]时,马上确认,这就是自己几年前在一篇题为《马萨诸塞州的奴隶制》的短文中预言将要出现的"正义之士"。不难想象,他怀着怎样的热情关注着这位解放者的事业。作为一个个人主义者,在政治领域,梭罗的贡献主要是在思想上,而不是行动上。布朗的优点恰恰是他所缺少的,对此他深表敬意。布朗的最后时刻就要到了,紧接着发生的事情也成了梭罗一生的标志性事件。

1859年10月,刚过六十岁的布朗又一次来到康科德。这次,他从山伯恩先生家出发,踏上了挑战弗吉尼亚奴隶主的悲壮征程的最后一段。10月16日,布朗在哈帕尔斯渡口[2]被捕,接下来的七周在未知、焦虑与辱骂中度过,最终他被判处死刑。就在美国媒体齐声谴责这个为自己的勇敢付出生命的狂人理想家之时,隐士与理想主义者梭罗第一个站出来为布朗说话,这成为梭罗的不朽之举。梭罗通知人们,他将于10月30日(礼拜天)傍晚在镇公所发表讲演,内容是约翰

·布朗其人其事。当某些共和党人和废奴主义者指责他的做法过于鲁莽、不明智时,他们得到的回答坚定而有力:我只是通知你们我要做讲演,不是来征求你们的意见的。来自各种党派的听众满怀期待,聚集在一起。不论从哪个角度看,《为约翰·布朗辩护》都是梭罗最精彩的作品之一。他以最简单、清晰的语言,以他惯有的犀利文风与措辞,表达了对一个被定为造反者、叛国者的勇士的坚决支持。阅读这篇精彩绝伦而激动人心的文章,倾听他对布朗的英雄品质的赞美,我们不难理解,为什么爱默生说听众"全都满怀敬意,很多人深表同情,连他们自己也感到吃惊"。

第十一章　后人的评价

　　梭罗固执、毫不妥协的性格对很多评论家——不论好坏——来说都是一个挑战,这一点是可以预见到的,而且事实上一开始就有人预见到了。"对活泼而有些轻率的作者来说,嘲笑梭罗的观点,舞文弄墨,混淆是非,掩盖他真实的美德是多么容易啊!"一位深知梭罗的人说。这些预言般的话刚刚写出来三个月,《北美评论》就发表了洛厄尔先生批评梭罗的著名文章(后来又被收入《书房之窗》)。这是一篇含沙射影、充满敌意、恶意歪曲、极尽诡辩之能事、文采斐然的杰作。洛厄尔先生曾是梭罗的哈佛同窗,大学毕业后两人保持友好往来。在《康科德河上的一周》[3]于1849年出版之际,他曾经在《马萨诸塞季刊》上撰文,称赞梭罗是功利主义时代仍能够感受并表达大自然神秘魅力的罕见人物,并以亲切友好的语气谈论梭罗,说明那时他还没有发现梭罗思想上有什么缺点。然而,十年之后,他们之间的友谊因为梭罗投给《大西洋月刊》的一篇文稿——事情的原委前面已经说过——戛然而止,洛厄尔当时是该杂志的主编。据爱默生说,洛厄尔先生"永远也不能原谅梭罗对他的自我意识的伤害"——据说这发生在两人关于此事的通信中。我提及这些琐事是因为它解释了为什么洛厄尔先生的文章对梭罗怀有奇怪的敌意。从"书房之窗"看到的景色固然优美,但人们需要知道,至少其中的一块玻璃模糊不清、扭曲变形,(因此某些评价)对那些想保持公正客观的读者来说并不可信。

　　R.L.史蒂文森在《人与书》一文中用"爱抱怨"一词形容梭罗,但作者在后来写的序言中又承认,他不太了解梭罗的生平,所以很大程度上误解了梭罗。《瓦尔登湖》的崇拜者们大可不必因为这个不恰当的词语而感到不安。同样,其他评论家在欣赏大部分梭罗的作品的同时也会感到迷惑不解,因为有人说他是个病态的自我炫耀者,他隐居林中是为了博人眼球,而不是逃避喧嚣。"我们对圣西门·斯泰雷特[4]们的内心表白表示怀疑",一位评论《瓦尔登湖》的当代评论家写道:"我们怀疑,夜间无人注意时他们会从柱子上跑下来。第欧根尼[5]专门把浴缸放在亚历山大能看见的地方。聪明的梭罗先生承认,他仍然出门赴宴。"对那些从未考虑,更不用说实践过简朴生活的人来说,竟然有人会主动地、心甘情愿地放弃他们看来是奢侈和可供享受的东西,这不可思议。所以评论家们总会在瓦尔登湖实验中发现某个异常的、子虚乌有的东西,却对其真正的、高尚的含义视而不见。

时至今日,反驳过去指责梭罗"自私"的荒唐观点似乎已经没有必要了。但是,在某些闭塞的思想圈里,这种指责仍时不时冒出来。《教堂季评》说:"读者的总体印象是,虽然景色描写非常优美,有关动植物的笔记十分有趣,但作者本人自私透顶,对他人及其痛苦缺乏同情,粗野无礼——几乎像野兽,而且亵渎神灵,毫无顾忌。"

"胸无大志"是梭罗被误解的又一个原因——连爱默生也接受了这个空洞的指责。"我不得不认为这是他的一个缺陷",他说,"他胸无大志,不是为整个美国献计献策,而是当了蓝莓采集队的带头人。在这个时代,春豆子有时也可以跟帝国事业联系在一起,但不能年复一年只有豆子!"然而,对这个指责,梭罗的回答很简单:这并非仅仅只有豆子。《瓦尔登湖》中的"豆田"一章恰恰是梭罗所有作品中最具想象力、最深刻的——"我锄的不再是豆子",他说,"锄豆子的不再是我。"——他奋斗、工作的目的并不是蓝莓本身或者有形的豆子,而是生命与自然合为一体时辉煌而完美的果实,正是这一点赋予他的作品大自然般的清新与芬芳。在这方面梭罗自己更有自知之明,他通过写作《瓦尔登湖》给予人类的益处远远超过为全美国献计献策所能得到的结果。

关于爱默生对梭罗的恩情,本书已多有论及,这里我只想再说一点——这样做并非出自偏见或忘恩负义。对梭罗为人的误解部分来自爱默生的《梭罗小传》[6]以及他编辑梭罗的信件和诗歌时所采取的不恰当的方法。由于爱默生过分强调梭罗的"禁欲主义",忽视了他温柔、可爱的一面,读者很难了解到《瓦尔登湖》作者固执的个性与粗糙的话语背后深藏着的温柔。据说随着梭罗性格的成熟、坚固,他与爱默生的关系也变得像罗马人一样严肃[7]。我们不妨问一问,爱默生是否真的像他认为的那样了解他的朋友的内心。而在梭罗方面,他对爱默生的局限性其实有所了解，这一点可以从他跟一位朋友的谈话中得知。他说，后人将把爱默生归入托马斯·布朗爵士[8]一类——这个评价远远低于流行的观点。

这里我斗胆提出以下观点（我知道这个观点现在看来有点夸张），即最终后人对梭罗才能的评价至少将与爱默生相等。正常的评论家谁也不会怀疑爱默生的思想和德行对同时代人的巨大影响，谁也不会把梭罗当作19世纪的权威与爱默生相提并论。然而，最能持久地吸引人们的注意力并赢得人们的敬仰之心的伟人不一定总是，并且往往不是那些统治同时代人思想的人物。长远来看，胜利属于最富才华的作家，而不是四平八稳的作家；属于诗人，而不是哲学家；属于独具慧眼，能够挑战读者好奇心与想象力的人。在康科德的文人里，最具灵感、最能激励人心、最富活力的人物毫无疑问是梭罗。一旦岁月剥掉了表面的瑕疵所引起的冲突与误解，世人就会认识到，他并非爱默生的弟子，而是一位将真理之薪火传递给同胞的精神大师、众心之心。

总的来说，梭罗目标明确，全力以赴，毫不动摇。他的缺点和不同寻常之处也服务于他的人生目标。"他的作品具有一种神性，"约翰·韦斯写道，"这应该能够保护他，使他免受失望者的指责。没有人像他一样对自己的事业如此满怀热情、无私倾注。如果世界上有怀揣使命、乘愿而来、矢志不渝的纯洁灵魂，梭罗肯定属于这类佼佼者。很多人指责梭罗是因为评论家走马观花，看不到他的使命感和作用。他们只能解释评论家与梭罗的不同。而对于这样一个实实在在的天才，应有的态度是满怀感恩，虚心接受，耐心解读。"

像梭罗的性格一样，梭罗的理论也有其瑕疵和不足，这一点很少有人会否认。梭罗不能，也许也不想了解整个社会问题的规模和复杂性；他没有资料，也没有机会这样做。不管怎么说，他极其独立的个性不会允许他这样做。因此，我们不应期待他对现代文明所处的困境给出全面而令人满意的答案。但是，如果我们认为因此就应该完全忽视他，那可就大错特错了。如果说劳资双方的矛盾必须通过立法来解决，那么同样，没有个体的提升，社会将无法真正获得再生。争论立法与个体提升应该哪个在先意义不大——两者都不可缺少，必须同时进行。梭罗社交能力欠缺，但另一方面，他提出的改进个体心智的主张比任何现代作家都更铿锵有力；即使他讲的只有半个真理，那也是至关重要的一半。爱德华·卡本特尔的《英格兰理想》一书在倡导简朴而高尚的生活方面堪与《瓦尔登湖》媲美，作者写道："关于梭罗，事实上他是一个彻头彻尾的简朴主义者。他把生活所需降到了最低点。他一只手劳动,另一只手收获,无须猜测哪种劳动有价值、哪种没有价值。他会毫不犹豫地放弃他认为不值得花时间或精力去完成的事情。"

　　前面说过,梭罗不像爱默生,不是一个高瞻远瞩、处事谨慎的哲学家,而是一个预言家、观察者——真诚直率、毫不留情、毫不妥协。他纠正了流行的且他认为不公正的、令人迷惑的习俗,提倡一种可以称之为简朴的信条,与时下流行的享乐主义、矫揉造作针锋相对。谁敢说这样的抗议在当时毫无必要,而且现在不是更加需要? 正如一位著名作者所说:"从梭罗离开瓦尔登湖边,回到父亲的铅笔厂直到今天,社会生活装饰品与行囊的增加远远超过了前一个世纪。梭罗用自己的言行证明,没有这些东西人类会更加幸福。当我们年复一年被这些装饰品压垮,当生活被一个又一个时髦装潢淹没时,追求简朴与高尚的想法也许比以往任何时候都紧迫。"这正是梭罗观点的可贵之处:邪恶的泛滥将期望的快乐变成了痛苦,将奢侈变成了负担;我们该醒一醒,倾听明智的理性的声音了。

　　至于梭罗是怎样表达他的观点的,这里无须赘述,只要指出他的风格很适合他的观点就行了。R. L. 史蒂文森把梭罗对流行观点的抨击比作儿童"耍赖","它使正统派苦不堪言"。"他们知道这是无稽之谈——知道肯定能找到办法(去反驳梭罗),但不知为什么就是找不到。"我们应该运用智慧,对最终能否找到完美的答案表示怀疑。但我们也应该唤醒民众摆脱因陈规陋习而形成的自满和懒惰。所以说,梭罗的道德说教具有奋发向上、激励人心,有时甚至是令人痛苦不堪的效果。预告未来万事大吉,安抚读者脆弱的心灵,甚或向人们解释他思想中新奇、不受欢迎、容易被误解之处,这些都不是梭罗的目的。正因为如此,梭罗的性格和作品必然吸引一些读者,却不符合另一些读者的口味。现在他被人误解的地方很多,但时间会纠正这一切。

　　总之,梭罗是非常时期的非常人物——他奇特、以自我为中心、寂寞的形象在文学史上独一无二,他以他的创造力、勇气和独立吸引着人们的注意。正如有人指出的,"说不是他的天性";他反对他人自以为是的观点,追求世人认为毫无价值的东西,他的部分使命就是质疑、否定、批驳。但是,他的才能并不局限于否定和破坏。在一个一千人里找不到一个真正同情大自然的人的时代,梭罗对自然界深藏不露的秘密的了解堪称奇迹。在一个悲观厌世思想流行——他称之为"寂寞而绝望的生活",尤其在男人当中——的时代,他对命运的公正与善良仍坚信不疑。在一个人工制造物泛滥的时代,一个理想与现实过度脱离、社会与自然相互对立的时代,他,一个虔诚的泛神论者,目光所及,满是淳朴、统一与关联性。他认为,对上帝的认识不能脱离物质世界,但也不应把人放在高高在上的位置,超出世界的其他部分和低等生命。他寻找无处不在的相同的神灵之性,认为不存在"无生命的"自然,因为万物本具同样的宇宙精神。简言之,他的目的是"用精神的最高本能化导自然,后者将其淳朴展示给不安、矫揉造作的人类"。

我们看到,他是以罕见的勇气、真诚和自我奉献精神追求这一理想的。至于他是否成功,只有时间能回答。他活着的时候,周围大多数人对他的行为和学说报以冷漠和怀疑。他相对早逝——死亡在最年富力强的时刻,这使他无法收获自己倾力栽培、耐心耕种的果实。不得不承认,像大部分理想主义者一样,他的事业失败了。然而,衡量理想主义者的标准并非这些东西,梭罗尤其如此。首先,他享受了宝贵的、内在的成功,即完美的精神的平静以及对自己命运的满足。他在《瓦尔登湖》中写道:"如果你能满怀欣喜迎接白昼与黑夜;如果生命像鲜花、香草般芬芳宜人——而且越来越开朗、明亮、永恒——这就是你的成功。"其次,他确信——这一点是伟人的标志——他的作品的真实价值终将被人们发现、欣赏。从梭罗逝世到今天,在英国和美国,他声名渐广,而且声名注定还会更为远扬。

梭罗性格上的缺点和行为习惯是表面的东西,漫不经心的读者一眼就能看见。但他们可能忽视了表层之下强大的优秀品质。他不拘小节,土里土气,语调语气时显卑微,他对习俗的蔑视有时会显得过于苛刻,还有过于敏感的自我意识,表达自己观点时喜欢用夸张手法——这些只是些微的缺陷,并不影响他高尚的本性。我们应该明智地接受他的本来面目,既不漠视他的缺点,也不过分苛求,而是要记住,对这样一个真实而独特的人物来说,这些"缺点"所扮演的角色,所起的作用绝不亚于他的"优点"。假如在已有的优点之外他又获得了他并不具备的优点,假如他既善于社交,又有个性,假如他的哲学更为宏大,表述更为谨慎,那样的话我们的确可能会更崇敬他,但我们不会爱他。因为虽然他的品格可能更完美了,但却失去了他特有的鲜活力和吸引力,这些才是真实人物的主要魅力——不论假想的他多么完美,那不是梭罗。

[1]约翰·布朗:John Brown,1800—1859,美国废奴主义英雄,率领废奴主义者和黑人奴隶起义,但他领导的起义最后被镇压,他也被逮捕并被杀害。

[2]哈帕尔斯渡口:美国西弗吉尼亚州波托马克河与谢南多厄河交接处的渡口,1859年约翰·布朗带领废奴主义者起义,占领了这里的政府弹药库,起义失败后被杀害。

[3]《康科德河上的一周》:全名《在康科德河与梅里马克河上的一周》,是梭罗出版的第一本书。

[4]圣西门·斯泰莱特:Simeon Stylites,中世纪在高柱顶上修苦行的基督教修士,批评家以此讽刺梭罗。

[5]第欧根尼:Diogenēs,约公元前412—前324,希腊哲学家,犬儒派代表人物,传说曾与亚历山大大帝对话,受到亚历山大的尊敬。

[6]《梭罗小传》:指爱默生在梭罗葬礼上的悼词。

[7]西方人一般认为希腊人放浪形骸,罗马人严肃刻板。

[8]托马斯·布朗爵士:Thomas Browne,1605—1682,英国医生、作家、心理学家,代表作有《医生的宗教》《瓮葬》等,以学识渊博名扬于世。

 思考题

1.梭罗的家庭对他产生了哪些影响?
2.试总结爱默生对梭罗的影响。
3.梭罗隐居瓦尔登湖的目的是什么?他最大的收获是什么?
4.梭罗最可贵的品质有哪些?
5.人们对梭罗的最大误解是什么?应该如何看待梭罗古怪的性格?
6.为什么梭罗生前备受冷落,死后影响却越来越大?

第四节　亚当斯《亨利·亚当斯的教育》选

亨利·亚当斯（Henry Adams，1838—1918），美国历史学家、记者、作家。1858年毕业于哈佛大学，曾任美国历史学会主席。亚当斯出身于名门贵族，祖父约翰·昆西·亚当斯为第六任美国总统，父亲查尔斯·亚当斯曾任美国驻英国公使，亨利·亚当斯担任父亲的秘书。1868年亨利·亚当斯与父亲返回美国，从事新闻报道和史学研究。亚当斯广交政界、知识界名流，活跃于美国与欧洲上层社会，发表了大量评论针砭时弊。他的史学代表作有《托马斯·杰斐逊及詹姆斯·麦迪逊执政时期的美国历史》《史学札记》等。本书为作者自传，1919年获普利策奖。亚当斯生活的19世纪后期与20世纪早期是美国社会的大转折时期。他阅历广泛，具有深厚的文化修养，对东方文化有浓厚兴趣。书中对美国乃至西方文化的反思与批判今天读来依然发人深省。

第十六章　新闻界（1868）

七月的一天晚上，十点钟，天气热得能使热带的雨水沸腾，亚当斯一家、马特利一家从卡纳德号汽船换到政府派来的大拖船上，在漆黑的夜里驶向岸边，停靠在北河码头的尽头。与十年前相比，世界发生了如此大的变化，即便是公元前1000年从直布罗陀乘船而来的提尔商人，也不会感到更陌生！曾经研究荷兰史的外交家[1]与成了普通公民的私人秘书[2]一起，在一条陌生的街道上寻找马车，想把两拨人送回家。车很难找，但最终还是找到了。午夜时分，他们又一次在自己的祖国找到了栖身之处。

美国的性格已经或者正在发生多大的变化他们并不清楚，但略有所感。在这个问题上美国自己也不比他们强。像盲目的蚯蚓一样，美国社会总是在尝试实现自己、理解自己，自己追赶自己的头，扭着身体寻找自己的尾巴。社会就像一支长长的、迷茫的队伍，松散地向大草原开进，为数不多的领头人远远走在前面，数百万的移民、黑人以及印第安人远远地跟在后面，仿佛还处于某个远古时代。与欧洲相比，美国的优势在于，目前它整体上在朝一个方向前进。而欧洲却把大部分精力浪费在同时朝着几个相反的目标前进。一旦欧洲或亚洲两极分化,或者将目标集中于一点,美国很容易失去它的领先地位。同时,每个新来者都需要尽可能靠近队伍前列,特别是要知道领头人在哪里。

可以相当准确地猜出力量来自何处。最近十年,煤、铁、蒸汽机释放出的伟大的机械能量明显战胜了农业、手工业这些旧行业。但对于从五十年代过来的人来说,变革的结果就像蚯蚓的行为:徒劳地扭动身体,想重新找到起点;已经看不到自己的尾巴了。他成了一只迷途的羔羊、一堆废物,一个迟到的狂欢者,或者马修·阿诺德[3]所说的流浪文人。他的世界已经死亡。他不是一个刚从华沙或克拉科来的波兰犹太人,一个行为可疑、散发着贫民区的臭味、向海关官员喊着意第绪语的"雅库"或"亚萨科",他比这些人具有更敏锐的本能、更充沛的精力、更大的自主权——他是地地道道的美国人,只有上帝才知道他的前辈中有多少清教徒和爱国者,他还接受了那以内战为代价而换来的教育。他毫无怨言,对他的时代没有指责,他的境况没有那些被他的同胞剥夺了家园的印第安人或野牛[4]糟,但他坚持自己没有错。失败不能归咎于他,也不应归咎于对手的优势。他被不公正地挤出轨道,必须尽最大努力回到原地。

不过有一点令他深感欣慰。虽然他无法适应摆在他面前的工作,但看看他父亲和马特利就知道很多人比他更不适应。他们都是四十年代过来的人——路易斯·菲利普时代的古董,风度翩翩,固执己见,多少有点像殖民地时代建筑物上的装饰,在德斯布鲁塞斯大街或第五大街已经没有什么价值。在任何现代行业中他们一天连五美元都挣不到。拿高薪的人都不是做摆设的。连范德比尔特准将和杰·古尔德[5]也缺乏社交风度。毫无疑问,这个国家需要装饰——实际上非常需要——但它更需要能源,尤其需要资金,因为资金的供应和需求完全不成比例。在新的权力标尺下,仅仅使这块大陆适合于文明人居住所需的资金就足以让全世界破产。迄今为止,除了西欧的少数地区外,世界上没有什么地方的生活水平堪称舒适方便;让整个美洲大陆都铺上路、过上体面的生活,这会把整个地球都搭进去。这样的开支对国会中得克萨斯州的成员来说显得太过分了,他们喜欢简朴自然的贵族生活;对一只靠鼻尖上的灯笼照明的深海鱼来说,仅仅是"头顶有一个太阳"的暗示也会把它激怒。自从铁路开通以来,生活就变得奢侈了。

这样,深夜抵达德斯布鲁塞斯渡口的迟到的狂欢者发现,寻找适合自己的位置令他疲惫不堪。新型的美国人——这也是他的目标,不管胜任不胜任——必须白手起家,在一片荒野中创造自己的世界,自己的科学,自己的社会,自己的哲学,自己的宇宙。他们没有时间思考,他们没有看到,也无法看到今天以外的东西;他们对外部事物的态度就像那只深海鱼。最重要的是,他们本能地、强烈地厌恶那些从历史学、哲学或神学的抽象理论中获得看法的人告诉他们该做什么、怎么做。他们有足够的知识认识到他们的世界属于新的力量。

所有这些,新来者都明白而且接受,因为他无能为力,而且发现美国人跟他一样无能为力。但有一个事实无法改变:他知道得越多,所受的教育反而越少。社会对这一点也很明白,似乎还有夸耀它的意思,至少政治家是如此。但产业界的精英们对不论是大众化的还是高雅的东西都不关心。他们急于求成,不择手段。1861年他们被迫停下来,花费巨大的精力去解决一个一千年以前已经解决了的,而且本来不应再次出现的问题。他们花费巨资用武力击败了反对派,除了权力之外一无所获,因为其他问题无法解决。种族和思想问题悬而未决。既然道路已经扫清,社会又开始运行,先解决当下的问题——路。地域辽阔,无法简单处理;除了铁路,美国社会不再考虑其他任何东西。仅仅(完成)这一件事也十分艰难,需要花费一代人的精力,因为它需要一个新的体系:资金、银行、矿山、熔炉、车间、发电厂、技术知识、机械工,还要不断重新塑造社会和政治习惯、思想及制度,以适应新的标准和条件。1865年到1895年间的一代人都献给铁路了,再没有人比这代人更清楚这一点了。

不管亨利·亚当斯是否了解真相,他所具备的知识足够支撑门面。他又一次来到昆西[6],准备重新开始。哥哥查尔斯已经决定投身铁路;亨利打算投身新闻界。他们希望最终能相互受益。他们很需要帮助,因为他们找不到同伴。先是发现他所受的教育毫无价值,他们还将发现所谓的社会关系也毫无价值。没有哪个年轻人比亨利·亚当斯结识的熟人和结交的关系多,但他却找不到能帮他的人。他像自由市场上的商品,他的许多朋友也是如此。全世界都知道这一点,而且还知道他们身价低廉,跟一个机械工的价格一样。没有遮掩、没有矫饰、没有幻想。他和他的朋友们都没有怨言。但他有时感到有些惊奇,因为就他所知,在劳动力市场上寻找工人的雇主从不询问他们的资历。老人与年轻人之间缺乏沟通似乎是美国特色。为了让雇主聘用自己,年轻人必须用商业手段推销自己,让年长者相信自己必不可少。亚当斯感到好像被迫行骗。晚年很多年轻人都向他表示,他们也有过相同的经历。随着年龄的增长,这成了他思索的一个问题。美好社会的劳动力市场组织得很糟。

波士顿似乎没有为受过教育的劳动力提供市场。波士顿是个独特的、令人迷惑的混合物，虽然它在十年内发生了很大变化，但令人迷惑这一点却没有减少。人们不再两点进餐，不再去巴克湾滑冰，传说有的波士顿人价值五百万或更多，人们对此也没有觉得不可信。不过这里看上去仍然很淳朴，比以往任何时候都镇定。按照亚当斯所选择的道路，他最需要新闻界的帮助，但这方面所有的希望都很快消失了。与波士顿新闻界掺和得越少越好，所有的新闻工作者对这一点都心知肚明。政治也一样。波士顿专心经商，正在修铁路。亚当斯也很愿意对修铁路有所贡献，但他没有接受这方面的教育，不能胜任。

就这样他度过了三四个月，走亲访友，观察形势。一个人到了三十岁还在"观察形势"，只能说他已经迷失了方向，或近乎如此。他看不到形势对他有什么用处。他的朋友们从中得到的也不比他更多。哥哥查尔斯过了三年平民生活之后比他也好不到哪儿去，只不过结了婚，开支更大。弟弟约翰成了出色的政治家，只不过站错了位置。没有人能找回战争中失去的地盘。

他去了纽波特，想使自己跟上潮流，但即使在1868年这个淳朴的时代，他也没能赶上潮流。美国的每一个标准都截然不同，所有他在伦敦辛苦所学到的翩翩风度何止是无用！纽波特很迷人，但它不要求受教育，也不提供任何教育。它提供的东西比教育要舒适和快活得多，人们令人吃惊地享受着。在这样一个社会中，友谊沦为一种社交关系，就像大学的课堂，没有教育，只有学科。大家都在做同样的事，问着有关未来的同样的问题。没有人能回答。社会似乎建立在某种规则之上，这种规则是为纽波特精英中最出色的纽约人设立的，会跳华尔兹的年轻人都是富人。这是"蚂蚁和蚂蚱"寓言的新版本。

三个月快要结束的时候，在他所遇到的数百人中，曾鼓励过他或者对他的所作所为表示理解的只有爱德华·阿特金森一个人。波士顿对它的子女很冷漠，不管他是天才还是浪子，它迟迟拿不准要为他们做些什么。亚当斯已经三十岁，再也耗不起了。他没有他的许多朋友所具有的勇气和自信去政府街谋职。一个人在那里打瞌睡，外面狂风暴雪，内心空空如也，等着好运来敲门，或者希望在电梯上遇到她正在打瞌睡，或者在楼梯上，因为那时电梯还没有投入使用。他永远不会知道这样的选择是否会给他带来最好的机会；这是现实世界最令人费解的地方，他永远也搞不明白。他的父母很乐意看到儿子回到身边，再一次跟随布莱克斯通[7]学习。但他决然切断了长久维持的亲密关系，显然不是很孝顺。不管怎么说，也许比肯街对实现他的目标来说不比别的地方差。也许对他来说最方便可靠的途径是往返于比肯街与政府街之间,就此了却一生,谁知道呢?有些东西到死也搞不清。

他就这样抛弃了自己的家族,沿着天性决定的道路前行。波士顿到处都是他的兄弟们。从孩提时代他就认为,四处游荡是他与生俱来的权利。仅仅想一想又要在弗农山大街生活就使他灰心。这是一个教育的故事,而不仅仅是生活的教训。虽然现实中教育与性格密不可分,但严格来说教育与性格无关。不论从性格还是就教育来看他都不适合波士顿。他已经漂离得太远,落在那里的同伴后面,没有人相信他的性格或接受的教育,他必须离开。

…………

第二十一章　二十年后(1892)

再说一遍,这是一个教育的故事,不是探险游记!目的是帮助年轻人,帮助那些有足够的智慧寻求帮助的年轻人,不是为了取悦他们。一个人在获得教育后做什么或者不做什么与我无关,那是他个人的事,是他自己的问题。也许亚当斯不值得受教育;大多数精明的法官倾向于认为,在一百个人里面,能够面对周围各种力量、随机应变的人还不到一半。有一半人会惊慌失措。教育的目标就是教人如何勇敢果断地决策。毫无疑问,对灵敏的头脑来说,世界总是显得滞后,就像裹着一层防震的海绵垫,亚当斯的情况就是如此。然而,教育应该试图减少障碍、减少阻力、激发能量,应该训练人的头脑在最吸引人的问题上果断决策而不是随便选择。一个人年轻时知道什么并不重要,只要知道怎么学习就够了。纵观人类历史,人们浪费掉的精力达到了骇人的程度。正如此书所要展示的,社会暗中促成了这种浪费。无疑教师是罪魁祸首,但这也是因为世界在为他撑腰,帮他误导学生。结论很明确。只有那些精力最充沛、适应能力最强、运气最好的人能克服阻力或惰性,而这些人也要花四分之三的精力才能做到这一点。

不管适应不适应,亨利·亚当斯于1871年结束了自己的教育,并像他周围的人一样开始将之运用于现实。二十年之后,他发现已经完成了使命,可以总结一下了。他不抱怨任何人。他们都对他报以善意;他从未碰到敌意、坏脾气甚至不礼貌之举,从未跟人争吵过;他从未遭受严重的欺骗或忘恩负义。他发现年轻人乐于接受建议,远远超出了他的想象。虽然怨声载道,但他不明白为什么自己竟然没有什么可抱怨的。

在这二十年中，他完成的著作之多别人无话可说，他超额完成了自己的工作。仅就出版的作品而言，公共图书馆的书架上摆了那么多他的著作，真是荒唐之极。他不知道这些书有什么用；他是个盲目的作者。不过他的大多数朋友甚至艺术家也是如此。他们中没有任何人自以为是，以为自己提升了社会的水准，或者对他们那个时代国内或国外流行的方法与风格深怀敬意。不过他们都曾试图在某一方面提高社会水准。对老一辈人，比如亨特家族[8]来说，这种努力使他们筋疲力尽。但1870年以后出生的一代却更为引人注目，不是因为财产或者人数多，而是因为自信心。三十年代出生的人当中，相当一部分功成名就，菲利普·布鲁克斯、布雷特·哈特、亨利·詹姆斯、H.理查德森、约翰·拉法吉，如果必要的话这个名单还可以列下去。他们的学校又冒出了一批新秀，如奥古斯塔斯·圣·高登斯、麦金、斯坦福·怀特以及许多四十年代出生的人。这些人即使在六千万或八千万国民停滞不前的思想中也是一股力量。在所有这些人当中，克拉伦斯·金、约翰·海依和亨利·亚当斯的生活平平淡淡，他们努力在一个既没有什么社会地位又没有凝聚力的阶层填补空缺。这种缺失没有给他们带来什么耀眼的奖章，但他们二十年以来孜孜不倦，努力工作，就好像这会给他们带来名誉或权力似的，直到最终亨利·亚当斯认为已完成了自己的职责，可以与社会结账了。他的一生奇妙美好，如果让他重新选择的话他也不会另有所求。他很满足，或者说他认为他很满足。但由于缺乏真正的教育，他疲倦了；他精神低落，像一匹筋疲力尽的老马，他退出了赛场，离开了马厩，另寻草场，离过去的草地越远越好。1871年，教育终止；1890年，人生走完；其余都无关紧要！

....

不论金、海依[9]和亚当斯三位朋友如何评价过去二十年的得失，他们在1892年所能看到的仍然十分模糊。他们已经失去了二十年，但他们得到了什么呢？他们经常讨论这个问题。海依有惊人的认人的能力，他会突然中断谈话，看见窗外拉斐特广场上步履蹒跚的老指挥官或内战中的海军上将，他们正要去俱乐部打牌或者喝鸡尾酒："那不是布兰科伯格战役中冲破叛军队伍的老达什吗？想一想，他在战争中可是个闪电式的人物！"或者，更能吸引亚当斯的是："那不是老伯特维尔吗，蹦蹦跳跳像个快乐的孩子！"他们就这样走过去了！那些曾经支配帝国命运，同时也支配了海依、金和亚当斯命运的人，现在还不如那些频繁更替的国会议员，这些议员连将军是伯特维尔还是伯特维尔是将军都分不清。他们取得了世人知道的最大的成功，但这对他们有什么用呢？除了虚荣，成功能卖多少钱呢？所有这些人，从总统到平民，如果以每年一万美元来换取他们因成功而获得的社会声望，他们当中有谁会拒绝吗？

不过声望仍有其价值。当时，亚当斯正兴致勃勃地对心情抑郁的奥古斯塔斯·圣·高登斯讲解经济学。他说："说实话，必须承认，即便你没有得到报酬，你也从创作精品中得到了一些益处。一些真正成功的美国人很愿意邀请你赴宴——只要不是太频繁就行。他们会邀请海依一两次，但不会邀请我。"被遗忘的政客毫无价值；将军和海军上将价值不大；历史学家价值甚微。总的来说，艺术家是最好的。当然，财富不在考虑范围之内，因为它充当裁判的角色；但是，归根结底，裁判肯定会承认，声望作为资产具有一定的价值，虽然很难达到每年一万美元，或者五千美元。

海依和亚当斯有条件从他们住宅的窗户瞭望拉斐特广场的古迹，他们应有尽有，别无所求，心满意足。他们的名字已经印在几十本书的封面上，被列入一两本传记词典。但这些与声望无关，他们与伯特维尔或圣·高登斯一样不能肯定这是不是成功。海依花了十年时间写《林肯传》，也许林肯总统很沾光，但海依呢？除了流行书的炮制者先是剽窃他书中的内容，然后又通过辱骂作者来掩盖自己的行为之外，海依从中得到了什么就很难说了。亚当斯在杰斐逊和麦迪逊身上花了十年或十二年，以商业眼光来看，所花的费用怎么说也不会少于十万美元，还有一年五千美元的年薪。从他自己的财力来看，这样的花费比饲养赛马还要奢侈。而当他思考自己从中得到了什么回报时，却一无所有。即使弗兰克·帕克曼[10]那长达七百多页的相对廉价、通俗的书，也是在他生命即将结束时第一版才得以出版，印数达到七百本。对作者来说，印刷一千册，每册二十美元或多一些已经是求之不得了。除非四处推销，要印两千册纯属做梦。就亚当斯所知，他只有三位认真的读者——艾布拉姆·赫威特、韦恩·麦克伟以及海依。他们的评价已经令他十分满意了，其他五千九百万九千九百九十七人[11]的评价无关紧要；不过在其他方面，他和海依都相形见绌。他们的声望的主要标志就是从窗口俯视从拉斐特广场经过的活着的或者死去的伟人，一种与他们的作品无关的特权。

这个世界总是一片好心、文质彬彬、喜欢取乐，对那些逗乐的人张开双臂，对每个不决意跟它对抗的人或者不增加它的开支的人充满耐心；但这不是声望，更不是实实在在的权力，倒像是或者说更适合于喜剧演员的表演。当然，即便在美国，杰出的女高音或男高音的嗓子也能博得无尽的掌声，因为它能给人们带来无尽的快乐。不过,一个人根据自己所拥有的财富做好收支平衡表,所能得到的投资回报也就这么多。海依和亚当斯从不冒险,从不投入高额赌注。金走的是雄心勃勃之路,做着数百万的交易。他不止一次接近大获成功,但结果仍然不确定,同时他生命中最好的岁月悄悄地流失了。他最缺乏的是友情。

这样,1892年,海依、金以及亚当斯都不知道自己是否获得了成功,也不知道如何测量或定义成功,而美国人似乎比他们强不了多少。事实上美国人一无所知。他们在比希伯来人当年走过的西奈沙漠[12]更凄凉的荒野中彷徨,既没有毒蛇也没有金牛犊供他们膜拜。他们早已失去了崇拜的感觉,因为他们崇拜金钱的想法似乎也是个错觉。崇拜金钱是旧世界的特点,是一种接近于崇拜上帝或任何一种有形力量的健康的欲望,而美国人比之前任何人都更加鲁莽地浪费金钱,不仅挥金如土,而且毫无意义,超过了任何挥霍无度的王公贵族。他们根本没有相对价值的概念,拿到钱以后不知所措,除了用它再赚钱或者把它挥霍掉之外不知道怎么办。也许人类历史上从没有过像旧金山的百万富翁们在诺布山上所建造的豪宅那样的奇特景观了。除了铁路系统,1840年以来从地下开采的无数财富全都不见了。阿列根尼山以西完全可以被荡平,在一两年内旧貌换新颜。美国人脑子里不像欧洲人或亚洲人那样尊重金钱,倾家荡产也满不在乎。但他们在金钱这条邪路上耽误过久,已经找不出其他方向。他们躲避、不信任、厌恶理想,在对过去的无知这一点上无人匹敌。

在与人的交往中亚当斯注意到了美国人的这一特点。他刚回到华盛顿就去了石溪公墓,去看他不在时圣·高登斯应他邀请而塑造的铜像[13]。自然,每个细节他都很关注,每根线条、每一个艺术特征、光影的每一个转变、每一个与真实的呼应之处,以及能引起对圣·高登斯的品位或感觉的正确性的怀疑的任何证据。因此,每当春天来临时,他都要经常驻足于此,看看这尊铜像是否能给他一些新的启发;但是,尽管它所表达的东西很多,他却从未思考过它的寓意。他以为它的寓意很平常,属于人类最古老的思想。他知道,如果问一位亚洲人它的含义是什么,从开罗到勘察加半岛,无论男女老少瞥一眼就能回答出来。从埃及的狮身人面像到镰仓的大佛,从普罗米修斯到耶稣,从米开朗琪罗到雪莱,艺术在塑造永恒形象上已经尽其所能。如何理解雕像的寓意,关键并不是艺术家的意图,而是观看者的想法。亚当斯坐在那里的工夫有好多人来参观,因为这尊铜像似乎已经成了旅游景点,大家都想知道它的含义。大多数人认为它是一座肖像,其余的人因为没有导游,所以脑子一片空白。没有任何人能感受到印度婴儿或日本人力车夫所具有的直觉感受。唯一的例外是那些牧师们,他们的讲解更为深刻。人们把同伴一个又一个带到这里,显然沉浸于自己的想法,对自己认为雕像所表达的绝望感、无神论以及厌世思想大发雷霆。与其他人一样,牧师也只看到了自己本来就有的东西。和所有伟大的艺术家一样,圣·高登斯只不过提供了一面镜子,除此以外没有其他。美国大众丧失了理想的眼光;美国牧师丧失了信仰的眼光。不过他们都比那些年老、愚钝的士兵更美国化,这些士兵谴责塑造这样一尊塑像的艺术家,认为把钱花在一尊塑像上还不如花在酒桌上更划算。

在这片自我满足的大地上,他登陆、迷失、被弃。亚当斯看到的只有一样东西,其他东西都为其服务。只有一样东西吸引了六千万美国人的能量,其他的东西,不论真实还是想象,都被排除在外。自 1870 年以来,铁路的力量急剧增加。一千六百万吨的煤炭年产量已经很接近大英帝国一千八百万吨的水平了。前进路线的交汇,美国发展的势头,过去想都不敢想的东西正在成为现实。对历史学家来说这个时刻令人激动。铁路本身已经没有 1868 年让人兴奋了,因为它提供的创造利润的机会比过去少了。亚当斯是跟铁路一块诞生的,跟它一起成长,他好奇地关注着它每一公里的进展,对它就像对邻居一样熟悉。但在那里他得不到新的教育。尽管还不完善,铁路似乎比任何别的社会机器更能满足社会的需求。眼下,社会对铁路这项发明十分满意,也为自己的成绩沾沾自喜。现在铁路方面已经没有什么新东西可做可学了。世界忙着冲向电话、自行车和有轨电车。年过五十的亚当斯一本正经地、艰难地学会了骑自行车。

除此之外,他没有看到新生活的迹象。他苦苦寻求,还是一无所获。他并非刻意求新,在华盛顿一直待到将近七月份,脑子里仍然一片空白。于是他回到英格兰,在德斯达度过了夏季。十月份他又回到华盛顿,等待克利夫兰先生重新当选,偶然记下自己的一些零星感悟,仅此而已。这个世界他已经看够了,没什么好害怕的了。他尤其对银行家充满了不安和不信任。即使是已逝去的人,也会允许自己固守一些狭隘的偏见。

[1]外交家:指亚当斯的父亲查尔斯·亚当斯。

[2]私人秘书:指亨利·亚当斯自己,他在父亲任英国大使期间担任父亲的私人秘书。

[3]马修·阿诺德:1822—1888,19 世纪英国著名诗人、评论家。

[4]野牛：美洲野牛，为大平原地区印第安人的生活来源，19世纪后期几乎因白人的到来而灭绝。

[5]范德比尔特准将和杰·古尔德：范德比尔特家族曾经是美国非常富有的家族之一，创始人科尼利尔斯·范德比尔特（1794—1877）是著名的航运、铁路、金融巨头。杰伊·古尔德，十九世纪美国铁路和电报系统巨头。

[6]昆西：亚当斯的祖父、美国第六任总统约翰·亚当斯住的地方。

[7]布莱克斯通：威廉·布莱克斯通爵士，英国18世纪著名法学家。

[8]亨特家族：十九世纪美国白银巨头。

[9]金、海依：金即克拉伦斯·金，为美国地质调查局官员；海依即约翰·海依，曾为美国总统林肯的私人秘书。亚当斯与他们交情甚好。

[10]弗兰克·帕克曼：1823—1893，美国著名史学家，以描写美国西部开发史、印第安战争和创作传记著名。

[11]五千九百万九千九百九十七人：作者认为当时美国总人口六千万，减去三个，即五千九百万九千九百九十七人。

[12]西奈沙漠：据《旧约》记载，希伯来人曾在此迷路。

[13]铜像：亚当斯委托美国雕塑家奥古斯塔·圣·高登斯在洛克里克公墓为纪念妻子玛丽安而制作的青铜雕像，名为"不可思议的神秘来世与上帝之和平"，简称"哀思"。

思考题

1. 亚当斯是什么时候跟父亲回到美国的？这段时间美国的最大变化是什么？
2. 为什么亚当斯很难适应新的美国社会？
3. 亚当斯最好的朋友有哪些？他们有什么共同之处？
4. 十九世纪七八十年代的美国总统是谁？当时的美国有什么特点？亚当斯为什么对美国文明如此失望？
5. 试总结亚当斯对教育的看法。
6. 试比较亚当斯与富兰克林、梭罗的生平。亚当斯的成功表现在哪些方面？

第三单元
西方自然观

【导读】

　　希腊哲学包括自然哲学与道德哲学两部分。前者关心的是外部世界的本质,后者则以道德法则作为哲学的首要问题。柏拉图、亚里士多德以及中世纪神学都认为精神高于物质、人高于自然。近代西方科学兴盛,认为自然界独立存在,自然规律高于一切。但人文主义又认为,人能够发现自然规律,使之为人类服务。西方博物学、自然科学都与人类征服自然的活动分不开,可见仍然没有摆脱人类中心论。无论西方古典文学还是中世纪神学,自然审美及自然保护思想发展滞后。近代后期,随着浪漫主义的兴起逐渐出现了回归自然、崇尚自然的理想,其中最具代表性的即爱默生与梭罗的作品。前者突出自然景色的象征性,后者更为激进,将"荒野"与"文明"对立起来,表达对现代文明的批判。

　　人类中心主义(anthropocentrism)在西方文化中占有核心地位,西方宗教、哲学、科学均视动物为人类的工具。西方历史上的功利主义、经验主义姑且不论,即使是最坚定的神学家、理念论者,在环境和动物问题上往往表现出偏狭与冷漠,从柏拉图、亚里士多德到阿奎那,从边沁到康德、富兰克林,无一例外。[①] 近代以来,随着西方扩张的加剧,野生动物遭大规模灭杀,畜牧业遍布全球,由此带来了物种灭绝、环境恶化、医疗健康危机等问题。严峻的现实也引发了反思与变革的浪潮。20世纪以来,西方博物学家、生态学家开始呼吁保护野生动物和生态环境;良医从人类健康的角度呼吁改变饮食结构;仁人志士从伦理学、医学、环保、社会、政治各个角度考察人与动物的关系,指出破坏环境、工厂化饲养动物要付出巨大的代价。

---

① 彼得·辛格:《动物解放》,祖述宪译,青岛出版社,2006。

第一节　西方随笔散文

一、爱默生《论大自然》选

爱默生具体介绍见第159～160页。

切实而言，很少有成年人能看见大自然。大部分人看不见太阳，至少他们看到的很肤浅。太阳只能照亮成人的眼睛，却能照进儿童的眼睛与心灵。热爱大自然的人的内心感受与感官能保持一致，即使长大成人依然童心不改。与天地的交流成了他每天不可缺少的食粮。不论生活中遇到什么困难，在大自然面前他都欢喜无比。大自然说，他是我的孩子，虽然生活充满了困苦，与我在一起时他却充满喜悦。不仅晴天与夏天如此，每一个季节、每一时刻都洋溢着快乐，因为从闷热的正午到漆黑的子夜，每一时刻与变化都对应并且产生一种独特的心境。不论是喜庆还是悲伤，大自然都能与之配合默契。身体健康时，空气和蔼宜人。暮色中穿过光秃秃的野地，地面布满了积雪融化后产生的水洼，天空浓云密布，虽然没有任何值得高兴的理由，我的内心却无比欢喜，欢喜得让人害怕。在树林里，人拂去岁月的沉积，就像蜕掉了皮，不论什么年龄都始终像个孩子。在树林里，人青春永在。在这上帝的花园里，一切庄严神圣，时刻保持庆典的状态，来访者即使待上一千年也不会厌倦。在树林里，我们重拾理性与信仰。在这里，我无忧无虑，(只要有眼睛)没有大自然不能治愈的羞辱和灾难。站在裸露的地面——沐浴着欢快的空气，面对无穷的太空——卑鄙的自我消失了。我成了一个透明的眼球；我什么也不是；我能看见一切；"宇宙之灵"的激流穿我而过；我是上帝的一个部分或一个颗粒。最亲近的朋友的名字听上去遥远而陌生；兄弟、熟人的身份——无论是主人或是仆从——变得微不足道、俗不可耐。我是无限与永恒之美的追随者。在荒野里，我发现了比在街道上或村庄里更珍贵、更亲切的东西。在寂静的风景中，尤其是在遥远的地平线上，人看到了与自己的本性一样美的东西。

思考题

1. 上文中,作者是怎样认识自然的?
2. 试将作者认识大自然的方法与达尔文的方法进行比较,并思考二者有何不同。

二、梭罗《漫步》选

梭罗具体介绍见第 157 页。

(一)这边是城市,那边是荒野,让我来选择吧! 我要远远地离开城市,遁入荒野。

(二)我所说的西部只不过是大自然的代名词。我一直想说的是:保护世界,贵在自然。每棵树的枝条都在寻找自然。城市在不惜一切代价引入自然。不论是耕田还是远航,人们都在寻找自然。振奋人类精神的补品与药物来自森林与荒野。我们的祖先是野蛮人。

(三)生命在于自然,最富有生命力的东西最自然。

(四)要拯救一个城镇,靠的不是住在里面的正人君子,而是周围的森林与沼泽。如果一个城镇上有原始森林遮蔽,下有原始森林的腐殖土滋养,这个城镇不仅适合种植玉米、土豆,而且还将孕育出诗人和哲学家。这样的土壤养育了荷马、孔子这样的贤哲,也正是从这样的荒野中走出了吃蝗虫、喝野蜜的改革家[1]。

希腊、罗马、英国这样的文明国家就是建立在古代原始森林形成的土壤之上的。它们的寿命取决于土壤的肥力是否衰竭。啊,人类文化! 如果一个国家土壤中的腐殖质枯竭了,这个国家就没有希望了,那时它就只能用父辈的骸骨作肥料了;那时诗人只能靠自己身上多余的脂肪,哲学家只能靠自己的骨髓勉强维持生命了。

(五)即使是家畜,我也喜欢看到它们能恢复本能,这说明它们还没有完全失去原有的野生习惯和活力。有一次,初春时节,邻居家的奶牛跑出了牧场,勇敢地游入冰冷、灰色的河水。河面因冰雪融化而涨满,有二十五或三十杆[2]宽。那情景就像野牛在横渡密西西比河。这一举动使所有的牛都获得了尊严,令我对它们刮目相看。牛马厚厚的皮毛下藏着本能的种子,就像深埋地下的种子,可以无限期地等待。

活蹦乱跳的牛很少见。一天,我看见十几头公牛与母牛四处奔跑,蹦蹦跳跳,就像一群硕大的老鼠,甚至像小猫。它们摇头摆尾,在山坡上跑上跑下。它们的犄角和动作使我想起了鹿。可是,如果这时突然传来一声"喔!",它们马上就会热情顿减,从鹿变成牛;它们的腰肋和肌腱就会僵硬起来,变成机动车。是什么邪恶的幽灵对人类高喊了一声"喔"呢?的确,像许多人一样,牛的生活有点像机器,行走时一次只挪动身体的一侧。人发明了机器,机器却把人变成了牛马。被鞭子抽打的地方都麻木了。我们常说"牛排",可是有谁听说过"虎排"呢?

我很高兴马匹与小公牛必须经过训练才会成为人类的奴隶,人里面也有一些在被社会驯服之前心性尚未泯灭的。无疑,并非所有人都一模一样,全是文明社会的良民。大部分人像狗和羊一样继承了温顺的性格,这并不等于说其他人也应该丧失本性,降到同一层次。人与人大体相似,但又各有区别,多种多样。简单的工作人人都会做,差别不会很大。伟大的事业则需要独特的才能。堵塞墙洞、遮挡风寒这种事谁都能做,但像本文作者所担当的罕见角色,恐怕无人能做到。孔子说:"虎豹之鞟,犹犬羊之鞟。"不过真正的文化既不应把羊变得残忍,也不应驯服老虎;用虎豹的皮做鞋子绝非其价值的最佳体现。

注释

[1]吃蝗虫、喝野蜜的改革家:指犹太先知施洗约翰。

[2]二十五或三十杆:"杆"为英国长度单位,一杆约为16.5英尺(约合5米),25杆或30杆即约125米或150米。

思考题

1.作者认为越是接近荒野的东西越有价值,并批判文明人脱离了荒野,失去了自由。请论证作者观点的合理性。

2."虎豹之鞟,犹犬羊之鞟"有什么深刻含义?

3.试比较《漫步》与《庄子》,找出它们的相似与不同之处。

三、缪尔《加利福尼亚的山》选

背景介绍

约翰·缪尔(John Muir,1838—1914),美国作家、博物学家、自然保护主义者。缪尔生于苏格兰,后随父母移民美国。他自幼热爱自然,早年从威斯康星步行到墨西哥湾,后到加利福尼亚、阿拉斯加、南美等地考察。缪尔最喜欢加利福尼亚的内华达山,多年在这里观察研究,撰写文章宣传自然保护。缪尔文笔华丽、热烈,洋溢着对自然的热爱。缪尔是20世纪初美国自然保护运动的领袖,在设立约塞米蒂等国家公园的活动中立下了汗马功劳,也是美国民间环保组织塞拉俱乐部(The Sierra Club)的奠基人之一。文集有《我们的国家公园》《夏日走过山间》《加利福尼亚的山》等。

森林风暴

山风饱含爱,如雨露,如阳光白雪。它如期而至,使林木茁壮成长,美不胜收。林中的其他自然现象范围均有所局限,唯独风无所不在。每年冬天,积雪压断了山顶树木的枝条,闪电击倒了零星的树木,雪崩瞬间铲除数千棵树,就像园丁在修整花圃。但山风会造访每一棵树,抚摸每一片叶子、每一根树枝、每一个树干表面凹陷的沟痕,无一例外。不论是冰雪覆盖的山顶,嶙峋的岩石间高高耸立、枝叶招展的山松,还是小沟里最卑微、最不起眼的植物,山风都会四处寻觅,找到它们,抚慰它们,让它们伸展肢体,锻炼一番,好好成长,有的被剪去了树枝树叶,有的则整棵或整群被铲掉。一会儿,它犹如熟睡的婴儿,喃喃之间从枝叶间穿过,一会儿又像大海般咆哮不止;风为山林祝福,山林为风祈祷,打造出难以言喻的美与和谐。

你如果见过直径近两米的松树被山风吹得像草一样摇摆,或者巨树轰然倒下,令群山颤抖,你会感到惊讶,除了低矮的树丛,其他的树能不能有足够的时间不受风暴影响,得以生长?或者即使得以生存,迟早也会被吹倒?但是,当风暴过后,看到这些树林安然无恙,焕然一新,庄严耸立,想想自最初扎根那一天起,多少个世纪以来它们所经历的风暴——冰雹击倒了刚刚发芽的幼苗,闪电引起大火与毁灭,雪、风、雪崩摧毁一切——这荒野风暴文化的最终结果就是我们眼

前的完美景象；这时，我们对大自然的林业充满信心，再也不会谴责即使是最强烈的风暴或引发风暴之物。

在塞拉山，有两种树只要健康成长，永远也不会被吹倒。这就是山顶的杜松和矮松。它们坚硬扭曲的根像鹰爪一样紧抓暴风吹打的山崖，绳子般柔软的枝条顺从地来回摇摆，风无论多大也无可奈何。其他的高山针叶树——针松、山松、双叶松和铁杉——因长得强壮、密集，很少遭受严重的破坏。同样的结论也适合于低处的大树。威严的糖松高度可达 60 米以上，虽然给暴风提供了好靶子，但树叶并不浓密，平行伸展的枝条随风飘动，就像小河中顺水轻摆的绿藻；而大部分地方的冷杉都能紧密团结。黄松或银松是塞拉山被吹倒最多的树，因为此类树枝叶的重量与树高的比例较高，而且树之间间隔经常较大，使得风暴能够长驱直入。再者，因为此类树是沿山麓地带生长，这里是冰期过后冰川融化时首先暴露的地方，土壤遭受的后冰期风化比较厉害，比山顶新生的土壤更为疏松、衰老，因此不利于根部的稳固。

在考察莎斯特山的林区时，我发现了一条飓风留下的通道，横躺着数千棵被吹倒的黄松。大大小小的树木被连根拔起或扭断，留下一片空地，跟雪崩后的景象一样。不过具有这种破坏力的飓风在塞拉山很少见。从山的一头到另一头，不得不承认，无论我们怎样评价构成这些森林的要素，它们都是地球上最美的森林。林中的风声能打动每一个人，除此之外树木（尤其是针叶林）随风摇摆、如波浪般翻滚起伏的景象也同样令人振奋不已。黄松最能展示风的威力，连对最微弱的风也极为敏感的高贵的热带棕榈或桫椤树也相形见绌。美洲巨杉林的风中舞姿优美壮观，难以形容，但在我看来松树才是风最好的解说者。它们就像婀娜多姿的巨型黄花，唱着、谱写着它们漫长的生命之歌，从不走调。不过，在真正的山地，你很少能看到或听到这些景象或声音。杜松粗壮魁梧，树干周长有时甚至超过树高，如磐石般坚牢。矮松的枝条细长如鞭，随风飘舞，如波浪般起伏，但最高大、苗条的树干巍然屹立，狂风之下也仅略微颤动而已。铁杉、山松以及一些高大的双叶松林在风暴中尽情摆动，舞姿优雅。不过，森林与风会合的壮观景象仅限于低地和中部地带。

我在塞拉山经历的一次最美、最振奋人心的风暴发生在 1874 年 12 月。当时我正在尤巴河一条支流的河谷考察。天空、地面和树木被雨水冲洗后正在变干。天空晴朗无比，温暖、芬芳，阳光明媚，是加州冬天最美的时刻，散发着最纯洁的春之气息，又有所能想象到的最振奋人心的风暴作点缀。平常我都是在外露宿,这天恰好住在一个朋友家中。然而,当风暴来临时,我立刻奔往林中观赏。因为在这样的时刻,大自然总会展示奇景,而对生命和身体的威胁不见得比嘟嘟囔囔缩在房子里大。

　　我出发时仍是清早。美好的阳光洒满了山岗,照亮了松树顶部,似乎散发出一股股夏季的芬芳,与剧烈的风暴味形成鲜明对照。空中到处是松树缨和亮绿的羽状树叶,它们在阳光下闪烁飞舞,仿佛疾飞的小鸟穿梭而过。空气清新,除了树叶、成熟的花粉和枯枝落叶外无丝毫纤尘。每过一两分钟就能听到树木倒下的声音,持续了几个小时。有的是因为土壤疏松、地面积水而被连根拔起;有的是过去因火灾留下伤疤,被拦腰截断。观察各种树摆动的姿态十分有趣。年轻的糖松体态轻盈、枝叶蓬松,如松鼠的尾巴,大风中树梢几乎触及地面;巨大的老糖松早已身经百战,高高挺立,粗壮的树干随风摆动,姿态庄严,修长弯曲的枝条随风起舞,根根松针都发出快乐的声响,放射出宝石般的光芒。花旗松的枝条水平伸展,密集的松针呈灰色,闪闪发光。它们耸立在群山顶部,形态庄重醒目。生长在谷地的浆果鹃树皮呈红色,树叶宽大光滑,随风摆动,被树叶反射的太阳光闪闪烁烁,波光潋滟,就像经常见到的冰川湖。但此刻银松才是所有树木中最漂亮、最引人注目的。巨大的尖顶高达六十余米,却像柔软的麒麟草般随风摇摆,像虔诚的信徒在朝拜、歌唱,无数颤动不已的树叶形成一条绿叶带,太阳光一照,如燃烧的大火熠熠生辉。风如此强大,连最牢固的巨树的根系也受到影响,你靠在树身上就能明显感觉出来。自然在举行一场狂欢,即使最僵硬的巨树的每一根纤维也兴奋不已。

　　我在这激动人心的自然之乐曲中游荡,穿过多条溪谷,从一条山脊到另一条山脊,途中为了躲避风雨或者为了观察、倾听一次次藏在岩石的背风面。即使当自然的大合唱达到最高潮时,我仍能听到每一棵树独特的声音。云杉、冷杉、松、无叶的橡树——我甚至能听到脚下枯草极其微弱的沙沙声。每一个都在以独特的方式表现自己——唱着自己的歌,摆出自己特有的样子——它们的千姿百态、丰富多彩我在其他森林从未见过。加拿大与南北卡罗莱纳、佛罗里达针叶林中的树木像草叶一样一致,聚集的方式也像草丛一般。一般来说,针叶树不像橡树和榆树那样个性突出。但加利福尼亚林中的树种超过了世界上任何森林。不仅树木的族群多种多样,而且几乎每一棵树都个性突出,因此风暴所产生的效果极其壮观,难以形容。

　　中午时分,我忍着刺痛,用很长时间穿过漫长的榛木丛和山葵丛,来到附近山岭的最高处。这时我突发奇想,如果能爬到树顶,不仅能从高处放眼四望,而且还能听到树顶针叶演奏的风之音乐。不过在当时的情况下,选择哪棵树十分重要。有一棵树根部不够结实,似乎有被刮倒或者被其他倒落的树压倒的危险。另一棵树下半部没有树枝,而且树干太粗,手脚抓不紧,不利于攀爬。其他树的位置不太理想,不利于观赏景色。经过反复考察,我在一群道格拉斯云杉中挑了一棵最高的,这群云杉像草丛一样浓密,除非全部倒下,否则哪个也不会倒。虽然树龄不大,但这些树有约三十米高,它们柔软浓密的树顶随风剧烈摇摆,如痴如狂。我因为经常从事植物学考察,爬树很在行,很快就爬到了树顶。我从未体验过如此高贵、快乐的运动。细长的树顶随着狂风拍击呼啸,不停地来回摇摆、旋转,忽上忽下,忽左忽右,我则紧抱着树,就像芦苇上的一只食米鸟。

  树顶的最大摆幅有二十到三十度,但我知道这种树很有韧性,因为我曾见过同一种树经受过更严峻的考验——被大雪压得几乎弯到地面——却没有一根纤维断裂。所以我很安全,可以尽情享受风的吹打,从优越的制高点观赏森林兴奋的表演。不论什么天气,从这里看到的景色都会无与伦比。此刻我的目光扫过长满松树的山岗与沟谷,就像面对波浪起伏的农田;我看到树叶的亮光随风荡漾,形成宽阔的波浪滚滚向前,穿过河谷,从这个山岭到那个山岭。树叶反光形成的波浪经常会突然分解,化为泡沫,然后形成相互追逐的一个个同心圆弧,最后像冲上和缓海岸的波浪般消失在山麓地带。弯曲的松针的反光极其强烈,使得整个森林看上去像是覆盖着白雪,黑色的树荫部分更加突显出银色的光芒。

  除树荫部分外,这松树之海洋溢着一片欢欣的气象,尽管是冬季仍色彩绚丽。松树和刺柏的树干呈棕色、紫色,大部分叶子带着黄色;月桂树的叶子背面发白,在风中翻动,呈一片灰色;褐色的熊果树丛星星点点,四处点缀;浆果鹃的树皮泛着鲜艳的红色;而山坡上灌木丛间裸露的地面则呈现一块块浅紫色和棕色。

  风暴的声音与周围绚丽多姿的光与形配合默契,无比壮观。光秃秃的树枝与树干发出低沉的轰鸣,犹如瀑布的声音。松针紧张而快速的颤抖一会儿形成刺耳的尖叫,一会儿又降为光滑的低喃。谷地月桂丛沙沙作响,树叶碰撞的声音如金属般清脆——只要气定神闲,所有这些都听得清清楚楚。

  树木的千姿百态尽收眼底,即使相距几千米,也能从其动作辨认出是哪种树,当然从形状、颜色以及反射阳光的方式也能辨认出来。一切都显得强壮而舒适,似乎欣然接受如此热烈的问候。现在我们经常听到有关生存竞争的讨论,但这里却看不到人们所说的竞争，没有一棵树感到有危险，因此而沮丧畏缩；只有内在的喜悦，既不张扬，也不恐惧。

我在树上待了好几个小时，不时闭目养神，倾听风之音乐，静静享受随风飘来的香气。此时林中的香气没有天热下雨时浓烈，那时富含香脂的苞芽和树叶就像浸泡在水中的茶叶一样香气四溢。不过带有树脂的枝干和无数松针相互摩擦碰撞，风的气味已经十分浓烈。除了来自当地的香味，还有从远处飘来的气味。因为风发源于海上，曾经吹过海面的波浪，又穿过红木林和长满了蕨类的沟壑，接着又铺展开来，越过海岸山脉被鲜花覆盖的条条山岭、穿过金色的平原，登上紫色的山麓，带着沿途搜集的各种香味进入这里的松林。

虽然我们不一定能看懂它所传递的信息，但风是所触及之物的宣传者。仅凭风的气味就能知道它所经过的地方。航海家远远就能嗅见陆地吹来的风中的花香，海风也能将红皮藻和大型海藻的香味吹入内陆深处，即使夹杂了上千种陆地花的香味仍然很容易被辨认出。试举一例说明。小时候我在苏格兰的福斯湾闻过大海的味道。后来我独自移居威斯康星，一待就是十九年，这期间从未闻到海风的味道。后来我独自沿密西西比河向墨西哥湾徒步旅行，采集植物标本。到达佛罗里达后，离海还远，我完全被周围的热带植物所吸引。这时，一阵微风吹过蒲葵树和开花的藤蔓，我一下子辨别出随风飘来的大海的味道，回想往事，思绪万千。岁月的间隔突然消失，我仿佛又回到了童年的苏格兰。

大部分人喜欢观赏山中的流水，难以忘怀。虽然风比流水更美更壮观，而且可以像流水一样明显，却很少有人注意。当北风涌向塞拉山绵延不断的山峰时，人们能看到长达近两千米的白雪就像一面在山顶飘扬的旗帜。风形成的这类景象即使想象力极差的人也不会看不到。当我们看到周围树木骚动不安时，能从树木的反应推断风的势头。远处，风如波涛般滚滚向前，从一座山冲向另一座山，令一片片松林起伏摇摆。近处，则见细枝碎叶四处飞舞，一会儿平飞，一会儿旋转，或者穿越旋涡的边沿形成一个个巨大的穹形气团，直冲云霄，或者如燃烧的火焰摇曳不定。平稳深沉的风，激流状、瀑布状、旋涡状的风围绕每一棵树、每一片叶子，越过各种地形，边走边唱，像河水顺从河道的形状一样不断改变自己的形状。

追溯塞拉山水流的踪迹，从山泉到河谷平原，从白浪飞溅的瀑布到晶莹清澈的潺潺流水，从在充满巨石的峡谷中翻滚奔腾的灰色泡沫到林中静静流淌、漫漫无际的水面，了解了水流的千姿百态，我们才能听到它们齐声演奏的大合唱，在脑海中形成覆盖整个山峦的水系图。然而即使这幅景象也远不如风暴降临山林时形成的场面壮观、震撼。

树和人,我们都是银河系中的过客。不过在这次风暴之前,在爬上树顶随风摇摆的经历之前,我从未意识到树也是我们通常所说的旅行家。树经常旅行,只不过行程较短。其实我们来来往往的所谓旅行跟树的摇摆差不多,有的还不如树。

风暴停息后,我从树上下来,穿过寂静的树林。风声渐渐消失,朝东走,我看到一片片森林归于宁静,一棵棵树木犹如虔诚的听众伫立在山坡上。落日的金辉洒在它们身上,似乎在说:"我给你和平。"面对这美丽的景色,风暴造成的所谓破坏消失得无影无踪,这些高贵的树林从未如此清新、欢乐、永恒。

思考题

1. 缪尔文中使用最频繁的形容词有哪些?
2. 作者对景色的描写有何特点?结尾处是如何概括自然的含义的?
3. 阅读刘基的《松风阁记》,思考《松风阁记》与缪尔的《森林风暴》在风格、审美情趣上有哪些不同?

第二节　西方生态伦理散文

一、马什《人与自然》选

背景介绍

乔治·帕金斯·马什（George Perkins Marsh，1801—1882），出身于美国佛蒙特州的名门望族，自幼好学，精通多种语言，为著名语言学家。他有律师、商人、国会议员等多重身份，出任美国驻意大利大使达二十一年。马什被认为是美国第一位环境保护主义者，其著作《人与自然》收集大量资料，揭示人类对环境的破坏，提醒人们保护自然环境，推动了美国环保事业的发展。该书与《瓦尔登湖》《沙郡年记》《寂静的春天》并列为美国环境保护经典。

引论（节选）

罗马帝国疆土的自然优势

罗马帝国在其鼎盛期包括地球上自然条件搭配最完美的一些地区。地中海地区大小盆地周围的各省份气候温和、土壤肥沃，植物、矿物品类丰富，自然条件有利于商品的运输和交易，这些都是旧世界或新世界类似地区所无法比拟的。土地与水供应充足，一切所需，应有尽有，令人赏心悦目，足见大自然之慷慨。固然，这里的金银不如那些金银资源丰富的地区多，但那些地区的经济因此深受其害，而地中海地区矿井和河流所产的少量金银极有利于作为贸易手段的货币的稳定，因此也有利于商业交往的稳定。虽然罗马人的征服事业和财富使他们拥有世界上所有的荣华富贵，他们对象征东方野蛮的傲慢的珍珠、红宝石、蓝宝石及钻石并不陌生[1]，但这些非罗马所产。不过，这些宝石最初在欧洲相对稀少，所以古典时期灵巧的艺术家专心于石刻，从而使普通的玛瑙和光玉髓价值连城，在鉴赏家眼中远远超过最夺目的东方宝石。

这里，各种条件得天独厚，气温、降水的分配、水陆的搭配、海产、土壤的性质堪称完美，生产原始艺术品所需的原材料亦唾手可得。但是，欧洲、西亚以及利比亚文明社会的衣食所需并非原生于此。从莱茵河畔直到尼罗河两岸,五谷丰登,麦浪滚滚,叙利亚、意大利、希腊山坡上的葡萄藤,西班牙的橄榄,极乐岛上的苹果园,古代乡村饲养的家畜家禽,所有这些都是从其他地区引入,后来才适应了新环境,并在人类手中逐渐完善。同时,数百年的辛勤努力消灭了野生植物,使土地只生产高产的植物。每一片面包都是汗水换来的,都离不开辛勤的劳作。不过辛勤劳作能获得的成果没有什么地方比这里更丰厚。虽然付出相同,但没有什么地方能获得如此丰硕甘美的果实,满足人们对物质生活的种种需求。

罗马帝国内环境的衰退

如果我们将上面提到的地区的环境现状与古代史学家和地理学家有关这些地区多么肥沃、应有尽有的描述相比较,我们就会发现,整个罗马帝国有一半以上的土地要么已经被文明社会抛弃,一派荒凉绝望的景象,要么至少生产能力和人口大大降低,甚至那些曾经以野生及人工栽培物富饶多产、居民富有高贵著称的省份也不例外。山嘴及山脊上的大片森林消失了,树木下面由朽木和落叶累积形成的腐殖土被冲跑了,林地周围和林间空地上的高山草场及高地农田的土壤也逐渐流失。曾经靠灌溉植被茂盛的草地因给古代水渠提供水源的池塘和水库枯竭或因滋养草地的泉水干涸而失去了生命力,一片荒凉景象。史书和歌曲中赞美的著名河流退缩成了不起眼的小溪。保护与装点小一点的河流的两岸的柳树不复存在,河水不再常年流淌,因为进入旧河道的一点儿水在干旱的夏季蒸发掉了,或者在到达低地前就被干渴的土地吸光了。小河的河床扩展成大片卵石和沙砾滩,夏天不用脱鞋就能蹚过,到了冬天水流才大一些。可通航的河流的入口处沙洲堆积;曾经商船云集的港口,现在因河口泥沙沉积而堵塞;入海处河床抬升,水流速度降低,河面宽度增加,成千里格[2]的浅海和沿海沃土变成了瘴气弥漫的泥沼。

除史书中明确记载这些已衰退地区——北非、阿拉伯半岛、叙利亚、美索不达米亚、亚美利亚以及小亚细亚、希腊、西西里等众多地区,甚至意大利和西班牙的部分地区——昔日曾经多么富庶外,四处散布的大量古建筑遗迹和内部改造工程残骸也说明,今日凄凉萧条的土地昔日曾人烟密集,一派繁荣。养活如此多的人口靠的是肥沃的土地,而这样的土地现在已很难见到;正因为土地肥沃,物产丰富,才使得古代波斯的军队以及后来的十字军那样大规模的军队不用专门的给养部门就能在长途进军中获得充足的给养,而这些地区现在连一个团的给养都拿不出来。

可见,罗马帝国最美好富庶的省份在基督纪元刚刚开始时土壤、气候、地理位置都十分优越,加上人类辛勤努力使之臻于完善,可谓地利人和、人口稠密、文化发达。这些地区现在地力消耗殆尽,生产力如此之低,除个别地区幸免于难外,已不能维持文明社会的存在。如果把这些衰退地区以外的波斯和远东地区那些曾经人口稠密、流淌着牛奶蜜汁,现在却荒凉不堪的地区也包括在内,衰退地区的总面积比整个欧洲还大。这些土地过去养育的人口不比今天整个基督教世界少,现在却沦为废墟,或者只有少量人口居住,除维持生存外生产少有盈余,文化与社会生活停滞不前,对全人类精神与物质世界的贡献也就可想而知了。

衰退的原因

这些国家曾一度繁荣,其衰落的原因无疑部分源于人类无法抵抗和左右的地质力量,部分源于人类恶行的直接破坏。但最主要的原因是人类对自然规律的无知,或战争及世俗政府与教会的专横和管理不当。仅次于对自然规律的无知,使得罗马帝国最高贵的一半沦为荒凉废墟的根本原因有二:首先,罗马自己对所征服地区(甚至包括意大利)实施的摧残性的暴政;其次,帝国遗留下来的像恶咒般遍布广大辖区的世俗与精神专制,仍以暴力或欺骗的形式笼罩着罗马军团所控制的所有土地。

人类不能同时反抗自身的压迫和自然界的惩罚。当这两者结合起来时,人类注定要失败。他们曾从原始森林中开垦出的良田也将退回野生状态,虽然树木茂密,但毫无用处,或者沦为干旱贫瘠的荒漠。

罗马在乡村征收的农产品税如此之高,农民即使变卖所有收成也无法缴纳,征兵活动也减少了乡村的人口。罗马强迫人们义务劳动,修建公共设施,使农民陷入贫困。罗马还制定了种种荒唐的限制和不明智的规章制度,阻碍了工业的发展和帝国内外的商业活动。因此,大片土地无人耕种或被弃。这些土地已经没有原始植被的保护。本来农民精耕细作,用农作物代替了天然植被,有一定的保护作用。但现在土地完全裸露,地表任由各种自然力侵蚀。这种情况愈演愈烈,四处蔓延。只是最近,在欧洲人口最多的地区人们才有所醒悟,开始认识到修复失去平衡的大自然十分必要,获益者是他们的子孙后代;人们开始认识到,前辈挥霍浪费所欠之债需要后代偿还。只有这样才符合宗教法则和人类的生存规律:利用这个世界,但不要滥用。

人的破坏性

人类早已忘记,他对地球只有使用权,而没有将地球消耗殆尽的权利,更无权恣意挥霍。大自然有保护自己的基本物质,也就是构成大千世界的原材料不受根本损害的能力。闪电、龙卷风,甚至可怕的火山和地震活动也不过是物质的分解与重组。无机物与有机生命亿万年来相互协调、配合,为的是一旦时机成熟,造物主能将地球交给人类,供其居住。但是,大自然却让人类拥有了彻底打乱无机物与有机界秩序的能力。

上面说过,若没有人类的干扰,有机界与无机界之间和谐安定,虽然不是一成不变的绝对平衡,但在时间和空间上却具有持久的延续性,或者至少各种条件变化非常缓慢。但无论在哪里,人都是一个扰乱者。人所到之处,自然的和谐就被打乱。保证原有秩序稳定性的搭配与合作被推翻。当地动植物品种被消灭,代之以外来品种,自然生长被禁止或受到限制,地表要么裸露,要么覆盖着新的强制生长的植物,附带着新来的动物。这些刻意引发的变化和更替造成巨大的变革,不过虽然这些变化的规模和意义都很大,但与随后出现的偶然性的、预料之外的结果相比,仍算不了什么。

在所有有机体中,只有人堪称破坏者;他掌握着大自然无法抵抗的力量,这个大自然正是所有生命体和无机界的主宰。这证明人虽然身处大自然中,却并不属于她。他出身高贵,超过了那些为大自然孕育并受大自然制约的其他生命。

固然,有许多残忍的动物凶手,包括野兽、鸟类和昆虫——所有动物都以其他生命为食并因此毁灭它们,但这种破坏能够得到补救。事实上正因为如此,一种动物或植物才不会被另一种消灭;被其他动物当食物的物种,其繁衍能力总是与它们所要作出的牺牲相称。而人却对受害于自己的物种赶尽杀绝;其他低等动物对生命的伤害受其食欲限制,人杀害数千种生命毫不留情,而且并非出于所需。

处于自然状态的地球只适于野生动植物生存,并不适于人类。野生动植物繁衍生息,井然有序,几近完美,不会也不需要对地表布局或自身的天性作任何大的改动,它们只是互相牵制,防止某一物种过度增长,侵犯乃至消灭另一物种。简言之,若没有人类的干预,低等动物及原生植物的种类、分布、比例以及地球表面的自然地理状况本来会无限期地保持稳定状态,所有变化均十分缓慢,源于神秘的宇宙力量或地质活动。

然而,人类用技术与冷漠无知的荒野自然激烈抗争,并极力征服之,否则人以及为人类服务的牲畜,还有为人类提供衣食的农田作物和瓜果蔬菜,都无法靠自身的力量生长壮大。人类改造地表环境、控制自然的生长、刺激人为的生产,这些在一定程度上是必要的。不幸的是,人类的干预却超过了极限。他们砍伐森林，却不知正是树木根系织成的网将土壤与岩石连为一体。如果人类在各个地方保留部分林地，允许其自然繁衍，那么因破坏土壤天然保护层而造成的大部分灾难本来可以避免。人类破坏了山区的水塘，这些水本来渗入看不见的地下水道，滋养着泉眼，哺育着牲口，浇灌着土地。为了弥补人类疏忽大意而造成的错误，聪明的古人修建蓄水池和灌溉渠，但这些设施后来却无人维护。人类破坏了保护广大平原地区土壤的保护层，破坏了保卫沿海土地、阻止流沙侵蚀的半水生植被带，却不去种植植被，防止沙丘的蔓延。他们无情地对自然界所有能被自己利用的动物宣战，却不去保护鸟类——它们是捕杀农业的死敌昆虫的能手。

未开化的人类社会很少干扰大自然的安排，人类的破坏性随着文明的进步越来越强大和残酷，直到人类耗尽了土地上的自然资源，面临困境，这时他们才有所醒悟，认识到必须重建被自己随意挥霍的资源或者至少是保护残存的部分。四处游荡的野蛮人不种地、不砍树、不消灭有用的植物或有害的杂草。虽然他们精于狩猎，能够捕获各种动物，以此为食，但他们也猎杀狮、虎、海豹、海象、鹰，因此间接地保护了被这些凶禽猛兽捕杀的较为弱小的四足动物、鱼类和禽鸟类。然而，随着人类定居生活的到来，或者随着游牧生活的到来，人类开始对周围几乎所有动植物一并宣战，而且随着人类文明的进步，他们逐渐消灭或改变了被占领土地上的每一种自然生长物。

人类与动物活动的比较

现代科学家认为，人类对自然的影响虽然在量上比野生动物大，但在质上没有什么区别。也许很难将这两类影响截然分开，但文明人的行为动机与主宰野兽活动的食欲有着根本的不同。人类活动往往伴随着意外的、不想要的结果。人类活动受清醒的意志引导，往往追求间接和遥远的目标。而动物受本能支配，就我们所看到的来说，它们的目标总是专一而直接。荒野林地的居民与河狸都砍伐树木，前者是为了种植橄榄树，让后代享受果实，后者则是为了啃食树皮或者用树枝搭建巢穴。动物对外部世界的影响很缓慢，往往局限于一小块土地，因此大自然有时间和机会发挥自己的修复能力，动物刚一离开，大自然就已经差不多修复了它所造成的破坏。事实上，正是大自然把动物赶跑，以便修复自己。相反，人的活动范围极大，他们造成的改变迅速而彻底，所造成的破坏在他们逃离现场后很长时间内仍很难修复。

一个地区的地表状况甚至气候条件都取决于该地区的植被的性质。人类通过驯化活动大大改变了他培植的植物的习性和特征；通过精心选择，人类大大改变了为他服务的动物的形态和特性;与此同时,人类还彻底消灭了多种动物,虽然植物的情况有所不同。动物的影响怎能与人相比?北美大陆的部分地区曾有大量四足动物和鸟类,但人烟稀少,只有少数原始部落居住。在地理大发现与殖民扩张之前的二十个世纪里,估计没有发生什么大的地理变化。与此同时,在旧世界最富饶的地区,数百万公顷土地成了贫瘠的沙漠。

人类的破坏活动颠覆了大自然在有机界与无机界之间建立起来的联系,扰乱了二者之间的平衡。结果在被破坏的地区,大自然释放出破坏性的能量,这些能量本来受到有机界各种力量的制约,是人类的助手,现在人类不明智地将其抛弃,任其肆虐。森林没有了,腐殖土中储藏的大量水分蒸发掉了,补充的水分只有突如其来的暴雨,腐殖土变成了干涸的灰尘,全被大雨冲走了。曾经绿树环绕、青翠欲滴的山岭如今岩石嶙峋,山下碎石遍布,河道被堵塞。除了四季降雨分配均匀、地形平坦,或者有人为措施阻止环境衰退的地区外,地形高的地方成了荒山野岭,不见绿草,平地沼泽密布,瘴气弥漫。在小亚细亚、北非、希腊,甚至欧洲山区的部分地区,人类活动造成的种种影响使地表一片狼藉,几乎与月球表面无异;虽然古代这里曾森林密布、绿草茵茵、草甸肥沃,现在却凄凉无比,优势不再,不可能再被人类利用,除非有什么大的地质变化或神秘力量、因素介入,这些我们无从得知,也无法控制。地球正在迅速变成不适合于其宠儿人类居住的家园,人类若继续其倒行逆施,挥霍无度,再过这么长时间,地球将失去生产能力,沦为废墟,气候将恶化,人类将面临堕落、野蛮化,甚至灭亡的危险。

注释

[1]注意此处作者对东方的描述带有偏见。

[2]里格:一种古老的测量单位。在测量海洋时,它被认为相当于3海里,合5.56千米;在测量陆地时,它被认为相当于3英里,合4.83千米。

思考题

1.作者是怎样证明古罗马帝国的环境被严重破坏的?古罗马帝国的环境被严重破坏的原因是什么?

2.马什注意到的环境问题主要有哪些?

3.马什认为环境问题产生的主要原因是什么?

二、利奥波德《沙郡年记》选

奥尔多·利奥波德(Aldo Leopold,1887—1948),生态学家、文学家,当代环境保护思想的奠基人。毕业于耶鲁大学林学院,早年任国家森林局管理员,后任威斯康星大学野生动物管理专业教授。针对20世纪不断加重的环境问题,利奥波德提出了大地伦理的思想。他认为,人类是自然的一部分,人类是生态群体的一员,群体的利益高于个体,故人类不应只关心自己的利益,应尊重自然,爱护其他生命。利奥波德最重要的著作是1949年出版的《沙郡年记》(A Sand County Almanac)。在这部作品里他将科学与文学完美地结合起来,以深邃的思想、真挚的情感、优美的语言表述了对自然界的热爱。

《旅鸽纪念碑》为悼念北美洲旅鸽的灭绝而作。旅鸽曾经数量非常庞大,但因大规模捕杀和森林砍伐而灭绝。美国鸟类学家威尔逊曾观察到二十多亿只旅鸽栖息的景象,但1900年最后一只野外旅鸽被杀,1914年最后一只人工饲养的旅鸽死去,旅鸽竟从地球上消失了。

旅鸽纪念碑

我们树立了一个纪念碑,悼念一个物种的灭绝。它象征着我们的悲哀。我们悲伤,是因为活着的人们将再也看不到这胜利之鸟气势浩荡的方阵。它们曾在三月的天空为春天扫清道路,把战败了的冬天从威斯康星所有的树林和草原中赶跑。

那些曾在青年时代被疾飞的鸽群之风暴震撼过的人仍然在世。十年后,就将只有最老的橡树还记得,再往后,就只有山岗还记得。

书中和博物馆里会有旅鸽,但那是一些标本和图像,它们对所有的苦难和欢乐全然无知。书中的鸽群不会从云层中突然窜出,使鹿群慌忙寻找躲避之处;书中的鸽群不会振翅飞翔,发出雷鸣般的声响,冲向挂满果实的山毛榉林。书中的旅鸽不会在明尼苏达州刚刚收割的麦田进早餐,然后又飞到加拿大吃蓝莓。它们不懂得季节的紧迫,感觉不到太阳的亲吻,也体会不到风雨的无情。它们存在着,却没有生命。

我们的祖父辈[1]吃、穿、住都不如我们。他们为改善命运所做的努力正是我们失去旅鸽的原因。也许我们现在悲伤，是因为在内心深处，我们不能确定这种交换是否值得。新发明带给我们的舒适比旅鸽给我们的多，但新发明能给春天增添同样多的光彩吗？

自达尔文以来，我们知道了古人不曾知道的东西，即人类只不过是生命旅程中其他生物的同伴。这一新知识应使我们对其他生物感到一种同胞之情，使我们能够推己及人、敬畏生命、胸怀万物。

在达尔文进化论出现一百年之后，我们尤其应该认识到，人类虽然是生命探险之船的船长，却并不是这艘船航行的唯一目的。人类以前这样认为，只不过是自我安慰罢了。

这些道理我们早该明白了，但我担心还是有很多人不明白。

一个物种为另一个物种的死亡而哀悼，这是天底下的一遭新鲜事儿。杀死最后一只猛犸象的克罗马农人心里只想着烤肉；射杀最后一只旅鸽的猎人只想展示他高超的枪法；用棍棒打死最后一只海雀的水手根本什么也没想。而我们，这些失去了旅鸽的人为旅鸽而悲伤。假如这是我们的葬礼，想必旅鸽不会为我们悲伤。这个事实，而不是杜邦公司开发的尼龙或者万尼瓦尔·布希先生研制的炸弹，才是人类比动物优越的客观证据。

············

这个纪念碑犹如立在这个悬崖上的游隼（sǔn），它将俯视这个广阔的山谷，日复一日、年复一年地守候在这里。每年三月，它将看大雁飞过，听它们向河水说：冻原的水比这儿的清澈、冰凉、宁静多了。每年四月，它将看着紫荆绽放又凋谢。每年五月，它将看到漫山遍野开放的栎树花。好奇的林鸳鸯将飞来飞去，在椴树中搜寻空心的树干。金色的黄森莺将摇落河柳金黄色的花粉。八月，白鹭将在沼泽中伫立，鸻（héng）鸟将从九月的天空发出鸣音；山核桃将啪嗒啪嗒落在十月的树叶上；冰雹将袭击十一月的树林，发出"嘎嘎"的声响。但是，没有旅鸽飞过。因为旅鸽已经没有了，除了这只铜制的、立在石碑上的、不能飞翔的雕塑。游客们将读到这段碑文，但他们的思想却无法振翅飞翔。

经济至上主义者告诉我们，为旅鸽悲伤只不过是一种怀旧之情，即使捕鸽者没有消灭旅鸽，农民为了自卫最终也会完成消灭旅鸽的使命。

这种话听起来很有道理，但是却经不起推敲。

旅鸽是一股生物学风暴。它是两种极其强大的、对立的力量——富饶的土地和空气中的氧——碰撞产生的闪电。年复一年,这羽毛组成的风暴在北美大陆上空穿梭,消耗着森林与草原的累累果实,似流动的火焰掠过大地。与所有连锁反应一样,旅鸽的生命力虽然强大,却一触即碎。当捕鸽者减少着旅鸽的数量,拓荒者一次次破坏它的食物供应链时,它的生命之火陡然熄灭,连一点火星或一缕青烟都没来得及冒出。

今天,橡树仍向天空炫耀着它们的累累果实。然而,那闪电般的鸽群已不复存在,只能靠蚯蚓和象鼻虫慢慢地、悄然地完成那曾经由雷霆般的鸽群欣然承担的生物学任务。令人慨叹的不是旅鸽消失了,而是在工业化之前的数千年中,它一直存在,安然无恙。

旅鸽热爱它的土地,它靠对成串的葡萄和爆裂的山毛榉坚果的强烈欲望活着,靠对距离和季节的蔑视活着。今天在威斯康星找不到免费食品,明天就到密歇根、拉布拉多或者田纳西去寻找,一定能找到。旅鸽热爱当下的东西,只要有自由的天空,只要有振翅高飞的愿望,这些东西都能找到。

热爱过去的东西是件新鲜事儿,大部分人从未听说过,对旅鸽来说也一样。了解美国的历史,视命运为升华的过程,飞越久远的岁月间隔,嗅到胡桃的气味——这些都是可能的。要做到这些,只需要辽阔的天空和一对翅膀。这些东西,而非布希先生的炸弹和杜邦先生的尼龙,才是我们比动物优越的客观证据。

[1]此文写于1947年左右,祖父辈应为十九世纪末的美国人,当时美国正处在快速工业化的时代,对环境的破坏十分严重,森林被肆意砍伐,野生动物灭绝加速。

思考题

1. "经济学至上主义者告诉我们,为旅鸽悲伤只不过是一种怀旧之情,即使捕鸽者没有消灭旅鸽,农民为了自卫最终也会完成消灭旅鸽的使命。"为什么作者说"这种话听起来很有道理,但是却经不起推敲"?

2. 为旅鸽竖立纪念碑有何意义?

3. 查阅有关旅鸽的资料,了解这种鸟的特点,灭绝的时间,以及灭绝的原因。

4. 这篇文章的核心思想是什么?

三、辛克莱尔《丛林》选

 背景介绍

厄普顿·辛克莱尔(Upton Sinclair,1878—1968),美国作家,20世纪初美国"揭发黑幕运动"的代表作家之一。他的许多作品以实地调查为基础,揭露资本主义的贪婪以及政府的腐败,对改良社会起到了有力的推动作用,影响远远超过一般的文学作品。辛克莱尔一生为劳动者的权利呼吁,是一位有良知的作家。辛克莱尔最著名的作品是1906年出版的《丛林》,该书通过描写芝加哥屠宰场的恶劣环境控诉现代工业文明对待生命的残酷。书名"丛林"意味深长,暗示"丛林法则",是对达尔文"生存竞争"理论的讽刺。该书出版后美国政府着手调查屠宰业,核实了书中几乎所有内容①。国会随后通过了《肉类检查法》和《纯净食品和药物法》。辛克莱尔的作品语言生动,文笔流畅,观点明确。以下摘自《丛林》部分章节。选文由编者翻译,个别地方参考了肖乾等人的译本《屠场》(人民文学出版社,1979年)。

(一)

屠宰场的院子超过二平方千米,其中一半以上用来做牛栏;由北向南,放眼望去,是一片牛栏的海洋。牛栏内挤满了牛——如此之多,你简直想象不到世界上竟会有这么多的牛。红的、黑的、白的、黄的;老的、小的;咆哮的大公牛和出生不到一小时的小牛犊;眼神温顺的奶牛和凶猛的长角德州牛。这么多牛都在叫,那声音听起来仿佛整个宇宙的牧场全都集中到这里来了;至于这些牛的数目——光是数清楚牛栏就要花上一整天的时间。牛栏区到处都是长长的甬道,甬道内每隔一段就有一道门;卓库巴斯告诉他们,有两万五千道这样的门。最近,卓库巴斯在报纸上读到一篇文章,上面满是这样的统计数字,他将这些数字背给游客们听,看到他们发出惊叹他感到非常自豪。尤吉斯也有一点这种自豪感。他刚刚在这儿得到一份工作,成为这一切的参与者,成为这台神奇机器上的

---

① 唐纳德·皮泽尔:《美国现实主义和自然主义》,张国庆译,上海外语教育出版社,2000,第251页。

一个齿轮。

在各处的甬道里,穿着靴子、手持长鞭的人骑在马上疾驰。他们忙得不可开交,互相招呼着,也向赶牛的人招呼着。他们有的是从各州远道而来的赶牛人和养牛人,有的是经纪商和佣金代理商,还有各大熟食加工厂派来的买主。他们会不时停下来检查一群牛,然后进行简短而有条理的商谈。买主如果点头或放下鞭子,那就意味着价钱公道,可以成交;卓库巴斯会把这笔交易记在他的小本子上,跟那天早上成交的几百笔交易记在一起。然后,卓库巴斯指给游客看,牛群要被赶到哪里去称重。称重的磅秤一次可称近五十吨,然后自动记录。他们站的地方离东入口很近,院子的东侧是铁路,满载着牛的车厢将牛源源不断地运来。运牛车一整夜都在工作,到早上这会儿牛栏都满了;但到了晚上,牛全被卖出去,牛栏又空了,就这样周而复始。

"那这些牛去哪里了呢?"特塔·埃尔兹比塔大声问。

"到今晚,"卓库巴斯回答说,"他们都将被宰杀分割。在包装加工厂的另一侧有更多的铁路,火车会把它们拉走。"

向导继续告诉他们,屠场之内有四百千米长的铁路,每天送来大约一万头牛,同样多的猪和五千只羊。也就是说每年大约有八百万到一千万活物变成食物。一个人站在那里观看,不久就会感到这些牲口像潮水一样都朝着加工厂的方向前进。一群群的牛被赶上一条高过牛栏、大约五米宽的坡道。坡道上牲口川流不息;看着它们毫无疑虑地一步步走向自己悲惨的命运——一条死亡之河,真是令人毛骨悚然。我们的朋友们不是文化人,他们看到这样的景象不会联想到人类的命运;他们只能想到:这一切是多么高效。猪爬上坡道——一直走到远处建筑物的顶端;卓库巴斯解释说,这些猪靠它们自己的腿的力量往上爬,然后它们自身的重量又把它们往下送到每一道宰杀程序,最终变成猪肉。

"在这儿什么也不会被浪费,"向导笑着说,又加了一句俏皮话,"猪身上除了尖叫之外什么都有用。"他很高兴那些不明世故的朋友们竟认为这句俏皮话是他的原创。在布朗的办公大楼前有一小块草地,要知道,这是镇上唯一的一抹绿色;同样,关于猪和它的尖叫声的俏皮话是所有向导的招牌,也是你在这里所能找到的唯一一点儿幽默。

看完牛栏后他们沿着街道走到屠场中央的一大片建筑物前。这些建筑是砖砌的,上面沉淀了厚厚一层屠宰镇的油烟,墙上刷满了广告。看着这些广告,游客突然意识到生活中那么多折磨他们、诱惑他们的东西原来发源于此:那些旅行时大煞风景的招贴画、报纸和杂志上打眼的广告，那些印在脑海里挥之不去的可笑的打油诗，以及伫立在每个街角、随时闯入行人视野的俗丽的招贴画。他们就是在这里制作布朗皇家火腿和培根、布朗调味牛肉、布朗精制香肠的！这里是达勒姆纯板油、达勒姆早餐培根、达勒姆牛肉罐头、罐装火腿、鸡肉粒和无可匹敌的肥料的生产总部。

进入达勒姆的一幢建筑后，他们发现已经有许多游客在那里等候。不久，来了一个向导陪他们参观整个镇子。向导着重向游客们展示屠宰厂，这是个现场打广告的好机会。但卓库巴斯压低声音悄悄地说，游客们也就只能看到厂方希望他们看到的东西罢了。

他们顺着大楼外面的一长串楼梯爬到五六层高的楼顶。那条滑道也通到这里，庞大的猪群正在耐心而努力地向上爬；上面有一个休息的地方，可以让它们凉快一下，然后穿过另一条过道进入一个房间。到了这儿，它们就再也回不去了。

这是一间狭长的房间，旁边有一个供游客参观的走廊。房间一头有一个大铁轮，周长约六米，轮子的边缘挂着许多铁环。轮子的两边各有一点儿空间，猪群最终来到这里。房子正中间站着一个身材魁梧、袒胸露背的黑人。这会儿轮子已经停下来了，有人在清理，他可以暂时休息一下。一两分钟后，铁轮又开始慢慢地旋转起来，站在它两边的人赶忙开始工作。他们把铁链拴在最近的一头猪的腿上，铁链的另一头钩在轮子上的一个环上。这样，当轮子转动时，这头猪就被猛地拽倒，头朝下吊在半空。

就在这时，一声极其可怕的尖叫声冲进人们的耳朵。游客们吓了一跳，女人们脸色苍白，直往后退。紧接着又是一声更尖利、更痛苦的叫声——猪一旦踏上这个旅途，就再也不能活着回去了；它在轮子的顶部被送往一部滑轮车，然后被送到屠宰间里。与此同时，又一只被吊起来了，然后又一只，最后空中并排吊了两排猪，每头被吊起一只脚，疯狂地乱踢乱叫。那声音几乎要震破耳膜，令人毛骨悚然；有人担心房子顶不住这么大的声音，墙壁可能会坍塌，或者天花板会裂开。尖叫声此起彼伏，痛苦的呻吟、哀号不绝于耳；也许瞬间会有短暂的停歇，但马上就又叫起来，而且比之前更响，飙升到震耳欲聋的程度。有些游客受不了了——男人们面面相觑，紧张地干笑，女人们则站在那里，攥紧拳头，脸涨得通红，泪水漫上眼眶。

地上的工人毫不理会这一切，他们只顾干自己的活。无论是猪的尖叫还是游客的眼泪对他们都毫无影响；他们把猪一个接一个挂起来，然后迅速地割开猪的喉咙。长长一排猪叫着叫着没了声响，血也流干了；直到最后，它们又逐个落入一个巨大的沸水桶，水花四溅。

这一切进行得如此有条不紊，简直让人着迷。这是在用机械制造猪肉，用应用数学制造猪肉。可是，即使是最冷漠的人也会禁不住想起那些猪。它们是那么无辜，那么信任人类，它们的抗议合情合理！它们并没有做错什么，却这样死去。在这里，人们就这样冷酷地、毫无感情地把它们吊起来，既没有歉意，也没有愧疚的泪水，它们死得不仅痛苦而且屈辱。当然，偶尔会有游客为它们流泪；但不管有没有游客，屠宰的机器都会继续运转。这一切就像是在地牢里犯下的某种可怕的罪行，没有人知道，没有人注意，它被掩盖起来，没有人看见，也没有人记得。

一个人站在那儿看久了，就会开始思考，这一切意味着什么、象征着什么，开始听见宇宙中猪的哭叫。难道我们相信，在地球或地球以外真的没有一个猪的天堂可以抚慰它们所经受的苦难？每一头猪都是独一无二的：有的是白猪，有的是黑猪，有的是棕色的，有的是带斑点的；有的已年老，有的还年轻；有的又长又瘦，有的体型庞大。每一头都有自己的个性、意志、希望和内心的渴望；每一头内心都充满了自信、自负和自尊。它信心满满地过着自己的生活，这时候一个黑影突然罩住了它，可怕的厄运降临。命运向它扑来，抓住了它的腿。命运冷酷无情、麻木不仁；它的一切抗议、尖叫都无济于事；命运对它毫不怜悯，仿佛它的愿望和感情根本就不存在似的；命运割断了它的喉咙，看着它一命呜呼。而现在，有没有人会相信这世界上有一个猪之神，对这位神来说"猪性"是宝贵的，他会在意猪的尖叫和痛苦？有没有这样一位猪之神，他会把这头猪抱在怀里，安慰它，奖励它的劳作，告诉它它死得其所？也许我们谦卑的尤吉斯对这一切有所感悟，他转身和队伍里其他人一起离开时，嘟囔着说："天啊！我很高兴我不是一头猪！"

开水烫过之后，机器将猪的尸体从桶里捞出来，然后穿过一个奇妙的机器。这台机器上有无数的刮刀，刮刀可以根据动物的大小和形状自动调节。动物尸体从机器的另一端出来的时候，毛就被刮得干干净净了。尸体然后滑落到二层，又被机器吊起来，通过系统送到两排工人中间。这些工人坐在升降台上，当猪的尸体被运送过来时，每个人各司其职，对它进行处理。有人刮一条猪腿的外侧；另一个人刮同一条腿的内侧。有人一刀迅速地割断喉咙；另一个人利索地两刀斩断猪头，猪头掉在地上，滚进一个洞里。一个人在猪身上划一个切口；接下来第二个人顺着切口将身体划开；第三个人用锯子锯开胸骨；第四个人剁松内脏；第五个人把内脏拉出来，扔进地板上的一个洞里。有人刮猪身的两侧，有人刮脊背；有人清理猪的内腔，把它掏干净、清干净。从这个房间往下看，你会看到约一百米长的一排猪，摇摇晃晃慢慢地往前移动；每隔约一米就有一个工人守在那儿干活，其速度快得好像着了魔似的。猪的旅程结束之前，尸体的每一寸都过了好几道程序；然后，它被送进冷冻室，在那里停放二十四小时。路不熟的人如果走入这片冷冻猪的尸林，很可能会迷路。

不过，在这些猪被送到冷冻室之前必须经过一名政府检验员。检验员坐在冷冻室门口，摸摸猪脖子上的腺体，确保它没有感染肺结核。这位检验员看上去不像是一个拼命工作的人；显然，他并不担心这些猪会不会未经检验从他眼皮底下溜过去。如果你善于交际，他很愿意跟你聊聊，给你解释患有结核病的猪肉里有尸毒，吃了足以致命。就在跟你说话的当儿，有十几头猪他碰都没碰过就从身边过去了。你碍于面子，只好当作没看见。这位检验员穿着一件带有黄铜纽扣的蓝制服，使得他所做的一切具备了威严感，正是他给达勒姆公司的产品盖上了官方检验合格的钢印。

（二）

屠宰台没有取暖设施，工人们整个冬天就像在户外工作一样。至于取暖，这栋楼里除了烹调车间外很少有取暖设施。但烹调车间的工人冒的风险最大，因为他们要去另一个房间时必须经过许多冰冷的走廊，而他们身上有时只穿着一件无袖汗衫。在屠宰台上工作很容易弄得满身是血，血会冻成块儿；人往柱子上一靠，一会儿就冻在上面了。如果手放在刀刃上，挪开时很可能会粘掉一层皮。工人们把脚用报纸和旧麻袋捆起来，这些东西浸在血水里，血水冻结成块儿，再浸入血水、再冻结，如此反复，到晚上他们就要拖着大象一样的脚走路了。偶尔，当工头不注意时，你会看到他们把脚和脚踝伸进冒着热气的阉牛尸体里，或者穿过房间直奔热水龙头。最残酷的是，几乎所有人——所有用刀的人——都不能戴手套，他们的手臂结满白霜，手冻得麻木，难免会有意外发生。空气中满是热水和热血冒出的蒸汽，你只能看到一百五十厘米以内的东西。然而，为了赶上屠宰台给工人定下的速度，工人们得跑来跑去，手里都拿着像剃刀一样锋利的屠刀。在这种情况下，被杀死的人不比牛多已经是个奇迹了。

（三）

　　一个星期天的晚上，尤吉斯坐在厨房的炉子旁抽着烟斗，和乔纳斯介绍过来的在达勒姆公司罐头车间里工作的老家伙聊天。因此尤吉斯了解了一些关于那了不起的、独一无二的达勒姆罐头食品的事情。要知道，达勒姆的罐头食品可是行销全国的。达勒姆公司就是名副其实的魔术师。他们为一种香菇番茄酱打广告，而制作这种酱的人却从没见过香菇是什么样儿。他们给"罐装鸡汤"打广告，这鸡汤就像漫画中画的膳宿公寓的鸡汤，哪里有什么鸡，只不过是鸡穿着胶鞋在汤里蹚了一下。尤吉斯的朋友说，也许他们有一个秘密的化学方法来制作鸡肉——谁知道呢？罐头里有牛肚、肥猪肉、牛板油、牛心，要是还剩下些小牛的碎肉，他们最后也会放进去。他们把这些东西分成好几个等级，以不同的价格出售，但罐头里的东西都是从同一个漏斗里出来的。另外还有"罐装野味""罐装松鸡""罐装火腿"和那些被工人们称为肮脏火腿的"香辣烤火腿"——这种火腿是由这些东西制成的：小到没法用机器切片的熏牛肉残渣；化学染色的牛肚，染了色就看不出白色了；制作火腿和咸牛肉剩的边角料；不削皮的土豆；还有割掉牛舌后剩下的硬喉管；等等。所有这些东西都被巧妙地混在一起磨碎，然后用香料调一下，让它吃起来像一种食物。这位向尤吉斯透漏消息的朋友说，谁要是能发明一种新的口味，谁就一定能在达勒姆发笔财。但是，那么多精明能干的人挖空心思创新了这么久，谁想搞出什么新的东西来是很难的。在这里，喂养的牛如果得了结核病，养牛的人会很高兴，因为结核病能使牛更快长膘。达勒姆公司买下美洲大陆所有杂货店剩下的腐臭的黄油，通过高压气流使其"氧化"，去除腐臭，再跟脱脂牛奶搅在一起，然后压成黄油块卖到城市！一两年前，人们还习惯在院子里杀马，表面上说是为了做肥料；但经过一再努力，媒体终于让公众相信，那些马原来都被做成罐头了。现在在屠场杀马是违法的，屠场确实遵守了这条法律，至少目前是这样。然而，虽然人们随时都能看到长着尖角、毛发蓬乱的动物与绵羊混在一起跑来跑去，但要让公众相信他们购买的羔羊肉和绵羊肉中有很大一部分是山羊肉还是很有难度的。

　　人们还有可能在屠宰镇收集到另外一组有趣的统计数据——关于工人的各种病痛的数据。尤吉斯第一次和塞兹维拉斯参观加工厂时，听到那些用动物尸体做成的东西和有关镇上各种次级工厂的事情感到很惊讶；现在他发现每一家次级工厂都是一个独立存在的小地狱。屠宰台是它们的货源供应地，而这些次级工厂都和屠宰台一样可怕。每个工厂的工人都患有独特的疾病。四处参观的游客可能很难相信屠场会使用上面所说的欺诈手段，但他们没有办法怀疑工人们承受的这些病痛，因为工人自身就是证据——通常他只需要伸出手来就够了。

　　拿腌制车间的工人来说，老安塔纳斯就死在那儿；这些人几乎每个人身上都有看上去让人心惊肉跳的伤痕。一个人在腌制车间里使用手推车时哪怕只是擦伤了手指，都可能疼得要命；他手指上的所有关节都可能被酸性物质接连腐蚀。在屠夫和剔骨工、剔肉工以及所有那些用刀的工人当中，几乎找不到一个有拇指的人；一次又一次，拇指的根部被刀削掉，直到最后只剩下一团肉。工人们就用这团肉压住刀，把刀握在手里。这些人的手上布满了纵横交错的刀痕，数不清有多少道，也没法追溯它们的来历。他们的指甲都是秃的，因为在剥猪皮时指甲被磨掉了；他们的指关节肿胀，手指就像张开的扇子一样合不拢。有些人在厨房里工作，整天在蒸汽和令人作呕的气味中靠着灯光作业；在这种环境里结核病菌可以存活两年，而且每小时新的病菌都在繁殖。还有牛肉搬运工要把九十千克重的牛的身体的四分之一扛到冷藏车里；这种可怕的工作每天从凌晨四点开始，几年之内就能把最强壮的人累垮。有些人在冷冻室里工作，他们的职业病是风湿病；据说没人能在冷冻室工作五年以上。还有那些拔羊毛的人，他们的手比腌制车间工人的手烂得更快；因为拔毛前必须先给羊皮涂上盐酸，以使羊毛松弛，然后拔毛工人必须徒手把羊毛拔下来，直到盐酸把他们的手指腐蚀掉。那些制作肉罐头罐子的工人手上也是伤痕累累，而且每一处伤口都有可能导致血液中毒。有些工人在冲床旁工作，他们要赶上屠场设定的工作速度，长此以往很少有人不会筋疲力尽，因为累昏了头，结果手被冲床切掉了一部分。还有那些所谓的"起重工人"，他们的任务就是按下杠杆的一头，把杀死的牛从地上抬起来。车间里雾气、蒸汽弥漫，他们得尽量往下看，并沿着一根横梁跑来跑去。当初老达勒姆的建筑师们建屠宰厂时没考虑过起重工人的方便，所以每隔一两米或两三米工人们就得弯腰躲过一根高约一百二十厘米的横梁；这使他们养成了弯腰的习惯，几年后他们走路就像黑猩猩一样了。然而，最惨的还是肥料车间的工人和烹调工人。游客们不能和这些工人见面，因为肥料车间的工人身上有臭味，能在一百米以外把任何一个游客熏跑。至于烹调工人，他们工作的杀菌室热气腾腾，有的里面安放着敞口的大缸，几乎与地面齐平。问题是他们会掉进缸里，等被捞出来时身体已经不完整了。有时掉进去好几天了才被人想起来，那时除了骨头什么也没有了。他们的身体已经溶在缸里，跟达勒姆公司生产的纯猪油一块儿卖到世界各地去了。

（四）

　　一个家庭如果有一名成员在罐头厂剔牛肉，另一名在香肠加工厂工作，那么这个家庭对镇上绝大多数的欺诈行径就有了最直接的认识。他们发现，只要肉腐败到做不成别的食品的地步，就要么做成罐头，要么切碎做成香肠，这是约定俗成的。加上在腌制车间工作过的乔纳斯告诉他们的东西，他们现在可以看清整个腐肉行业的内幕，并从那个古老的屠镇笑话——"猪身上除了尖叫之外什么都有用"中解读出一种可怕的新的含义。乔纳斯告诉他们，从腌制车间里出来的肉常常是酸的，这时他们会用苏打水去除肉的酸味，然后把肉卖给"自助午餐"柜台；他还讲到化学可以创造怎样的奇迹，什么样的肉他们都能做出来，新鲜的或腌制的，整块儿的或切碎的，想要什么颜色、什么风味、什么口感都没问题。在腌制火腿的过程中，他们有一个巧妙的装置，既节省了时间，又增加了产量——这台机器的泵上连着一个空心针头，把空心针头扎进肉里，用脚踩泵，几秒钟就能把火腿灌满盐水。尽管如此，还是会有一些火腿变质，其气味令人无法忍受。这些火腿，加工厂的工人们用第二种更浓的盐卤汁来掩盖气味，这个过程被工人们称为"加百分之三十"。而且，有些熏过的火腿已经变质，以前它们被当作三级火腿卖出去，后来有个聪明人发明了一种新方法，可以把变质部分的骨头取出来，然后在取骨后留下的洞里插进白热的烙铁去除臭味。有了这项发明后，就不再有一级、二级或三级火腿了，现在全都是一级火腿。包装商不断给他们的新发明起名字——把猪碎肉塞进肠衣制成火腿肠，他们称之为"无骨火腿"；还有"加利福尼亚火腿"，那是把肉剔干净后带着大肘节的猪肩膀；还有，价格不菲的"去皮火腿"是用最老的猪的肉做的。猪的皮又厚又粗，没有人会买——那就把它们煮熟、剁碎后贴上"猪头肉冻"的标签卖出去。

　　只有整只都坏了的火腿才会被送到埃尔兹比塔工作的部门，用每分钟两千转的沃伦刀搅碎，再混进半吨其他的肉，火腿以前有什么难闻的气味都无关紧要了。人们从来不会注意香肠的原料。从欧洲一路运回来的过期香肠已经发霉、变白了——这些过期香肠会经过再处理，加上硼砂和甘油，倒进漏斗里重新做一遍，制成香肠在国内销售。有些肉滚落到地板上，堆在灰尘和锯末中，工人们在那里踩踏、吐痰，痰里有数不清的结核病菌。仓库里一堆堆的肉都在地上；屋顶漏下来的水滴在上面，成千上万的老鼠在上面跑来跑去。库房里黑得什么也看不清，但一个人只要一伸手，就能摸到肉堆上一把一把的干老鼠屎。这些老鼠很讨厌,所以肉料加工商会投放有毒的面包毒死它们;老鼠是毒死了,但老鼠、面包和肉会一起进入肉料漏斗里。这可不是童话故事,也不是笑话;工人将肉铲进大车里,铲肉的人即使看到老鼠也不会劳神把它挑出来——香肠里混进的莫名其妙的东西太多了,相比之下,一只被毒死的老鼠只是小菜一碟。工人找不到吃饭前洗手的地方,他们习惯用添进香肠里的水来洗手。还有熏肉的碎渣、腌牛肉的碎肉,还有工厂里所有的杂七杂八的东西都要倒进地窖的旧桶里,扔在那儿没人管。他们定了规矩,厉行节俭,所以有些工作隔很长一段时间才会出钱请人做一次,其中就包括清理废料桶。他们每年春天清理一次,桶里有泥土、铁锈、旧钉子和污水——一车一车地被举起来,连同新鲜的肉一起倒进大漏斗里,做成香肠送到大家的早餐桌上。他们会把其中的一些制成"熏"肠,但由于真正的熏肠一般熏制时间越长越昂贵,他们就去找化学部门,用硼砂处理香肠,再用明胶上色,让香肠变成烟熏的棕色。虽然所有的香肠都是从同一个地方出来的,但包装的时候他们会给其中一些贴上"特级"字样的标签,每磅要多收两美分。

(五)

他们总是要求工人们在七点钟赶到屠宰台边准备干活,但在收购员买到牛,牛从坡道赶进屠宰场之前工人们几乎没活可干,他们往往得等到十点或十一点。凭良心说,这已经够糟了。可是如果遇到淡季,他们也许要等到下午晚些时候才能开工。所以,他们不得不在一个可能只有零下二十摄氏度的地方四处游荡。刚开始你还会看到工人们跑来跑去试图取暖,相互笑闹;但是,一天还没结束,他们就会感到浑身冰凉,筋疲力尽。等到牛群终于到来时,他们已经几乎冻僵了,要动一动都是一种痛苦。这个地方很快又活跃起来了,无情的"加速"开始了!

有好几个星期,尤吉斯的一天都是这样度过的,到回家时,屠场只给他记了不到两个小时的工,也就是大约三十五美分的工钱。还有许多日子,屠场记录的工时总共还不到半个小时,有时甚至在那儿待了一天却一分钱也挣不到。总体来说,每天的平均工时是六小时,也就是说尤吉斯每周大约能挣六美元。但是,为了这六小时他要在屠宰台边从早上七点站到下午一点,甚至下午三四点。有时马上该下班了却来了一批牛,工人们必须在回家之前处理它们,经常在灯光下工作到晚上九点、十点,甚至十二点或凌晨一点,其间一口饭都吃不上。

工人干到什么时候全得看牛什么时候到。买家也许会为了压低价格故意拖延——运牲口的人担心厂方当天什么都不买,只好低价成交。出于某种原因,屠场里饲料的价钱比市价高出许多,而且还不许运牲口的人自备饲料。如果因为风雪道路封锁,车很晚才能到,屠场就会连夜以极低的价格把这些牲口买下来。然后按他们铁定的规矩,买下的牲口都要当天宰杀。这件事没得商量——工人们找了一个又一个代表跟厂方商谈这件事,得到的回复都是,规矩就是规矩,没有更改的可能。就这样,在圣诞节前夜,尤吉斯一直工作到凌晨一点,圣诞节那天早上七点他就又站在屠宰台边了。

　　这一切都很糟糕,但还不是最糟的。因为一个人做了那么多苦活儿,却只得到部分的报酬。尤吉斯曾经嘲笑那些谈论屠场欺诈行为的人,以为这么大的屠场怎么可能会骗人?! 现在他才体会到这是多么讽刺的一件事:正是因为规模大,那些人才能肆无忌惮地欺负人。屠宰台有一条规矩,迟到一分钟就要被罚加班一小时;这对屠场来说很合算,因为迟到的工人要把减去一分钟后一个小时里剩下的时间都干满——他们不能歇在一边等着,等下一个小时开始计时再开工。另一方面,如果他提前到达,他是拿不到工资的,尽管工头们常常会在开工哨吹响前十到十五分钟就让大家开始干活。下工的规矩也一样,工作不足一个小时,屠场不给报酬——因为那是"零碎时间"。一个工人可以工作整整五十分钟,剩下的十分钟如果没活了,那这五十分钟就是白干。因此,每一天的下工时间都像是抽彩票——是一场战斗,工头们和工人们就差挑明了打一架。工头催着工人赶紧把活干完,工人则竭力往后拖。尤尔吉斯责怪工头不对,然而事实上并不完全是工头的错,因为厂主在逼他们。当工人的工作速度落后于屠场的标准时,还有什么比号召"为教会加油"更能催促他们快一点儿呢?

　　这是工人们粗鄙的俏皮话,尤吉斯也是听别人解释后才明白的。琼斯这老头子对教会的事业很热心。所以,碰上屠场干些特别不堪的事,工人们就会相互挤挤眼,戏谑着说:"我们现在可是在给教会干活儿啊!"

　　[1]富兰克林总统命令对芝加哥屠宰场的卫生状况进行调查,结果证实了《丛林》(《屠场》)中提到的几乎每一项指控,唯一无法证实的是有关工人掉进大锅,被做成纯净牛油的说法。但据辛克莱尔说:"有好几起此类事故,但老板想方设法把受害者的遗孀送回老家了。"见唐纳德·皮泽尔:《美国现实主义和自然主义》,张国庆译,上海外语教育出版社,2000,第 251 页。

思考题

1. 芝加哥屠宰场每年宰杀多少头猪、牛、羊？
2. 作者是怎么表达对猪的同情的？
3. 作者是怎样描写政府的作用的？
4. 工厂的工作条件如何？厂方是如何克扣工人工资的？
5. 屠宰场的卫生条件如何？

四、塔特尔《世界和平饮食：为精神健康与社会和谐而食》选

威尔·塔特尔（Will Tuttle），生于1953年，当代美国学者、音乐家、演讲家。《世界和平饮食：为精神健康与社会和谐而食》自2005年出版后英文再版已超过十次，被译成十六种文字。书中对动物性食品生产的现状和影响进行全面分析，对"维根素食"的意义和方法进行深入介绍。该书列举大量科学事实，从宏观历史、文化与哲学角度分析了人类饮食的意义，是当代西方有关饮食文化，尤其是人与动物关系的一部力作。该书涉及历史、文化、哲学、宗教、健康、经济、社会等诸多方面，资料极为丰富，视野广阔，同时语言生动，展示出惊人的综合能力。尤其难能可贵的是，作者虽然出生在西方，但对东方文化有深入研究，穿梭于东方、西方、宗教、哲学与科学之间，来去自如，表现出强烈的社会责任感。

罪恶之神话

传统西方宗教所宣传的一个基本观点就是正义与邪恶之间存在着永不停息的战争。一面是上帝：一位住在天上的男性神灵；一面是撒旦：阴险、邪恶、残忍的恶魔。具有讽刺意味的是，魔鬼被描绘成长着羊或牛的角和蹄子的样子，而羊和牛恰恰被人当作食物而遭到无情的关押和屠杀！无可否认，至少在某个层面，这个魔鬼是我们自己的影子——是我们的肉食畜牧业文化对动物进行的持续的大规模暴行所导致的负罪感的表现。

我们拒绝承认自己行为的残忍，因此才感到被一种阴暗邪恶之物折磨，这实属必然。因为我们所看到的邪恶正是我们自己的残酷，我们不承认其存在，所以

永远无法摆脱它。它以魔鬼、敌人、战争和大规模杀伤性武器的形式出现。我们被告知，必须站在保护我们的上帝一边，这个上帝会在与敌人的斗争中保护我们，同时又控制着我们。在理想的情况下，动物和地球不过是这场宇宙之战的材料和舞台；而在最坏的情况下，动物和地球（以及女性和少数族裔）则被视为邪恶、阴暗势力的代表，因此应当被正义所"征服"。

"性本恶"思想是西方文化的重要特征之一，它是西方宗教大力宣扬的信仰的支柱，然而这种宣扬完全没有必要。无论在《旧约》还是在《新约》中都有大量证据推翻这种说法。

智者能看到生命和人性的善良本质，知道在不断的进化和演变中天地万物都受到"生命之源的最原始的祝福"。东方宗教倾向于反对肉食与畜牧业，不像西方传统那样宣扬二元论。在东方传统中，积极乐观的精神得以建立。例如，佛教的核心教义即众生皆具"佛性"，也就是说，所有生命都具备大彻大悟的本性，都可以通过心性的成长与学习达到彻底觉悟。我们的真实本性是善良美好的，这是内在修行的基础。

西方宗教传统中的许多进步派跟佛教有类似之处。它们也认为人及万物都是圣爱的体现，本性为善。我们的精神之旅就是与这种内在之光进行交流，净化自己，使自己成为内在光明之载体。性本恶的概念跟性本善的思想背道而驰。同样，囚禁和屠杀动物的丑恶行径与我们内在的良知相悖。

我们所处的畜牧业文化隐藏着巨大的负罪感，这种负罪感来自对作为人类食物的动物的残忍，来自畜牧业文化对女性的压迫以及对反畜牧业人士和反畜牧业国家的暴力行径。这些暴行都已系统化，它必然带来压抑和负罪感，这正是我们文化中"原罪"信仰的根源。它所造成的根深蒂固的内疚、恐惧和焦虑在不知不觉地影响着所有人，并在物质、思想和灵性层面带来诸多问题。正因为如此，现在有一种鼓励人们从罪恶和审判之中摆脱出来的运动。我们认识到，长期的负罪感削弱了我们的力量，耗尽了我们的能量，让我们长期陷入过时的生活模式当中。虽然我们想摆脱这种负罪感，但如果没有看到罪恶的根源就在日常饮食的残忍之中，我们的思想和行为就依然如故。

思考题

1. 作者是怎样分析"原罪说"的？
2. 作者认为东西方宗教的最大区别是什么？

第三节　坎贝尔《整体论：关于营养学的反思》选

近代以来，西方科学促进了经济的繁荣，改变了人类的命运。但是，20世纪以来，以科学技术为主导的工商业文明也面临巨大挑战。科学以简化论为手段，通过研究局部现象或单一因素寻找事物的规律。科学在处理简单的物质现象时比较有效，但却不适合解决复杂的与人类行为有关的问题。社会宏观调控、环境保护、健康等问题涉及多种因素，需要统一协调，由此有人开始质疑西方科学。

柯林·坎贝尔（Colin Campbell），生于1934年，当代美国著名营养学家，康奈尔大学终身教授，曾任职于美国食物与药物管理局，美国营养科学学会会员，美国癌症研究所高级科学顾问和主要负责人，被誉为"世界营养学界的爱因斯坦"。坎贝尔于20世纪80年代主持的中国健康调查是流行病学研究史上规模最大的关于营养、饮食与疾病的研究。他通过大量科学实验证明动物性蛋白是诱发、加重心脏病、癌症等多种慢性病的主要原因，提倡通过调整饮食预防疾病。著作《救命饮食：中国健康调查报告》、《整体论：关于营养学的反思》（又名《救命饮食II》）出版后引起巨大反响。

简化论与整体论

如果你是个简化论者，那么在你看来，世界上任何一种事物，只要了解了它的所有组成部分，就等于了解了这种事物。相反，整体论者认为，整体可以大于各个部分的总和。概括起来就是如此。不过这个争论自古以来就困扰着哲学家、神学家和科学家。难道这只是一个纯哲学问题，就像争论一个针尖上能容纳几个天使跳舞一样吗？不是的。我们将看到，不同的立场会导致截然不同的科学、医学、商业、政治研究方法，甚至会导致不同的生活方式。

我将在第五章展示这两种方法如何影响我们对营养的理解。现在，先让我们了解一下整体论与简化论斗争的总体情况，探究一下后者是如何占据上风的。

首先需要说明的是，其实这场战争没有必要；在科学简化论与包罗万象的整体论之间并无实质性的冲突。简化论本身并不是坏事。事实上，在过去几个世纪里，简化论研究促成了一些最深刻的突破。在解剖学、物理学、天文学、生物学和地质学等诸多领域,精准的简化论实验所带来的科学进步增加了我们对宇宙的认识,也提高了我们与宇宙积极互动的能力。

整体论不反对简化论;相反,整体论包含了简化论,就像每个整体包含它的不同部分一样。我们没有必要推翻两千年来的科学进步,回到人类崇拜自然却不关心其运作方式的时代。我觉得有六个盲人在研究大象为何物真是太好了。我只是希望有人能稍稍提醒他们,告诉他们整只大象的情况。

....

简化论小史

人类自从诞生以来就想更多地了解周围的世界和自己。我们从何而来?人类的情感都有哪些?我们如何掌控自己的感情?我们要去哪里?生命的意义是什么?

在西方众多思想的诞生地古希腊,科学哲学与神学紧密地交织在一起,有许多共同之处。二者均探讨有关人类生存的意义以及自然界的奥秘这些永恒难题。它们携手而行,科学提供原始资料——科学观察,神学则将这些原始资料转化为有关宇宙的包罗万象的理论或伟大故事。

科学和神学都是我们用来理解和解释事实的视角,是我们观察事物时使用的镜片,就像我们使用的显微镜和双筒望远镜一样。这两种镜片展示给我们的信息要比我们肉眼看到的多得多,但这两种镜片所提供的信息有可能大相径庭。如果我们告诉毕达哥拉斯、苏格拉底、亚里士多德或者柏拉图等希腊科学家、神学家,只能使用其中的一种方法,他们一定会表示抗议。这些哲学家(即"爱智慧者")撰写文章论述或谈论有关食品与健康、正义、妇女权利、文学和神学,就像论述或讨论地质学、物理学和数学一样轻松自如,充满激情和信念。

不知何时——我不是历史学家,只好把细节留给他们——科学和神学发生分歧,分道扬镳,结果两败俱伤。在关于宇宙的真相方面,教会的神职人员恪守教条,敢于质疑教条的均被视为异端。西方科学从此衰退。原本来自观察事实(如托勒密天文学认为地球是宇宙中心)的合乎逻辑的科学推论,在神学家那里变成了不可改变的信条。对现实的第一手观察被理所当然地视为危险活动——万一你观察到的东西跟当时的神学相矛盾怎么办?

直到十三世纪左右科学才开始重新出现,从而开启了一个新时代:文艺复兴,因而导致宗教信仰与理性主义发生冲突。学者们重新认识了古希腊人的著作,受其启发,学习他们的观察方法,不再执迷于神学教条。哥白尼(1473—1543)提出用日心说取代地心说。伽利略(1564—1642)发明了望远镜,证明了哥白尼是对的。

在接下来的三百年里(1600—1900),许多著名而勇敢的学者和科学家不断努力,他们的观察为科学事实战胜神学信仰奠定了基础——至少许多人是这样认为的。以人为本的理性观察与思考——人文主义——蓬勃发展,用事实证明自己既有启发性又有实用性。

但是,这种新的人文主义在战胜了神学教条,赢得了人们的尊重后对神学的态度远不如古希腊先哲宽容。科学家不是与神学家合作,而是努力使自己和自己的研究远离那些没有观察事实为基础的"迷信"。这不仅包括宗教,还包括任何不符合科学观点的思想。科学认为,只有把可观察的世界分解成尽可能多的部分才能发现真理。简而言之:简化论。尽管随着时间的推移,人类所能观察的东西一直在变化和增长,但这一基本信念却没有改变。每一次技术进步只不过是使我们把世界分得越来越细。

过去的二百年里,简化论不断进入我们生活的方方面面,势不可当,从科学、营养学到教育(想想我们学过的相互独立的"学科")、经济学(想想微观经济学与宏观经济学),甚至人类的灵魂(想想它是如何被简化为大脑中的神经网络图的)。

简化论无法解释的东西

看看我们今天了解世界的方法,自称科学的简化论似乎已经大获全胜——但代价是我们并未了解世界。在拒绝宗教对科学的控制的同时,我们也摒弃了神学提供的观察方法的长处:把世界看作一个本质上相关联的整体。也就是说,承认有些事情我们可能永远无法完全了解,只能观察。

除极少部分外,纯"科学"事实无法完全解释我们在生命的特殊时刻,或者面对世界奇迹时所体验到的深邃而复杂的个人情感。当我们倾听美妙的音乐,思考宇宙的来龙去脉,或者欣赏别人的才华和情感时,科学事实能完全解释我们所感受到的灵感与敬畏之情吗?描述酶的运行、神经的传输或者荷尔蒙的爆发真的能清晰地展现我们所感受到的仰慕之心或情感吗?这些东西复杂得难以想象,远非外在的物质研究工具所能及。奥地利数学家库尔特·哥德尔[1]通过他的不完全性定理(发表于1931年)证明,使用简化论方法无法模拟复杂系统。

他用数学方法证明,任何复杂系统都不可能被完全了解,而我们可以完整了解的任何系统只不过是一个更大系统的子集。换句话说,科学永远不能完整地描述宇宙。无论镜片或计算机多么强大,我们永远无法完全准确地模拟出我们从事诸如观看日落这样简单、平凡的活动时所发生的化学反应。这不只是是否具备更好的工具和更强大的计算能力的问题,而是现实本身似乎不允许这样的尝试。

在哥德尔发现数学在描述数字世界方面的局限性的同时,粒子物理学家也意识到,更强的感知工具不足以让人准确了知真实的物理世界。光要么是粒子,要么是波,这取决于你如何观察它。量子物理学则完全摒弃了客观性,用概率而不是真实性来描述亚原子粒子。沃纳·海森堡[2]证明,我们可以在任何时刻观测到电子的位置或速度,但不能同时观测二者。

简化论对完美知识的追求是非常有用的,但我们了解得越多就越发现,用简化论了解宇宙是不够的。

何为"整体"

"整体论"[3]一词的出现要归功于南非政治家和哲学家简·斯穆斯。他认为,真实世界是由一个"巨大的整体"构成的,而"这个整体又由一个个小的自然整体组成"。在我的书中,人的身体是大整体,消化食物的过程只是身体内部的一个小整体。(营养是认识整个身体的一种角度)也可以把这个概念应用到更大或更小的领域,把一个人看作组成地球生物圈这个大整体的一个小整体,或把一个人类细胞看作一个大整体,其中包含着高中生物课学过的线粒体、DNA及其他细胞器。这些细胞器很小,但也能自成一体。不论宏观还是微观,只要观察力和想象力允许,都可以无限延展。从哲学角度讲,从宏观宇宙到微观宇宙存在着不同层次的整体,每个整体都由很多自成一体的小整体组成。

在这本书中,我将只讨论生物学的几个内容:基因表达、细胞内代谢和营养。其中每一个都是极为复杂的系统。但是,把生物学划分成不同的系统令我不安,因为这意味着系统之间存在边界,而实际上这些边界是模糊的、人为的。虽然体内的器官肯定有物理边界,但它们仍然通过神经传输和荷尔蒙传递等方式与其他器官进行交流。人体内的每一样东西,无论是物质的还是新陈代谢方面的,都同时既是整体,又是部分。我们必须将整体划分为各个部分,才能说明其各自的功能,但在这样做的同时,我们也必须意识到,这些划分有一定的人为性。

确实，认为我们的分类系统是对现实的完美写照是一种狭隘和有潜在危险的立场。例如，西医把身体分成不同区域，对肝、肾、心、左髋骨等不同部位分别进行治疗。相反，中医则认为身体是一个充满活力、各部分相互关联的系统。西方诊断为肝癌的病人，在中医看来可能就是"三焦阳气过盛"——指的是以头为核心的上焦、以胸部为核心的中焦以及以盆腔为核心的下焦，这三焦出现了能量的不平衡。当西医第一次接触中医系统时，绝大多数人认为"气"和"经络"是迷信，因为它们与器官、骨骼、血液和肌肉这些显而易见的"客观存在"的表述大相径庭。但针灸可以通过在经络中采气达到治疗疾病的目的，这是有记载的，这证明了中医模式的有效性。

有人可能会说，我们的生物学知识很有限，这是技术问题而不是模式问题；虽然目前来看生物系统超出了我们的理解力，但无论它多么复杂，总有一天我们会有一个足够强大的简化论镜片帮助我们了解它。回到大象的比喻，我们可以把盲人的数量增加到数百万，每个人负责弄清大象的一个微小部分，然后用先进的计算方法和巨型超级计算机将这些组合在一起。实际上，这就是著名的未来主义者、谷歌技术总监雷·库兹韦尔的立场。他设想，一旦我们了解了人体的所有部分，并开发出足够强大的超级计算机，我们就能创造人的身体。

但我认为这种观点是幼稚的——至少对于像身体这样的生物系统来说是如此。以酶为例，酶是一种蛋白质，对完成人体正常运作所必需的各种化学反应，如食物的消化和细胞的构建十分关键。通过实验和观察，我们可以分辨出酶的化学成分、大小、形状和某些功能。但这些东西加起来就是酶吗？在现代科学看来，答案是肯定的。现代科学把酶看作一个独特的东西，具有可识别的边界，现代科学的目标就是识别这些边界。

如果世界确实是由各个部分堆砌而成的，其中每个部分都有可识别的边界，那么也许在未来的某一天，技术专家们可以通过超级计算机、复杂的计算模型和其他技术来了解人体。但世界远比这要复杂。事实上，酶并不是一个独立的单元，它是一个更大的系统"不可缺少"的组成部分。像系统的其他元素一样，它为系统服务。如果某一元素停止为其系统服务，比如像癌细胞那样无限增长，系统就会出故障，甚至彻底崩溃。因为每个部分都是同一系统的组成要素，所有的部分都是相互关联的，没有哪一部分可以单独存在。这意味着每个部分都在影响其他部分，并被其他部分影响。去除或改变某个部分会改变整体。同样，正像我们在后面将看到的，改变整体也会影响各个部分的运行——也就是说，当一个部分发生变化时,所有其他部分都不得不进行调整,以保证系统的运行。

在这种情况下,我们假定的各部分之间的边界就不存在了。简而言之,人体内并没有把某一部分与所有其他部分区分开的"固定"边界。有的是无限的联系和无穷无尽的变化,而正是这种不断变化的因果联系使得简化论预测模型站不住脚。

无边界这个理念很重要,因为它意味着身体的每一个部分都包含了比用简化论将它与所服务的系统割裂开来时所看到的更多的东西。酶由什么组成,它是什么样子,有什么作用,为什么会起到这些作用?——所有这些都取决于人体这个大系统。再好、再强大的技术也不能改变这一基本事实。不管你雇用多少盲人来摸大象的各个部分,不管这些盲人所使用的技术如何强大,你仍然无法获得看见整头大象所需要的能力。

我不赞同将部分与整体分离开来的观点——不管这个部分是营养、生物机制,还是别的东西。我对以下情况表示遗憾:由于脱离了整体来研究部分,我们无法获得有关人类健康的整体性解释以及这种解释所能提供的基于现实生活的解决方案。

疾病的终结

现代医学承诺将创造一个没有疾病、没有早逝,免受癌症、心脏病、糖尿病等疾病折磨的天堂般的世界。虽然几十年来这个承诺并未兑现,但不少人仍对此坚信不疑。

若想知道人们的信心为何如此坚定,只需看看 20 世纪医学令人瞩目的成就就可以了。1900 年,医学在治疗感染、移植器官、用呼吸机维持生命、肾透析、用磁共振成像(MRI)和计算机层析成像仪(CT)检测体内状况等方面还不够成熟,近年来却取得了惊人的进展。在这种情况下人们对未来充满期待十分正常。人们自然会认为,随着计算机等技术的发展,在不久的未来,新发明将把我们从无知和大部分困扰人类的疾病中解救出来。

医疗机构推波助澜,尽情享受着我们对科学进步的迷恋。无论如何,我们对"伟大承诺"的集体信念为"抗癌大战"等项目提供了资金。而流行文化也将无私无畏、专心致志探究治癌"妙方"的研究人员奉若神明。

不幸的是,医疗机构一直没有什么切实的进展。虽然技术突飞猛进,增强人们健康的技术却很难找到。发达国家的死亡率在 20 世纪早期大幅下降,主要是因为人们的卫生意识增强了,而过去五十年耗费巨额投资的高科技进展丝毫也没有减少发达国家的总死亡率和发病率。虽然与五十年前相比,现在医学在急救(比如处理车祸或突发心脏病)方面手段有所改进,但在预防心脏病、癌症这些被称为"富贵病"的慢性退化性疾病方面并未取得什么进展。

然而,我们仍然期待医学奇迹的出现,就像盼望一个骑着白马的英雄救我们于水火一样:一种药片、疫苗、技术,或者某种能使我们免遭疾病困扰的手段,它不仅能帮助我们摆脱病痛,而且能帮助我们摆脱肆意袭击的疾病所带来的如影随形的恐惧。

最令人恐惧的是疾病的随机性。记得1977年,畅销书《跑步圣经》的作者吉姆·菲克斯五十二岁因心脏病猝死,引起轩然大波。媒体以一种讽刺的宿命论的口吻报道了他的死亡,以此证明无论我们多么狂热地追求健康的生活方式也难逃死神的魔掌。

我们真正想通过科学得到的是消灭偶然性。我们想知道为什么疾病会袭击一些人而不是其他人。我们想知道如何保护自己免受病魔的袭击。简而言之,我们希望消除不可预测性。

前面讲过,在简化主义的世界里,不可预测性是不可接受的。在这样一个严格按照物理规律运行的世界里,理论上讲一切都是可知的。如果我们不能准确预测谁会患上胰腺癌或心脏病,那只是因为我们还没有收集到足够多的数据,我们还没有足够灵敏和强大的工具来揭开这个明显的秘密。但不用担心,这一天会到来的!事实上,这一天马上就要到了!可问题是,这样的"马上马上"已经说了四十年了。

期望(营养)与绝望(基因)

不论有意无意,在基因或营养这二者之间选择哪一个会影响我们对健康和疾病的看法,并且影响之大超乎我们的想象。我们是简单接受上天的意志,还是认为我们能够控制自己的命运?如果我们未来的健康主要是由基因决定的,那么努力保持健康就没有意义了。如果我们的选择能够主宰命运给予我们的机会,那么我们就有了努力实现和保持健康的理由。

大多数医学研究者都站在先天与后天二分论的先天一方,肯定遗传是疾病的首要原因。他们错误地认为,通过发现可能导致疾病的基因缺陷或研究DNA中的基因排列,遗传学能够让我们更好地诊断和预测疾病。这些信念的基础是一个在医学科学中相当流行的理论,叫作基因决定论。根据这一理论,我们几乎可以说基因直接决定着健康或导致相关疾病。换句话说,基因基本上是独立运作,"只管做自己的事",几乎不受环境和生活方式影响。

相反,有一种不同于基因决定论的信仰体系,我称之为营养决定论。它认为营养通过开启健康基因和抑制疾病基因来控制基因的表达,从而带来健康或导致疾病。根据我自己和他人多年的研究结果,我认同这个信念体系。

当然,也有一些与营养无关的生活方式因素可以控制基因的表达。还有一些比较罕见的疾病,比如黑蒙性痴呆和其他完全由基因引起的疾病。对于这些疾病,注意营养最多只能缓解某些症状。营养也不是万能药。我们都知道,没有任何一种饮食可以让断肢再生。然而,我想说的是,营养输入是影响基因表达的首要因素。也就是说在绝大多数情况下、绝大多数时候,良好的营养比其他任何东西,包括最复杂和最昂贵的基因干预的作用都要大。

基因是健康和疾病的起点;基因是先天与后天公式中的"先天"部分。但是,决定这些基因是否得以表达以及如何表达的却是营养和其他的生活方式因素,即"后天"部分。后天因素(即营养)对健康和疾病的结果的影响比先天因素(即基因)要大得多。

相信基因决定论意味着相信我们未来的健康和疾病在出生时就已经注定了;随着年龄的增长,我们只是根据我们在母体受孕时获得的基因蓝图从一个疾病转移到另一个疾病而已。这促使人们认为,在预防癌症等重大疾病方面他们几乎无能为力。相反,认为是否患癌症或相关疾病取决于营养摄入的信念更能给人希望,鼓励更为健康的行为。我们将会看到,这种信念并非异想天开,而是有大量的整体论证据作为支撑。下面让我们来看看营养学和遗传学在削弱及修复基因受损和基因异常方面的不同表现,看看简化论对待疾病的方法对我们预防癌症这样的慢性病意味着什么。

[1]库尔特·哥德尔:Kurt Gödel,1906—1978,美籍奥地利数学家、逻辑学家和哲学家,提出了哥德尔不完全性定理。

[2]沃纳·海森堡:沃纳·卡尔·海森堡(Werner Karl Heisenberg),1901—1976,德国著名物理学家,量子力学的主要创始人,1932年诺贝尔物理学奖获得者。

[3]"整体论"的英文应为holism,但在此书及《救命饮食》一书中坎贝尔将holism的拼写改为wholism,他认为wholism更能体现整体主义的本义,因为holism有"神圣"之义。

思考题

1. 坎贝尔批评现代医学的主要依据是什么?
2. 坎贝尔认为应该如何对待疾病?
3. 坎贝尔对人类健康与疾病的认识与中医有何相似之处?

后　记

此书始于本人为西安外国语大学英文学院选修课"中西方文化比较"所编的阅读材料,后来又作为英文学院教学改革实验班(教改班)同名课程的辅助材料。因市场上同类教材基本空缺,故产生了将所选材料合编成教材的想法。恰逢2019年西安外国语大学"一流专业教材"项目征集选题,与两位副主编协商后决定一试,后来顺利入选。

本书涉猎较广,体例复杂,能顺利完成离不开所有参编人员的共同努力。两位副主编在繁忙的工作之余加班加点,主要参编人员在百忙中投入大量时间,任劳任怨。编写人员分工如下:全书的结构、目录,各部分的介绍、编写原则及体例由主编王小伦(西安外国语大学英文学院)负责。主编与副主编张琳琳(郑州大学外国语与国际关系学院)、薛雯(西安欧亚学院人文教育学院)承担了部分选文的注解及全书的总体编排与审校工作。另外,六位西安外国语大学英文学院的学生也参与了本书的编写。孔令乐、崔婷婷、马浩婷、杨晨承担文字输入以及部分古汉语的注释工作。初稿完成后他们又对全书文字进行了详细审校和润色。李佳妮承担了部分文字输入工作,校对了部分选文的译文,最后又审校了全书的格式与文字。周烨堃对两篇选文的译文进行详细修改和润色,组织了全书的网上同步编辑,又审校了全部书稿,统一了全书的目录与格式,提出了许多建设性的意见。年轻人的参与不仅激发了主编的热情,他们的聪明智慧与谦虚、好学的精神又一次证明:后生可畏,不可小觑!

另外,西安外国语大学英文学院张文锦老师参与了部分选文的注解,并提出了宝贵意见。王香竹帮助查找了多篇西方名著选文的原文和相关资料。

初稿完成后,西安外国语大学南健翀、芮小河教授百忙之中对全书的选文、章节结构、书名等提出了十分中肯的修改意见。教务处李仲秋老师多方联系出版社,疏通了出版渠道。西安交通大学出版社对本书的出版给以大力支持,责任编辑张娟女士对选文、注解的准确性与章节安排、书名等严格把关,一丝不苟,投入大量心血,所表现出的敬业精神令人感动。西北大学李利安教授百忙之中为本书撰写了序言,对中西经典和名著的文化和历史背景进行说明,在此深表感谢!

突如其来的新冠疫情不仅印证了东西方经典对无常、变化的认识,而且似乎也预示着一种新的共识:整体思维、合作精神、哲学修养对全人类的幸福的重要性,而经典与名著正是这些智慧的源泉。"非淡泊无以明志,非宁静无以致远""谦则受教有地,而取善无穷""士而不先言耻,则为无本之人;非好古而多闻,则为空虚之学""务要日日知非,日日改过;一日不知非,即一日安于自是;一日无过可改,即一日无步可进""真正的爱知识者总是有节制有勇气""不要纵情而忘乎所以,记得多少回乐极会生悲""教育应该试图减少障碍、减少阻力、激发能量,应该训练人的头脑在最吸引人的问题上果断决策而不是随便选择""简朴,简朴,再简朴"……经典让我们一次又一次回到根本,回到传统文化。在文化的长河中,在经典面前,我们永远是小学生。

再次感谢所有参编者和支持者。对组织编写过程中的种种不周以及书中依然存在的诸多问题,恳请诸位多多包涵,批评指正。

王小伦谨识于西安长安区郭杜文苑南路公寓
2022 年 7 月